科幻文学群星榜

华语实力科幻作品
群星奖大满贯

灰城

张冉——著

山东教育出版社

图书在版编目（CIP）数据

灰城 / 张冉著 .— 济南 ：山东教育出版社，2021.7（2021.8 重印）
（科幻文学群星榜）
ISBN 978-7-5701-0504-5

Ⅰ．①灰… Ⅱ．①张… Ⅲ．①幻想小说－中国－当代 Ⅳ．① I247.5

中国版本图书馆 CIP 数据核字（2021）第 064731 号

HUI CHENG
灰城　　张 冉 著

主管单位：山东出版传媒股份有限公司
出版发行：山东教育出版社
地址：济南市市中区二环南路 2066 号 4 区 1 号　邮编：250003
电话：（0531）82092600　网址：www.sjs.com.cn
印　刷：三河市冠宏印刷装订有限公司
版　次：2021 年 7 月第 1 版
印　次：2021 年 8 月第 2 次印刷
开　本：880 mm × 1300 mm　1/32
印　张：8
印　数：10001-13000
字　数：196 千
定　价：32.80 元

《科幻文学群星榜》编委会

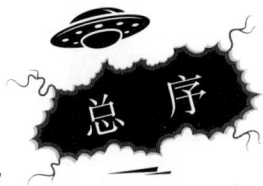

总序

想象新时代

《科幻文学群星榜》是由中国科普作家协会科幻专业委员会联合其他科幻组织，共同推出的一套科幻书系。这是一个规模庞大的工程，目前来看也是独一无二的工程，基本囊括了中华人民共和国成立以来老中青几代具有代表性的科幻作家的佳作。这些作家以年龄看，最早的是20世纪20年代出生的，最晚的是“90后”。

这套书系的出版，恰逢中华民族实现第一个百年目标——全面建成小康社会。因此，它呈现了百年未有之变局中，中国人对一个崭新时代的想象。随后陆续推出的作品，还将伴随中国迈进基本实现现代化的伟大进程。

科幻文学作为一种年轻的文学品类，本身就是现代化的产物。1818年，世界上第一部科幻小说《弗兰肯斯坦》诞生在第一个实现产业革命的国家——英国。此后科幻文学在法国、美国、日本等工业化国家繁荣起来，进入蓬勃发展的黄金时代。科幻作品反映着科技时代人类社会的变迁和走向，反思当代人类面临的多重困境，力图打破所谓世界末日的预言，最终描绘出一个五彩斑斓、生机勃勃的新未来。

如今，地球上正在发生的最具“科幻色彩”的事件之一，便是中国的崛起。这个进程不仅改变了这个文明古国的命运，也影响着全人类的走向。中国奇迹般地成了拉动世界经济增长的有力引擎。人类历史上首次十亿以上人口的国家将要集体迈入现代化的门槛。中国科幻文学正是中华民族伟大复兴进程的见证者、参与者与推动者。

早在20世纪初，中国的一些有识之士便把科幻作品译介进来，掀起了第一次科幻热潮。它承载起“导中国人群以行进”“改变中国人的梦”的使命。20世纪50–60年代，随着中国自己的工业和科技体系的建立，科幻作家们以满腔热情擘画了一个欣欣向荣的新世界。1978年改革开放后，中国再次向现代化进军，科幻迎来新的勃兴。作家们满怀豪情地书写科学技术为实现现代化、为谋求人民的幸福生活所创造出的神奇美景。进入21世纪，尤其是随着新时代的来临，这个文学门类也进入成长的新阶段。随着《三体》等作品的问世，中国科幻迎来了新一轮热潮。作家们描绘着古老的中华民族在实现全面小康和建成现代化强国的过程中所面临的新机遇、新挑战，谱写着中国走向世界、步入太阳系舞台中央并参与宇宙演化的新篇章。

科幻文学的发展折射着中国国运的巨大变迁。当今，海内外不同领域的人们对中国的科幻文学的空前关注，实际上是关注中国的未来，关注世界第二大经济体将如何持续演进，关注14亿人的创造力将怎样影响乃至重塑这个星球。从现实意义上来说，这套书系不但包含这些丰厚的信息，而且集中梳理了新中国科幻文学取得的辉煌成就，整理出新中国科幻文学发展的宽阔脉络；从一个特殊的侧面，还反映了中华民族从站起来、富起来到强起来的进程，见证中国走向更加灿烂辉煌的未来。

这套书系具有以下三个特点：

一是权威性。它由中国科普作家协会科幻专业委员会主持编选，并与国内多个科幻组织合作，其中包括得到了中国科普作家协会科学文艺专业委员会、科幻世界杂志社、南方科技大学科学与人类想象力研究中心、未来事务管理局、八光分文化、重庆钓鱼城科幻中心等的鼎力相助。编者从中华人民共和国成立以来的海量科幻文学作品中，精选出足以体现时代特征的作品。收入书系的作者，涵盖了雨果奖、银河奖、星云奖、晨星奖、光年奖、未来科幻大师奖、引力奖、水滴奖、冷湖奖、原石奖、坐标奖、星空奖等中外各类科幻大奖的获得者。

二是系统性。它收集了中华人民共和国成立以来不同时期作家的代表作。作者中有新中国科幻奠基者和老一代作家如郑文光、童恩正、萧建亨、刘兴诗、潘家铮、金涛、程嘉梓、张静等，也有改革开放后崛起的新生代作家刘慈欣、王晋康、何夕、韩松、星河、杨鹏、杨平、刘维佳、赵海虹、凌晨、潘海天、万象峰年等，以及以“80后”为主体的更新代作家陈楸帆、飞氘、江波、迟卉、宝树、张冉、程婧波、罗隆翔、七月、长铗、梁清散、拉拉、陈茜等，还有在21世纪崛起的全新代作家杨晚晴、刘洋、双翅目、石黑曜、王诺诺、孙望路、滕野、阿缺、顾适等，从而构成比较完整而连续的新中国科幻光谱，是对中国科幻文学发展历史的一次系统检阅。

三是丰富性。它比较全面地展现了广域时空中新中国的科幻生态和创作风格。这里面既有科普型的，也有偏重文学意象的；既有以自然科学为主体的核心科幻，也有侧重社会现象的“软”科幻；既有代表科幻未来主义的，也有反映科幻现实主义的；既有传统风格的写法，也有实验性质的探索。作品的主题涵盖了中国科技、社会、文化和民生的热点。从中可以看到，一个曾经积弱的民族，如今正活跃在地球内外、大洋上下、宇宙太空、虚拟世界、纳米单元、时间航线、大脑意识等各个空间。这里有中国政府和人民引领抗击全球灾难的描述，有脱贫的中国农民以新姿态迈出太阳系的故事，也有星际飞船和机器人在银河系中奏唱国际歌的传奇。

这套书系力求构建起一个灿烂的星空，并以此映射人们敏感而多样的心灵。爱因斯坦说，想象力比知识更重要。科幻是相伴人类发展进步而产生的新兴事物，是一个民族想象力的集中反映，是科技创新的艺术表达，在人们面前呈现出一幅幅奔向明天、憧憬和创建未来的美好画卷。许许多多杰出的科学家、工程师和企业家，在年轻时就受到科幻文学的熏陶和影响，因此走上了创造神奇新世界的道路。中国正在稳步建设创新型国家，需要更多富有创造力的人才脱颖而出。科幻文学也肩负着实现中国梦的责任，在点燃青少年科学梦想、激发民族想象力和创造力方面，起着不可或缺的作用。

这套书系将为广大读者尤其是年轻人打开中国科幻和未来世界的门户，有助于人们拓宽视野、开阔思想、激发灵感、探索未知、明达见识。它也将进一步促进中外科幻、科技、文化和文明的交流，为人类的共同发展做出中国的一份独特贡献。

中国科普作家协会科幻专业委员会

2020年10月1日

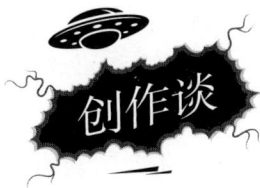

创作谈

一代人的英雄梦

——读张冉短篇小说《以太》

张懿红

作为刚刚踏入科幻文坛的新人，张冉发表的三篇科幻小说水平都很高。2013年，他发表在《科幻世界》上的科幻处女作《以太》获第四届星云奖短篇金奖、第二十四届科幻银河奖杰作奖，《起风之城》获第四届星云奖中篇银奖，此外还有一篇《野猫山——东京1939》也获得了较高的赞誉，充分说明这是一位起点高、潜力大的新锐科幻作家。这三篇小说取材不同，《以太》构想某种无所不在的网络渗透及其所有声学、光学信号的监视系统——以太；《起风之城》展望第四次工业革命后人与机器人共享社会文明的“盛景”；《野猫山——东京1939》设想从昆明到东京有一个连接中国与日本的时空隧道：野猫山——东京桥。尽管题材各异，这几篇小说都体现出一个引人注目的共性：追求自由解放、反抗极权压迫的英雄主义。无论《起风之城》中以破碎落后的巨型双足机器人攻击机器公民大本营、新工业体系标志——罗斯巴特集团白色高塔的琉璃，还是《野猫山——东京1939》中穿越时空隧道错失战机却依然怀揣使命坚守的飞行员，都是以一已之力对抗庞大现实的悲剧英雄。他们自杀式的反抗与奉献基于一个单纯而坚定的信念：即使是螳臂当车式的、象征性的斗争，也会使这个世界有所不同。正如《以太》中琉璃所说：“我们一定能改变什么的，这个世界会变得不同的。乔这样告诉我，我也想这样告诉全世界。”而在《以太》中，身陷监视系统的天罗地网中，人们依然找到反抗的方式，组织手指聊天聚会，寻找真相，传递自由的呼声。

20世纪90年代以来，大众热情似乎已经转向个人化的物质追求和享乐，那些令人血脉偾张的理想主义、英雄主义，就算不像花洒下滑落的水珠，也如同零落成泥碾作尘的梅花，早就消失于无形了。因此，张冉的小说令人喉头发紧、心跳加速，久违的激情在胸中激荡。这是多么令人欣慰的发现啊！是的，梦想还在，抗争的火种还保存在年轻人的心中，自由的声音宣告人性永恒的诉求！张冉科幻小说最打动人的，就是这种理想主义、英雄主义的激情，尽管难免些许幼稚，却充满激动人心的力量。

这一点鲜明地体现在张冉连获星云奖、银河奖的科幻处女作《以太》中。这个短篇呈现了一幅法兰克福学派哲学家、美学家马尔库塞所描述的极权技术统治下的典型社会图景，而近年来世界各地层出不穷的窃听、监听丑闻则使小说关于未来社会的黑色想象呈现出令人触目惊心的现实批判性。毫无疑问，科技发展已经充分展示了它的两面性：进步性与破坏性。诚如马尔库塞所言：技术在推动现代性前进的同时，也凸显出其极权主义特性。在《以太》想象的未来世界中，技术已经跨越多媒体时代，建立起由以太全面控制大众的新秩序。从表面看来，这是一个完美的社会：尊重人权，没有歧视，社会保障体系完备，犯罪率达到半个世纪以来的最低点。问题在于，尽管这一切被宣称为社会的进步，被界定为和谐的文化氛围，但是生活于其间的人普遍丧失感知幸福的能力，如同服用慢性毒药，生命力日渐委顿。小说的主人公"我"就是一个未老先衰的半秃中年人，长着与父亲一模一样的酒糟鼻子，饮酒过度，视力衰退，出现幻听，手上长出丑陋的色斑，感觉总有一天会被无趣的世界杀死。小说借"我"的真实感受揭穿了这个乌托邦社会的本质：表面上是社会开放、媒体自由，但网络上没有值得点击的标题，聊天缺乏有趣的话题，游行示威者居然抗议钓鱼者对蚯蚓的"不人道行为"，稍有风吹草动警察就会上门盘问，然而警察也毫无干劲。网络、电视、纸质出版物全都变得恶俗无聊，失去思想的光芒，以致人们丢掉复杂的智能手机，回归基础通话功能。自由的精神正在死去，怀疑者则被当作精神病人进行医治。

“我”所感受到的反面乌托邦令人窒息的本质，完全契合马尔库塞对极权技术及其现代性的批判。极权技术混淆人的真实需求与虚假需求，取消人的自我独立性，实现对大众的欺骗与奴役；通过单调的、催眠性的宣传，掩盖矛盾，蒙蔽大众；侵蚀人的身体、意识和思想，渗透于公共领域和私人空间，造成全面封闭、全面控制的一体化、单向度社会，培育出诸多孤立的、冷漠的、肯定性的“单面人”。这样的社会貌似和谐民主，却隐藏着众多阴谋诡计，目的是使大众甘愿受欺骗、受奴役、受控制，从而使社会保持和谐的假象，实现对大众任意的驾驭和控制。技术充当统治阶级的帮凶，它整合矛盾与对立，使受到严密控制的社会只有单一的命令式的声音，大众成为这声音的传声筒，社会趋于凝滞，原本可促进社会前进、人类进步的矛盾力量消泯殆尽。（李进书：《西方马克思主义的审美现代性与续写现代性》，人民出版社，2011，第92—100页）小说设置悬念，通过“我”的历险，揭露了这一切背后的惊天阴谋。在一次街头追捕中，有人在“我”的掌心写下一个地址，“我”追踪而至，发现并加入了手指聊天聚会，追寻虚假世界内仅有的真实。原来“我”所感觉到的无聊并非想入非非、无病呻吟，它源于一个精心设计的阴谋。参与“以太”黑幕的知情者以盲文形式揭露了这个庞大的计划：联邦政府通过“以太”系统对广播、电视和纸质出版物进行控制，不仅秘密地彻底控制了网络，还以悬浮在空气中的纳米机械侦测具有潜在威胁的声学、光学信号，将它们替换为具有欺骗性的声学、光学信号。飘浮在空气中的“小恶魔”使“以太”无所不能、无所不在，如同哲学家所说的人类无法察觉却充满一切空间的神秘物质——“以太”本身。“这就是我们生活的时代，我的朋友。一切都是谎言。网络讨论组是谎言，电视节目是谎言，坐在你对面说话的人说着谎言，人们高举的标语牌上刻着谎言。你的生活被谎言包围。这是享乐主义者的美好时代，没有争执、没有战斗、没有丑闻，当阴谋论者被关入精神病院后，最后的革命者在孤独的电脑屏幕前忧郁而终，等待我们的是脆弱而完美的明天，彬彬有礼的悬崖舞者，建在流沙上的华美城堡。”

可是，尽管“以太”这个监视系统无所不在，人们还是找到了避开监视、分享思想、传递观点的方式：手指聊天聚会。作为“以太”全面控制下唯一的、最后的反抗组织，手指聊天聚会这种匪夷所思、童趣盎然、富有想象力、堪称幼稚的交流方式，无疑是作者的神来之笔。人类如何揭示和反抗极权技术的控制？马尔库塞寄希望于审美形式的解放，认为唯有美学才能带来解放的契机，让人在抗拒社会压力的过程中认清自身，重获解放的动力——感性。有意思的是，在张冉笔下，人们正是通过感知方式的转变——由视觉、听觉到触觉——传递真实的信息，并且在探求真相的不抵抗运动中解放自身：“我们的手心里，写着爱与自由，滚烫的爱与自由，烧破皮肤、镌刻在骨骼的爱与自由。”在小说结尾，“我”不仅找到了许久未有的真实感，重返一直渴望的那个既充满斗争又充满英雄的时代，还收获了一份不曾奢望的爱情。新鲜的感觉与想象突破技术对人性的压抑，革命与爱欲解放携手并肩，齐头并进。

作为反乌托邦小说，《以太》揭示新的极权政治与意识形态控制，坚信爱与自由具有反抗极权的力量，洋溢着抗拒平庸、敢于怀疑一切的生命激情，闪耀着这个时代难能可贵的理想主义、英雄主义光芒。在这个意义上说，《以太》是一篇具有强烈现实批判性的科幻小说，体现了这一代人珍藏心中的英雄梦。

张冉长于制造悬念，掌握叙述节奏，一气呵成的叙述、紧张神秘的故事能够牢牢吸引读者的注意力。而且，他还善于将貌似琐碎的生活细节转化为象征性意象，赋予其丰厚的意蕴。比如《以太》中“我”的父亲，既是“我”在个人成长过程中想要战胜的噩梦，也是“以太”权威控制的具象化、人格化。还有“我”手上的色斑和光头（衰老的标志），“我”独一无二的、被当今时代唾弃的老式智能手机和大马力摩托车（代表自由、梦想与激情），都是具有浓厚象征意味的意象。这些象征意象使张冉的叙述凝练而厚重，简约而大气。

（张懿红，主要从事文学评论和现当代文学研究，目前研究重点是科幻小说。曾获甘肃省敦煌文艺奖、甘肃省高校社科成果奖、甘肃黄河文学奖、第六届全球华语科幻星云奖最佳评论奖等。）

《灰城》组稿说明

“灰色城邦”是人类社会崩溃之后形成的城邦制世界观背景。

这个想法始于2011年的《以太》，即我发表在《科幻世界》杂志上的科幻处女作。其后几年间，我在几部中短篇小说里对这个概念进行了扩充，但还没有做过系统性总结，只是借书中人物之口偶尔提起“城邦”一词。惭愧的是，没能把这个系列继续丰满下去，因为近几年创作上出现些问题，鲜有新作问世，只能借此书出版之际重拾起《灰城》的片鳞碎甲，希望在之后的作品中，把这片光怪陆离的赤土上发生的故事再续写一二。

“城邦”一词来源于《荷马史诗》中的“堡垒”，指的是一个独立、自主、单独的以城镇为中心的国家，即所谓“城市国家”。综合土地、人民及其政治生活而赋予其“邦”或“国”之意，演变为“城邦”之称，具有独立自主和小国寡民的特点。

抛去古希腊时代的政治背景，在生产力极大发展的当代及未来，是否还有可能形成这种归属于大文化圈（如古希腊、腓尼基、玛雅）一部分的自治城市文明群像呢？灰色城邦的设定来自一个极端事件：2055年一场电磁爆炸导致的“大停电”夺去地球上三分之一人类的生命，使绝大部分电子和机械设备化为废铁，人类文明陷入停滞，国家政权失去统治力，在大停电中保存技术实力的巨型企业与军事集团开始实行区域自治，在北美和欧亚大陆形成数百个城邦。时间流逝，城邦各自演化出独特的政治体制和科技研究方向，在废土时代盛开千奇百怪的文明之花。

从时间轴上看，灰城时代始于《太阳坠落之时》之后几年，《以太》与《起风之城》是其后高度发达的城邦文化的几个切片，而随笔小说《未世》，则是其他几种可能发生而未发生的狂想。

感谢读者，感谢此书的出版方，故事从此开始。

目录

Catalogue

以太

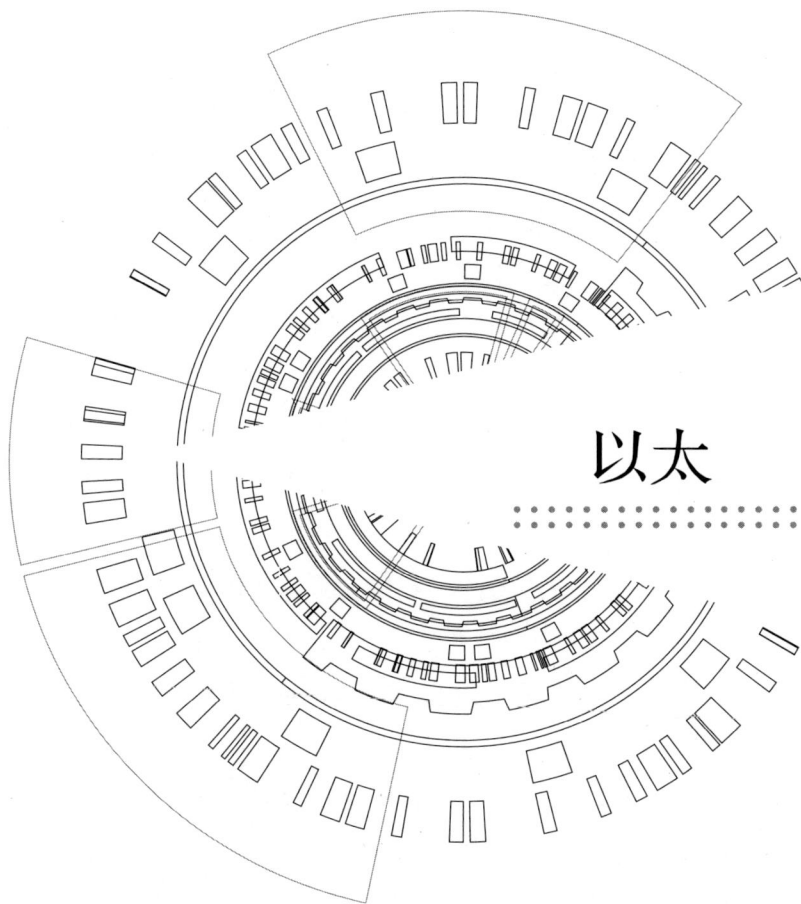

一

我忽然想起二十二岁那年冬天的一个午后。我的右边坐着一对非常漂亮的双胞胎姐妹，叽叽喳喳聊着天，左边坐着一个胖家伙，抱着一瓶碳酸饮料不停地给自己续杯。我的碟子里是冷掉的鸡肉、乳酪和切碎的甘蓝，如今我已经不记得那些食物的味道，只记得夹通心粉的时候掉了一些在我崭新的条纹长裤上，整个宴席的后半段，我一直在擦拭长裤上新月形的污痕，留鸡肉在盘子里渐渐变冷。为掩饰尴尬，我试图与双胞胎姐妹找个话题聊聊，但她们似乎对大学生活不感兴趣，我也不懂得马尾辫的几种绑法。

这场宴会显得极其漫长，一个又一个人站起来无休无止地举杯致辞，我一次又一次随他们举起高脚杯，啜饮苹果汁，明知没有任何人会注意到我的举动。宴会的主题是什么？婚礼，节庆，还是丰收？我记不清了。那时我无数次隔着四张桌子偷偷看我的父亲，他忙于与同样年纪、长着浓密胡须和酒糟鼻的朋友们聊天喝酒，说着粗鲁的笑话，直到宴会结束都不曾向我投来一线目光。乐师疲惫地将小提琴装进琴匣，主妇开始收拾狼藉的杯盘，醉醺醺的父亲终于发现我的存在，摇晃着庞大的身躯走来，嘟囔着说：“你还在啊？叫你妈来开车。”

“不。我自己回去。”我站起来盯着地面说，用力揉搓长裤上的污迹，直到手指发白。

“随便。跟你的小朋友们聊得好吗？”他四处张望。

我没有回答，握紧拳头，感觉血液向头部聚集。他们不是我的朋友。他们只是孩子而已，十一二岁的小孩，而我已经二十二岁，即将从大学毕业。在城市里，我有我的朋友和骄傲。在那里，没有人拿我当孩子看待、把我安排在一桌儿童中间、在我的高脚杯中倒满甜苹果汁而不是白葡萄酒。在我走入餐馆的时候，侍者会殷勤地接过我的外套叫我一声“先生”。若不小心将通心粉掉在长裤上，我的女伴会温柔地用湿巾擦去污迹。我是成年人了，我想要成年人的话题，而不是在愚蠢的乡村宴会中被当作学龄儿童对待。

“……去你的！”我终于说出来，然后头也不回地走掉。

那年我二十二岁。

我努力睁开眼睛，天色已经完全暗了，屋子笼罩在对街脱衣舞俱乐部的霓虹灯光中。起居室里只有电脑屏幕闪闪发亮。我揉着太阳穴，从沙发上缓缓坐起来，端起咖啡桌上的半杯波旁威士忌一饮而尽。这是本周第几次在沙发上睡着了？我应该上网查查，四十五岁的单身男人在周日下午窝在家里独自上网直至进入一场充满闪回童年经历梦境的睡眠是否有益于身心健康，但头痛告诉我不必打开搜索引擎就能知道：这种无聊的生活在谋杀我的脑细胞。

“喂，在吗？”液晶屏幕上ROY说。

“在。”我从烟灰缸里找到半截雪茄，弹掉烟灰，划火柴点燃，斜靠在沙发上单手打字。

“你知道吗？他们开了一个讨论组专门讨论如何用肉眼分别蓝鳍金枪鱼与马苏金枪鱼生鱼片。”ROY说。

“你参加了吗？”我吐出一口瑞士机制雪茄充满草腥味的烟雾。

“没有，我觉得这个比上一个讨论组更无聊，你知道的，‘硬币自然坠落正反面概率长期观察’小组。”ROY打出表示无奈的符号。

“可是你参加那个小组来着。”

“是的，我连续十五天，每天抛硬币二十次，然后将测试结果反馈给讨论组。”

“后来呢？”

“越来越趋近常数0.5呗。”ROY给我一个苦笑。

“你们根本就知道这是必然结果啊！”我说。

“当然，可网络如此无聊，总得找点事干吧。”ROY说，“要不要一起参加‘肉眼分别蓝鳍金枪鱼与马苏金枪鱼生鱼片’小组？”

“免了，我宁肯去看看小说。”雪茄快烧完了，我拿起威士忌酒杯，呸呸，吐出嘴里苦涩的唾液。

“小说、杂志、电影、电视都让我发疯。总有一天，我会被无趣的世界杀死。”ROY打了个大大的句号，下线了。

我关掉对话框，登录几个文学和社交网站想找感兴趣的文章看，但正如从未谋面的网友ROY所说，一切正向着越来越无趣的方向发展。在我年轻时，网络上充满观点、思想与情绪，热血的年轻人在虚拟世界里展开苏格拉底式的激烈辩论，才华横溢的厌世者通过文学表达对新生活的渴望，我可以在电脑屏幕前静坐整个晚上，超链接带领我的灵魂经历一次又一次热闹的旅行。如今，我浏览那么多网站头条与要闻，没有找到一个值得点击的标题。

这种感觉令人厌恶，又似曾相识。

我点开常去的社区网站头条新闻“民众在市政府前游行示威抗议钓鱼者对蚯蚓的不人道行为”，视频窗口弹出，一群穿着花花绿绿衣衫的年轻人左手拎着啤酒，右手举着歪歪扭扭的牌子站在市政广场上，标语牌上写着“坚决反对切断蚯蚓”“你的鱼饵是我的邻居”“蚯蚓和你家的狗一样会感觉到痛”。

他们没有其他事情可干了吗？就算游行示威，不能找个更有意义的话题吗？我的头痛袭来，于是关掉显示器，倒在棕色的旧沙发里，疲惫地闭上眼睛。

二

四十五岁贫穷单身汉在城市这个庞大资源聚合体中显得无足轻重，我每周工作三天，每天工作四个小时，主要职责是“在满足条件的申请书中挑选出个人情感认同的”。在计算机抢走大部分人类饭碗的今天，在政府部门以“个人情感”因素审批特殊贫困津贴的申请书几乎是份完美的工作，它不需要任何培训背景或知识储备，当局认为在自动审核通过的众多特殊贫困津贴申请书中挑选幸运者应当适度体现冰冷规章制度之外的人情味，故聘请社会各阶层人士——包括我这样的失败者——参与此项工作，每周一、三、五的上午，我从租住的公寓出发，乘坐地铁来到社会保障局那间小小的、与三名同事共享的办公室，坐在电脑前，把电子印章盖在屏幕中比较顺眼的申请书上。名额时多时少，通常盖三十个印章后我的工作就结束了，余下的时间可以找人聊聊天，喝喝咖啡，吃两个百吉饼，直到下班铃打响。

与此前无数个周一相同，我完成四个小时的工作，打卡后离开社会保障局的灰色花岗岩大楼，走向不远处的地铁站。地铁站门口通常有个单人乐队的表演者在单调的鼓声中吹着刺耳的小号，经过他身边的时候，那个阴郁的表演者总盯着我的眼睛——或许是因为几年来我没给过他一分钱——让我感到不快。猫抓玻璃一样的小号声果然响起，让我昨天尚未痊愈的头痛蠢蠢欲动，我决定向反方向走一个街区，去上一个地铁站搭地铁。

上午下了一点小雨，地面湿润，扎辫子的滑板少年飞速掠过，两只鸽子站在咖啡馆的招牌上嘀嘀咕咕。橱窗映出我的影子：身穿过时的黄色风衣的瘦削半秃中年人，长着一个与我父亲一模一样的酒糟鼻子。我摸摸鼻子，不禁想起我久未谋面的父亲，准确地说，自从二十二岁的宴会后就再未见过面的父亲。母亲给我的电话中有时会谈起他，我知道他还住在农场，养着一些牛，留着几棵苹果树用来酿酒，但酒精毁了他的肝，医生说他没办法再喝酒了，直到科学家们发明肝癌的治疗方法。说实话，我并不感觉悲伤，尽管我的红鼻子和宽大的骨架完全继承了他的血统，但我整个后半生都在逃避父亲的影子，避免自己成为那样自私、狭隘与嗜酒的肥胖老头——如今我发现，唯有避免肥胖这一点，我做到了。他人生最大的亮点是娶到了我母亲。我连这一亮点都没有。

“站住！”一声大喝打断我的自怨自艾。几个穿着黑色连帽衫的人越过车流向这边快速跑来，两名警察在后面挥舞警棍跌跌撞撞穿过刹停的汽车追赶着，一名警察吹响哨子，另一人大声喊叫。

驾驶员的叫骂声与汽车鸣笛声响成一片。我将身体贴近咖啡馆的橱窗。别惹麻烦。父亲的络腮胡子中因劣质雪茄而泛黄的牙齿在眼前闪现。穿黑色连帽衫的人撞倒路边的垃圾桶，从我身边跑过，一个、两个……一共四个人，我装作毫不在意，但发现他们都穿着帆布鞋。是年轻人。谁年轻时没有穿过脏兮兮的帆布鞋呢。我低头看看自己脚上暗淡无光的棕色系带皮鞋，鞋面因长时间穿着产生一道道褶皱，像我照镜子时极力回避的额头的皱纹。

忽然有人伸出手挡住我望着脚面的视线，探进风衣兜里拉出我的右手，我感觉手心传来滑稽的瘙痒——那人用手指在我掌心画着什么图案。我惊诧地抬起头来，停在我面前的是第四个黑衣人，身材矮小，兜帽罩住眼睛。他迅速地在我手中画着什么，然后拍拍我的手掌说：“你明白吗？”

“快点！”那三个连帽衫在呼唤，第四个人回头望一眼越追越近的警察，丢下我向伙伴们飞奔而去。警察气喘吁吁地追来，其中一个声音嘶哑地喊道：“站住！”另一个口中含着哨子，吹出断断续续的哨音。我确信他们越过我的时候扭头看了我一眼，但两位警官没有说什么，挥舞着警棍跑了。

逃的人和追的人转过花店所在的街角，不见了。潮湿的街道上汽车开始移动，行人穿梭，仿佛什么都没有发生过，只有我的右手，残留着陌生人指尖的温度。

三

“照旧吗？”我公寓楼下那间餐馆的女侍应皮笑肉不笑地问我。

“当然。”我不假思索地说，“等等，再加一份腌熏三文鱼。”已经转身走开的女侍应从肩头上比画了一个OK的手势。

“有什么事发生吗？鉴于你会更改你的食谱。”我唯一可以称得上朋友的熟人、同样在社会保障局工作的瘦子带着不讨人喜欢的笑容问。瘦子有一种特质，能准确嗅出每个人身上分泌的荷尔蒙味道，他说：“你一定遇到了一个令人心动的姑娘。她是金发对吗？”他的灰眼珠带着窥探隐私的愉悦光芒。

“扯淡。我下午碰到示威游行，你知道，视频中那些呼吁给蚯蚓人道主义关怀的小痞子。”我摇摇头，一边说，一边接过女侍应递来的盘子，肉丸三明治配腌黄瓜，万年不变的晚餐食谱。

“无聊。”瘦子摇摇头，“说起来，你知道吗……‘马铃薯’这个词来源于牙买加的阿拉瓦语。”

我恍惚觉得他说后半句话的时候声音有点奇怪，仿佛嗓子里哽了块什么东西，或许是凉啤酒让我的耳鸣复发了。“不知道。我也没兴趣学习一种已灭亡的语言。”我把腌黄瓜送进嘴里。

瘦子有些惊异地睁大灰眼睛，说道：“你没兴趣谈这个话题？”

他的声音正常了。是耳鸣。我得去看看医生，如果今年医疗保险没有超额的话。“完全没兴趣。”我嘴里含着食物嘟囔着。

“好吧。”他失望地低下头，把玩着啤酒杯。女侍应将他的晚餐放在桌上，又将我的腌熏三文鱼递给我，插话道：“说真的，你们两个有空的话得出去玩玩。”她扫了一眼我们脸上的表情，撇撇嘴，走开了。

我和瘦子扭头看看街对面灯红酒绿的俱乐部，没作声。我伸手从他的盘子里拿出两根薯条塞进嘴里，将腌熏三文鱼向他那边推了推。“你有没有觉得我们最近聊天缺乏有趣的话题？”我说。

“你也有这个感觉？”瘦子惊奇地说，“除我的性能力鉴定之外，几乎找不到任何可以谈论的东西了。我也是这一两年发现聊天变得没趣起来。”

“也许是我们都老了？”我不情愿地缩回拿薯条的右手，手背上有一块显眼的色斑，刚出现没多久——就像二十二岁那年长裤上的污迹，令人难堪。

“我刚四十二岁！西蒙尼斯四十一岁才赢得威尔士公开赛！”瘦子叫道，右手拿的薯条在空中飞舞，“一定是单调的工作让我们变成这样的，等退休以后一切都会不同，对吗，老兄？”

“但愿如此。”我心不在焉地回答。

四

这天晚上，我多喝了两瓶凉啤酒，打开公寓门之后感觉一阵阵眩晕，没顾上洗澡，直接走进卧室倒在床上。床单有一股奇怪的泥土味道，不知是不是因为太久没换，可从好的方面说，这种味道让我想起小时候的农场——不是充斥着父亲浓重体味的那个农场，是在他酗酒并开始虐待母亲以前，我、姐姐和母亲安宁生活的平静农场。记得我和姐姐在新建的谷仓中玩耍，空荡荡的谷仓里充满新鲜木料和泥土的清香，阳光从阁楼的小窗户洒进来，带着妈妈烘焙饼干的味道。

跑累了，我们倚着墙壁坐下来，姐姐把我的右手拉过去。“闭上眼睛。”她说。我听话地闭上眼睛，阳光在眼皮上烙出红晕。手心痒痒的，我咯咯地笑了起来，想抽回手掌。“猜猜我写的是什么字。”姐姐也笑着，手指在我掌心骚动。“我猜不出来……写慢一点啦。”我想了想，抱怨道。姐姐于是慢慢地重新写了一遍。

“马？”我看着她，迟疑道。

“对了！”姐姐哈哈大笑，揉着我的头发，“再来再来。猜对五个字的话，我的那匹小骟马让你骑两天。”

“真的？”我惊喜地闭上眼睛。

手心又痒了起来，我忍住没有笑出声。“这次是……‘叫’？”我说。

“是‘道’啦，小笨蛋！”姐姐笑着弹我的鼻子，然后蹦起来跑了出去，“谁先回去，谁吃大块的奶油曲奇饼哦！”

“等等我……”

我伸出手臂，睁开眼睛，看到被霓虹灯照亮的天花板，天花板角落有一摊水迹。楼上那家人又忘记关浴缸水龙头了，这次得让公寓管理员狠狠地教训他们。我想着，发现自己刚从童年的梦中醒来。穿了一整天的衬衣泛出酒精的酸味，脖子和后背因别扭的睡姿而生疼。我花了五分钟从床上坐起来，看看闹钟，现在刚刚凌晨一点。

起床冲澡，喝了两杯水后感觉好些，但再没有睡意。我穿上睡衣坐在起居室的沙发上，打开电视，深夜节目同往常一样，没有任何令我感兴趣的东西。换台的时候，我看到右手上那块丑陋的色斑，不由自主地用左手搓着，尽管谁都知道那玩意儿没可能用手指搓掉。忽然来自手心的微微痒意令我打了个寒战。等等，这种感觉是什么？刚刚梦境中出现过的、姐姐在我手中写出的稚嫩字符……

今天中午，穿黑色连帽衫的人在我手心画出的并不是什么符号。

他在我掌心写字。不，她在我掌心写字。她是一个女人，虽然黑色连帽衫遮住了性别特征，但那纤细的手指不可能属于男人。她写了些什么？

我忙乱地翻出纸和笔铺在咖啡桌上，尽力回忆手心的触感。中间的一个字是姐姐写过的……没错，这是一个“道”字。

我在纸的正中写下“道”。

前面是一个词，她写得很快，非常快。在长期审核申请书的工作中，我发现人们在遇到象征美好幸福的词组时通常写得很快，并且连笔，比如微笑、永恒、梦想、满足。她写的是一个短词，词性是正面的，有两个元音……是“伊甸”。没错，耶和华的乐园。

我在纸的左边写下“伊甸”。

后面是一串数字，阿拉伯数字，这串数字她写了两遍。我皱起眉头，细心地回忆她手指的每一道运动轨迹。7、8、9、5？不，第一个数字划过我的小鱼际部位，象征末尾有一个折弯，那么是2。2、8、9、5，没错。两遍，确认。

我在纸的右边写下“2895”。

纸上写着“伊甸道2895”。

显然，这是一个地址。我扑到电脑前，打开地图网站，输入“伊甸道2895”，页面显示伊甸道在我所在城市的另一端，是远离闹市区与金融中心的贫民窟。然而伊甸道并没有2895号，准确地说，门牌号到500号就结束了。

我揉着太阳穴。数字一个个化为皮肤的触觉，在我的掌心画出酥麻的痕迹，我盯着掌心。2、8、9，没有错误。5……哦，当然，也可能是一个S。我输入“伊甸道289S”，地图锁定了一栋四层高的公寓楼，位于伊甸道的中央、整个城市的边缘，距离我45公里远的地方。“是了！”我兴奋地一拍键盘站起来，又因头部充血的眩晕而跌坐回去。

那里有什么？我不知道。但我知道在四十五年循规蹈矩的生涯里，自己并没有任何穿黑色连帽衫的女士用极其隐秘的方式给我留下联系地址的离奇经历——或者说，我根本是一个没有女人缘的失败者。无趣的人生里，终于出现了一点有趣的事情，无论是荷尔蒙的驱动（如同嗅觉敏锐的瘦子所说），还是好奇心勃发，我都决定穿上风衣，去伊甸道289S寻找一些不曾有过的经历。

“别惹麻烦，小子。”出门前我在穿衣镜里似乎看见父亲挺着大肚子、手中拎着琴酒的瓶子说。

去你的吧。我同二十三年前一样大步走开。

五

我有一辆摩托车，但久未使用。大学时我像所有的年轻人一样热衷于时髦的玩意儿：最新的手机、平板电脑、等离子电视、能够发电的运动鞋和大马力的摩托车，谁不爱哈雷戴维森和杜卡迪呢？但我负担不起昂贵的名牌摩托。二十六岁那年，我终于从一个签证到期即将回国的日本留学生手里买下了这辆跑了八千公里的黑色川崎ZXR400R，她车况好极了，刹车盘如同全新的一样闪闪发亮，排气管的吼叫声无比迷人。我迫不及待地骑上车子去向朋友们炫耀，但他们早已玩腻了，只顾坐在酒吧里谈论女人，而外面停着他们崭新的梅赛德斯奔驰与凯迪拉克。

大概是从那个时候起，我就不再有什么朋友。我打起领带，骑着川崎摩托去工作，人们用奇怪的眼光盯着我和我离经叛道的座驾。终于我妥协了，将心爱的摩托锁进储藏室。伴随着年龄增长与不断的职场失败，我转眼间变为四十五岁的单身酒鬼，偶尔在晴朗的天气里擦拭摩托车时，我会问心爱的川崎：老伙计，什么时候再出去兜兜风？她从不回答我。尽管我一再鼓起骑车出游的勇气，可只要想想半秃中年男人跨坐在流线型摩托车上的丑陋画面，就让我胃部不适——那就像醉醺醺的父亲自以为得体地与每个遇见的女人搭讪一样让我作呕。

我走下破旧公寓楼的楼梯，用钥匙打开公用储藏室布满灰尘的大门，在一大堆啤酒易拉罐下面找到我的摩托车，掀掉防雨布。川崎400R乌黑的漆面上也积满灰尘，但轮胎依然饱满，每个齿轮都泛着油润的光芒。我打开一小桶备用汽油灌进油箱，拨动风门，试着打火，四汽缸四冲程发动机毫不犹豫地发出尖锐的咆哮，排气管吹出的热风扬起我的裤脚。老伙计没有让我失望。

“该死的，你不知道现在几点吗？”我推车走出储藏室时，一个啤酒瓶摔碎在我脚下，抬头一看，房东太太戴着睡帽在二楼的窗口怒吼着。我反常地没有道歉，跨上摩托车，轰了几下油门，轰鸣声在整条街道上回荡。“你疯了？”在房东太太的叫喊声里，我猛松离合，在川崎摩托轮胎发出的吱吱摩擦声与橡胶燃烧的焦臭味里，我兴奋地大叫，飞速将我的公寓和脱衣舞俱乐部抛在脑后。

风呼呼作响，我没有戴头盔，感受空气把我松弛的脸部肌肉挤成滑稽的形状，为掩饰脱发而留得长长的头发随风飘扬，但我不在乎凌晨一点的街道上有多少人会目睹一个丑陋中年男人骑着摩托车飞奔，起码这一刻，我无聊太久的人生里有了一点点追求快乐的强烈渴望。

路程显得太短。没等我好好体味飞驰在寂静城市街道上的乐趣，伊甸道的路牌已出现在眼前。我放慢速度，换入二挡，扭头观察门牌号。从地图上看，伊甸道距离最近的地铁和轨道电车站点都有两公里的路程——这是一个被遗忘的街区。街道不宽，路边停满脏兮兮的旧车，三四层的老旧楼房紧紧挨着不留一丝空隙，其中多数显得比我住的公寓楼更破烂。街灯多数坏了，川崎400R的车灯在黑漆漆的街道上打出一团橘黄光晕，垃圾箱里跳出一只野猫，向我看了一眼，转身走掉。这时我开始冷静下来，思考在夜里横穿城市到不熟悉的街区寻找陌生人留下的奇怪信息这一举动的合理性，每一根电线杆后面都可能跳出手持尖刀的抢劫犯，甚至盗窃人体器官的黑市医生。我希望摆脱无聊的生活，但绝不希望是以尸体照片出现在明天早报头条的方式。

我尽量降低转速，但这里太安静了，川崎摩托的轰鸣声显得比超期服役的B-52轰炸机还大。幸好这时一个铜质门牌出现在灯光里：伊甸道289A/B/C/D/S。我将车停在路边，熄灭发动机，关掉车灯，死一样的寂静立刻将我笼罩，伊甸道两端陷入黑暗，唯有289号公寓楼门前亮着一盏微弱的白炽灯，灯罩在风里微微晃动，发出一种金属摩擦声。

该死，应该带一把手电出来的。我后背渗出冷汗。手机……对，手机。我摸遍风衣，在内袋中找到自己的老式手机，点亮闪光灯，橄榄球大小的白色光斑给了我些许安慰。

我走过去，轻轻拉开伊甸道289号的大门。门没有锁，两扇门其中一扇的玻璃碎了，地上没有玻璃碎片。门内更加黑暗，在手机照明中隐隐约约看到一个废弃的柜台，木制柜台后贴着纸页泛黄的房间登记簿，说明这里曾经是一个旅馆。右手边是楼梯，我走近些，照亮墙壁，墙壁上歪歪扭扭写着：A/B/C/D，后面画着个向上的箭头。没有S。

我用手机向上照。楼梯通往黑漆漆的二层，什么也看不到。“别惹麻烦！”我似乎听到父亲用一贯漫不经心的腔调说。我挥挥手，赶走碍事的回忆。手机闪光灯晃过楼梯背后，没有向下的阶梯。通常在楼梯下三角区域会有一个储藏室，我看到储藏室的门，门上涂着奇怪的绿色油漆，门把手出人意料地闪闪发亮，显得与陈旧的公寓楼不太协调。

我迈步走向那扇门，旧棕色系带皮鞋在磨损严重的水磨石地面上踏出带着回音的脚步声。黄铜门把手像它的外观一样光滑油润，我试着用力旋转，门没有锁，推开门，长而狭窄的水泥阶梯出现在眼前，在手机灯光有限的视野里，我看不到楼梯通往多深的地下。

没有声音。这里静得像个坟墓。要不要下去？我踌躇一下，看看手机屏幕上显示的剩余电量，稳定心神，沿台阶而下。两侧墙壁挤压过来，阶梯仅容一个人通过。我照亮脚下的路，数了大约四十级台阶，面前出现一堵墙壁，阶梯转向反方向继续延伸，我继续前进——或者说，走向地心深处。这算不上有趣的体验，我的心怦怦跳动，眼睛充血，脚步声经过墙壁反射忽前忽后响起，让我不止一次回头张望。又是四十级台阶，灯光照亮通道尽头一扇虚掩的绿色木门，门上有个大大的黄铜字母：S。门缝没有灯光射出来。

是这里了，伊甸道289S。我心绪复杂地考虑了几秒钟要不要敲门。如果把陌生女人传递的信息当作异性邀约，那无论敲不敲门，在深夜两点拜访都是失礼的举动；又倘若那个信息是参加某种秘密组织的暗号，那还有比现在这个诡异的情境更适合的入会方式吗？——我需要一杯威士忌，就算啤酒也好。我舔舔干燥的嘴唇。

我推开虚掩的门走进去。一片黑暗。我左手高高举起手机，尽量使闪光灯照亮更多地方。在那一刹那，我感觉头骨因头皮的剧烈收缩而发出不堪重负的嘎吱声，不由自主地，我扭动僵硬的脖子，像探照灯一样旋转，照出室内的每一个角落。

这是一间相当庞大的地下室，墙壁没有任何装饰，管道和赤裸的混凝土遍布四周，空气潮湿而污浊。几十个身穿黑色连帽衫的人——或许有上百个——静静地盘腿坐在地上，手拉着手。他们闭着眼睛，没有人说话，就连呼吸声也轻得像蚊虫振翅。

灯光照亮一张又一张黑暗中的脸庞。兜帽下，有男人、女人，老人、青年，白种人、黄种人、黑种人，每张脸庞都浮现出一种令人毛骨悚然的愉悦。没有人对我这个不速之客做出任何反应，甚至连眼皮下的眼珠都没有滚动。地下室的空气是凝固的，我僵直在门口，喉咙发出无意义的咯咯响声。

我急需喝一杯。我的眼前出现父亲手里总是拎着的那个琴酒酒瓶和里面哗哗作响的透明酒液。先离开这里。出去，骑上摩托车回到公寓，给自己倒上满满一杯波旁威士忌。咽下口水，感觉喉结干涩地滚动，我尽量放慢动作，一步一步退出屋子，伸出右手想将木门掩上。为了让自己的视线从诡异莫名的静坐人群身上移开，我盯着右手背上丑陋的色斑，下定决心明天就去医院做个该死的激光手术，顺便让医生诊断一下我的幻听问题。

忽然一只手搭在我的手背上——从门那端伸来的手，穿着黑色连帽衫的手臂，手指瘦弱而有力。我感觉全部体毛一瞬间站立起来，手机从左手中滑落在地，闪光灯熄灭了，我的眼前一片漆黑。短时间内我无法动弹、不能思考。一根食指轻轻伸进我的手心，在掌心移动。熟悉的酥麻触感出现了。是昨天中午那个神秘的女人，我几乎能从她的指尖分辨出她的指纹，或者是生物电？我的脑海中读出她正在写的几个字：“别怕，来，分享，传递。”

别怕，分享什么？传递什么？我是否漏掉了几个关键词？我被那只手牵着，不由自主挪动僵硬的脚步，再次进入寂静的房间。黑暗的空气像黏稠的油墨，神秘的女人拉着我，穿过黑暗慢慢走向房间深处。我害怕踩到某个静坐的黑衣人，但我们的路线曲折而安全，直到女人停下脚步，写道："坐下。"

我摸索着，周围空无一物，于是我坐在冰冷的水泥地面上，尽量睁大眼睛，可还是看不到任何东西。女人的呼吸声在我的右边若有若无地响着，她的左手还放在我的掌心，那只手很凉，皮肤光滑。手指移动了，我闭上双眼，解读掌心的文字："对不起，以为，懂，不，害怕，朋友。"

"对不起，我以为你原本懂的。不用害怕，我们是朋友，这里都是朋友。"用一点想象力，手心的触觉就化为带有感情色彩的句子。虽然我不明白她为何不用声音交流，但这样的感觉也不算坏。恐惧感像阳光下的冰雹一样融化了，我渐渐习惯失明般的漆黑，习惯手心的触觉。

她凑近我，摸到我的左手，将我的手指握在她的右手心。我立刻明白了，在她的手中写道："我没事，这是很有趣的经历。"

"慢点。"她写道。

我放慢速度，一个字一个字写出："我，很好，有趣。"

"学得很快。"她画出一个新月形。我觉得那是一个笑脸符号。

"你们，这儿，聚会。"我写道，然后画一个问号。

"是的，这是每天的聚会。"她回答。

"这是什么样的聚会？你们是什么样的组织？为什么找到我？"

"用手指聊天的聚会，你会爱上它的。我在街上看到你，你冲着玻璃窗发呆，觉得你一定跟我一样，是个非常孤独的人，感觉世界无聊到爆的人。”

“我？……算是吧。说实话，我确实觉得人生乏味，不过遇到你以前，从未想过要去改变什么。”

“那从现在开始。”她又画了一个笑脸的符号。这一瞬间，我觉得我爱上她了，尽管我从未看见她的容貌，也嗅不到女孩身上应有的香水味道。

“那我现在应该做什么？”我问。

“参加手指聊天的人组成一个环，每个人都与其他两个人连接，用左手写字，右手当别人的写字板，想听什么，想说什么，随你。刚刚为了迎接你，我从环中退了出来。”她回答。

“我大概懂了。”我想了想，“那我没办法像现在这样跟某一个人聊天吗？我只能对左边的人说话，听右边的人对我说话。”

“在手指聊天聚会中，没办法的。私下里……随你。”

“假如——仅仅是假如——我对右边的人感兴趣，那我的右手与他的左手轮流读和写，不就可以单独对话了吗？”

“那是不被允许的。手指聊天聚会的规则就是保持信息的单方向流通。但你可以创造一个话题传递出去，让你感兴趣的人参与进来。”

“……我不大明白。”

“比如你想与右边的人聊聊总统，那么可以对左边的人发布话题：‘大家觉得总统先生对待外汇储备的策略是否正确’，左边的人会根据自己的兴趣加入自己的观点，或者将问题原封不动地传出去，而作为一个环，话题最终会到达你右边的人那里，他就可以对你表达意见了。手指聊天聚会不是为对话而产生的，分享思想、传递观点才是它有趣的地方。有人告诉我这种形式来自已经消亡的古老网络拓扑结构。”

"听起来很复杂的样子。"我搞不明白他们为什么发明这样奇怪的机制来谈天，网上有大把的开放讨论组，到餐馆里喝杯啤酒聊聊天是更好的主意，但被奇特经历引领到这个神秘聚会的我，不会放过任何尝试的机会，"我能够加入聚会吗？现在？"

"对于初学者来说，环中的信息量太大了，你传递效率低下会导致整个环传导的阻滞。为提高效率，我们在环聊天时使用大量的缩略语和简略写法，你需要时间习惯。"她回答，接着用了五分钟给我演示那些专用缩略词。"你不像个初学者。"惊异于我的学习速度，她画出大大的P，代表吐舌头的表情。

当然，这是我和我姐姐的小秘密。我接着说："放心，让我试试吧。"

"……好吧。我在你的左边。现在，我们向前移动三步，那里是环的一个节点，你拍拍右边人的肩膀，他会暂时断开环，然后你用右手拉住他的左手。记住，要快。"她迟疑一下，答应了。

我们交换位置，她用右手握住我的左手，带领我向前移动。我隐约感觉到前面人的体温，于是蹲下去，触到一个人的肩膀，轻轻拍了一下。那人立刻向右让开位置，我和她手拉手坐下，右边的人找到我的右手，与我相握。

那是一只坚硬、骨节粗大、肌肉发达的男人的手掌，手指却出奇的灵活。我的掌心立刻被快速的书写覆盖了，右边的人写得太快，以至于我无法分辨出每个字母。我努力捕捉关键词和缩略词，通过猜测大致了解一句话的意思，脑子还没烙下痕迹，下一句话又汹涌而来——这是手指书写构成的信息洪流，我的皮肤敏感度显然还不够格。我在忙乱解读文字的同时，断断续续写给左边的她。"……反对党……丑闻……下台风波……秘密警察……逮捕……"一段信息只翻译出部分关键词，这是我挺感兴趣的一个话题——现在的网络讨论组里从来没人提起的话题。我想加入自己的观点传给她，但下一条信息已经到了。“空天飞机坠毁……牙买加，丑闻，液体燃料泄漏，NASA失去政治支持？俄罗斯攻击。”前面是议题，后面是人们的观点。我想我逐渐习惯了接受信息，她说得对，我不算个新手。但左手的几根手指无论如何也无法迅速而清晰地传出资讯，多次尝试以后，我泄气地写了一个“对不起”。

她的掌心凉爽光滑，像我小学时教室里崭新的黑板。这时，她伸出食指，偷偷地在我左手心写了三个字：“原谅你。”

我能感觉到自己的嘴角向上咧起。“你刚刚告诉我这是违规的。”我写道。

“有进步。”她明显违规地加上一个笑脸。

六

敲门声把我吵醒。我用枕头捂住耳朵，希望等一会儿敲门人会自己离去，但五分钟后，我不得不套上睡袍、趿拉着拖鞋走向起居室。敲门声不紧不慢、执着地响着，我从猫眼望出去，一顶警察的大檐帽挡住了我的全部视线。“见鬼。”我嘟囔着打开门锁，拉开门，“有什么可以效劳？”

“你好。”倚在墙上的小个子警察摘下帽子，出示徽章，没精打采地说：“先生，能耽误你五分钟吗？你知道的，例行谈话那一套。”

“好吧，五分钟。”我转身走回起居室，倒在沙发上，给自己倒了半杯波旁威士忌。时钟显示周二下午一点半，糟糕的睡眠质量让脑袋又隐隐作痛起来。我把琥珀色的酒液倒进嘴里，长长吐出一口气。电脑屏幕亮起来，ROY留言道：“我参加那个讨论组了，比想象中的有趣一点点。”

看样子三十岁左右、留着老式髭须的小个子警察毫不见外地在单人沙发上坐下，左右打量着我的小公寓，说道：“挺不错的地方。”

“二十年前显得更好些。”我回答。

警察把大檐帽放在我的咖啡桌上，从兜里掏出平板电脑和电子笔，想了想，又丢下，靠在单人沙发上略显无聊地叹口气，说道：“连我自己都知道，这种问话半点意义都没有。”

“工作，对吧。”我表示理解。

“好吧，工作。”他皱着眉头，不情愿地捡起平板电脑，“那么……你在社会保障局工作，周一、周三、周五。”他读道。

“没错。”我回答。

“四十五岁，单身。去年因医疗保险诈骗被判社区服务两个月。”他略显惊异地念道。

“是医院没搞清楚我的额度！他们后来道歉了。”我烦躁地解释道。

“昨天深夜一点十二分接到投诉，你打扰邻居睡觉了？”警察懒懒地用电子笔的末端梳理着小胡须。

“呃……”想起昨夜的经历，我忽然没来由地一阵紧张。警察登门会不会与“手指聊天聚会”有关？尽管我没觉得一群人坐在黑暗中抠对方的手心有什么违法的地方，但直觉告诉我，什么也别说，保守这个秘密。别惹麻烦，就像父亲常常对我说的那样。“……我喝了点啤酒，醒来以后骑摩托车出去兜风。就这样。对邻居的投诉我深感歉意。”

“哦，骑摩托兜风。”没什么干劲的警察在平板电脑上边写边说，“男人的浪漫，我懂的。那就这样，没问题了——你知道，对于精神衰弱的老太太的投诉，我们向来不太当真，但总得例行公事走一趟，是吧？”他站起身来，把大檐帽夹在腋下，将电脑和笔塞回口袋。

“结束了？”我不敢相信地站起来。

“感谢您的配合。”警察干巴巴地说着标准用语，转身出门。我端着威士忌杯子送他出去，在关门时，小个子回头抬起黑眼珠看了我一眼，说：“对了，你骑摩托没去什么不该去的地方吧。”

“……什么不该去的地方？当然没有。”我立刻回答。

“哦，你的摩托车在城东南方向脱离了摄像头的监控。一定是一条风景独特的小巷，不是吗？虽然目前犯罪率达到半个世纪以来的最低点，但做这行你该知道，世界上还是存在各式各样的坏人的。今天好心情，先生。”他似笑非笑地拍拍我的肩膀，扣上大檐帽，点头致意，然后走下公寓楼嘎吱作响的木头楼梯。

我反锁屋门，靠在门上急速喘气。警察真的掌握到了什么信息？她和神秘的“手指聊天聚会”是什么非法组织？对了。我这个笨蛋。我拍拍脑袋，想起昨天中午遇到她的情形，她和她的伙伴们正在被两名警察追赶。

我需要再次见到她。话题千奇百怪、令人兴奋莫名的手指聊天聚会在凌晨三点结束，穿黑色连帽衫的人们默默地依次离开伊甸道289S简陋的地下室。我与她在人群中失散，遵守聚会的准则，我没有大声喊她——后来发现，还不知道她的名字。

我需要再次见到她。

七

等我上线后，ROY已经离开。我叹口气，关掉电脑。手指聊天聚会从午夜十二点开始，我从未如此急切地等待天黑，不停地起立、坐下、切换电视频道、坐在马桶上发呆、反复看表。为了消磨时间，我从保湿盒里取出珍藏许久的玻利瓦尔2号雪茄，将昂贵的铝管打开，用雪茄剪小心地切开雪茄烟头，划火柴点燃，深深吸一口，慢慢吐出烟雾，古巴优质雪茄厚重浓烈的烟气让我感觉舒服得眩晕。但很快负罪感涌上心头，三十美元一支的雪茄，这不是我应当享受的。这样美妙的东西应当永远保存在我简陋的保湿盒里，像漂亮的川崎摩托车一样时时瞻仰。

说起来，我的摩托车在回家的路上开始工作不良，发动机发出虚弱的咳嗽声，我想是化油器老化导致雾化效果下降，老伙计年纪毕竟不小了。今夜应该用更隐秘、更安全的方法到达伊甸道，我开动脑筋想着，无意识地按着遥控器切换频道。电视如同网络一样无聊，昨夜聚会讨论的话题没有任何一个出现在电视节目里，更别说那些天马行空的批评和议论。我焦躁不安地吸完整支雪茄（直到烟头烫手），到卧室衣橱里翻出一件学生时代的深蓝色连帽衫，套在身上，戴上兜帽，走到穿衣镜前。

皱皱巴巴的蓝色连帽衫上印着史蒂夫·乔布斯——一个当代年轻人可能根本不知道的过时名字——的黑白画像，衣服显得很合身，我的体重自从大学时代后就没有增加过。兜帽里露出一张苍白的、两腮瘦削眼袋浮肿的中年男人的脸，男人试图挤出一个微笑，配着大大的酒糟鼻，显得有些滑稽。

所以我才如此想念手指聊天聚会。在一片漆黑里，谁也不用看见不讨人喜欢的脸庞，有的只是手指的触感和书写思想。我想着，掀开兜帽，把头发仔细地向右边梳，但怎样也掩不住半秃的天灵盖。

天色终于暗下来，我把奶酪放在饼干上叠成高高的一摞，压紧后送入烤箱，又开了一瓶啤酒，当作简易晚餐。奶酪在胃里燃烧，我怎么也压抑不住内心的悸动，穿着连帽衫在起居室里走来走去。这时电视新闻播出一则新闻：一个穷极无聊的家伙举着硕大的标语牌在市政府门前抗议，现场围观者很多，但似乎没人参与到他发起的示威中去。我想，我在人群中看到的一两个穿着黑色连帽衫的身影，是他们吗？我丢下遥控器，扣上兜帽，决定出去看看。

地铁里人不太多，有些人佯装盯着屏幕上的广告，偷偷打量着我和我连帽衫上的史蒂夫·乔布斯。“那老头的衣服上印着的是谁？”“我想是个什么宗教领袖。”两个十五六岁、留着时兴的蘑菇形状发型的年轻人低声谈论着。你们说对了一点，无知的小子。我把兜帽压低一点。在我们那个时代，乔布斯就是宗教领袖，直到移动互联网变得恶俗无聊、人们丢掉复杂的智能手机回归基础通话功能的大变革到来。

半个小时后，我来到市政广场，明亮灯光下的草坪上站着那个举着标语牌的人。标语牌大得吓人，用红红绿绿的颜料涂写着几行字迹，我看不太清。我的视力也在衰退，这应该和幻听一样，是饮酒过度的后遗症？母亲在电话里说起，我父亲现在瞎得像只鼹鼠。我想象不出那个大胡子、红脸庞、拥有强壮手臂和结实大肚腩的粗鲁汉子如今是什么模样，也没有兴趣知道。

一群人远远站着围观，几个警察靠在警车上嚼着口香糖，滑板少年在台阶上玩花样，电视采访车前记者与扛着摄影机的家伙聊着天，示威者显得有些孤独。我走近些，眯起眼睛看标语牌，上面的红字是：壁炉燃烧木材是造成温室效应的元凶；下面的蓝字写着：拆毁一个老式壁炉，延长地球一天寿命。

我皱起眉头。第一修正案就是为这些无聊的话题准备的吗？手指聊天聚会中那些犀利的观点都到哪里去了呢？我走近围观的人群，试图找出黑色连帽衫的踪迹，但这时警察走上前来以草坪维护为理由请示威者离开，人群也随之散去，我没能在其中找到熟悉的身影。几个警察用狐疑的目光上下打量我，其中一个举起手指指着我衣服上的头像，另一个恍然大悟，并大笑了起来。我立刻转身离开。

不由自主地，我乘坐地铁向城东出发，在环线最东端的地铁站下车，拦了一辆出租车并告诉司机：“伊甸道289号。”

“伊甸道？”出租车司机嘟哝着，“希望小费够多。”

车子拐入小路，街区越来越破旧，路灯也稀少起来，随着出租车停在黑暗的伊甸道中央，我的紧张和希冀水涨船高。“考虑搬家吗，老兄？我知道几个不错的旅馆。”司机接过车费，替我打开车门。

“不必了，我喜欢安静。”我下车，关上车门，挥挥手。出租车的尾灯亮起，接着迅速变小，消失在深远的夜里。现在是晚上九点，伊甸道依然寂静得像一座坟墓，我走近碎掉一扇窗户的289号大门，想了想，推门而入。

我知道我来得太早了，可些许等待会让今夜的聚会更加有趣。同昨天一样，我的心脏怦怦跳着，不同的是兴奋代替了恐惧。在摇晃的白炽灯的照明下，我找到楼梯背后的小门，拧开黄铜门把手，狭窄而深邃的四十阶楼梯出现在眼前。我没有手机，当然也没有手电，我整理一下兜帽，闭上眼睛，走入渐渐黑暗的地下室。一、二、三、四、五……三十九、四十，面前出现一堵墙，楼梯在此转弯。我摸索着，伸出右脚试探，找到向下的台阶，一、二、三……三十九、四十，双脚落在平坦的地面上，前面应该是挂着铜质S符号的绿色木门。我满怀希望，伸出双手。

手指摸到的，是冰冷的水泥。

记忆出现偏差了吗？我尽量回忆昨夜的经历，楼梯的尽头有一扇门，仅有一扇门。不会错，我清楚地记得黄铜S字母的光泽。我移动脚步，左右试探，两边都是混凝土墙壁，正前方原本应该是门的地方，也是一堵粗糙的墙壁，楼梯的尽头，竟然是一个死巷。

我感觉血涌上头部，耳朵开始发热，头痛再次袭来。“冷静，要冷静，”我对自己说，“深呼吸，做个深呼吸。”我摘掉兜帽，长长地吸一口气，地下室阴冷且潮湿的空气涌进我的肺，让我过热的大脑稍微冷却。

平静了几分钟，我再次试着寻找那扇消失的门。没有任何痕迹表明这里曾经出现过一扇门，坑洼不平的墙壁刺痛我的指尖。我颓然坐下。

“你的朋友们去哪了？”父亲的脸出现在黑暗中，带着漫不经心的放肆的嘲笑。“住嘴！”我叫道，把脑袋埋进臂弯，堵住自己的耳朵。“我说过了，别惹麻烦。”父亲抹去嘴角的酒迹，呼出臭烘烘的灼热气息。他揽着姐姐的肩膀，姐姐明亮的蓝眼睛里蓄着透明的眼泪，母亲在一旁哭泣。“住嘴！”我尖叫道。“你已经十八岁了，现在滚出我的房子，找份工作，或者去上你那该死的大学，我没有责任再与你分享我的牛肉浓汤了。”父亲咆哮着，将衣箱扔在我脚下。姐姐躲在厨房里边流泪边望着我，母亲无动于衷地端着锅。“住嘴！”我歇斯底里地尖叫着。

不知过了多久。黑暗中，你没办法准确计算时间。我或许做了一个噩梦，也可能根本没睡着。我扶着墙壁，慢慢站起来，每一个关节都在因长时间蜷曲而呻吟。现在我想做的，只有回到我小小的公寓，喝一大杯不加冰的威士忌，倒在沙发上，打开电视，把我昨夜荒唐的梦境完全忘掉，把手心残留的触感完全忘掉，把“手指聊天聚会”这个荒诞不经的名字完全忘掉。

我迈出左腿，脚尖踢到什么东西，那东西滚动两下，亮了起来，白色光斑照亮狭窄的空间——那是我昨夜丢在门前的手机，我独一无二的、被当今时代唾弃的老式智能手机。

那不是梦。我立刻找回了全身力量，拾起手机。电量马上就要耗尽，但足够让我仔细检查凭空出现的墙壁。没错，这堵墙是崭新的、由快干水泥临时砌成的，在墙壁下方接缝处，我发现了被掩埋一多半的木质门槛。门还在，只是被试图隐藏秘密的人保护了起来。我敲敲墙壁，水泥的厚度在我的破坏能力范围之外。穿黑色连帽衫的人不是我的幻觉，他们只是换了聚会的地点，忘了通知我而已。我有些欣慰地自我安慰道。

我在那里等到凌晨两点，没有人出现。我走上地面，步行到两公里外的地铁站，在那里找到一辆出租车回到公寓。我一步一步走上嘎吱作响的楼梯，心情乱糟糟的。但周三上午还要工作，打开公寓门之后，我想的是赶快喝杯酒、冲个澡，然后好好睡一觉。

我愣在门口。我的沙发上，坐着一个穿黑色连帽衫的人。

八

我拿起电子印章，给屏幕上那份有六个孩子的新移民家庭提交的特殊贫困津贴申请书盖章，电子印章指示灯由绿色变为红色，代表今天的通过名额用光了。我靠在椅背上，活动一下手腕。距离下班还有一个半小时，与我共享小隔间的漂亮金发女人站起来邀请大家参加她的生日聚会。“如果你有时间的话……也欢迎你。”她有些迟疑地对我发出邀请——我知道这样的邀请已经是礼貌的极限。“对不起，我第二天有个重要约会。那么，生日快乐！”我回答道。她显然松了一口气，拍拍胸脯，说道：“谢谢，真遗憾。祝你约会愉快哟。”

对她这样年龄的女孩来说，我是长辈，我很明白一个不合时宜的长辈能给聚会带来多大的灾难。但约会并不是借口，我的右掌心犹能清楚地感觉到她的留言：明早六点市政广场。

我不知道她用什么方法找到我、怎样进入我的公寓的，也不知道她等了多久。在短暂的震惊过后，我走过去，拉起她的手。脱衣舞俱乐部的霓虹灯在窗外闪耀，给她的黑色连帽衫镀上五彩光芒，我仍然看不清兜帽下的脸庞。“对不起，聚会地点更改了，没来得及通知你。”她写道。

“我给你们带来麻烦了吗？”我问。

“不，情况很复杂。刚才的手指聊天聚会只有核心成员参加。我们内部产生了一些争执。”她写完这句话，手指点了几个代表犹豫的省略号。

“关于什么？”

“关于要不要做一件蠢事。”她在“蠢事”两字下面画了条波浪线。

“我不明白。”我老老实实写道。

“如果你愿意听的话，我可以把手指聊天聚会的由来、组织形式、派系斗争和最终目标讲给你听。”她写了个很长的句子。

“我不愿意听。”我回答，“我不愿意把有趣的聊天聚会变成政治。”

“你不懂。”她画出代表叹气的大于号。我发现她就连最简单的情绪表达都通过书写来完成。“你一定发觉，网络、电视、纸质出版物这些年来失去了思想的光芒。”她继续写道。

“是的！”我有些兴奋，“不知道为什么，可以引发争论的话题都消失了，剩下的都是些无聊的东西。我不止一次在讨论组里发表敏感问题，但没有任何人参与讨论。瞧，他们似乎更关心生鱼片和蚯蚓。很多年前我就发现了，那时没有人相信，医生让我吃那些该死的小药片以使这种幻觉消失。我知道这不是幻觉！”

“不止这样，你与朋友聊天的内容、在街上看到的景象，也像媒体和网络一样变得越来越平淡。”

“你怎么知道？”我几乎站起来。

“这是一个阴谋。”她用力写道，导致我的掌心感觉疼痛。

“阴谋？像人类登陆月球那样的阴谋？”

“像‘水门事件’那样的阴谋。”她缭乱地写道，辨识起来有些费力。

“我想我需要好好上一课。”

“那就从政治开始。”

“先等一下……下一次聚会何时举行？我可以参加吗？”

“这就是争执产生的地方。行动派认为，我们下次聚会应该在公共场所举行，比如市政广场。我们不应该再躲躲藏藏，而要强硬地表达自己的态度。”她告诉我。

“我猜……警察不太喜欢你们。”我又想起初见她的那天气喘吁吁追逐的两名警官。

“整个组织他们掌握不了，只是部分成员有案底而已，特别是行动派。”她坦然回答。

“你有案底？”我好奇地问。

“说来话长。”她不愿多谈。

“……你叫什么名字？”我鼓足勇气，终于问出这个问题。

她的手指停止移动。我努力端详她兜帽下的脸，但连帽衫完全遮蔽了她的面貌，甚至性别特征。我忽然想到，关于“她是女人”的猜测完全基于纤细的手指，她也可能是个年轻的男孩子——尽管我的内心完全抗拒接受这一点。我希望她是姐姐那样的女人——亚麻色头发、声音轻柔、有点调皮、鼻子上长着几朵小小的雀斑，我漫长的单身生涯一直在寻找的那种女人。

“你会知道的。”她想了想，避开这个话题。

“其实我更好奇的是……”我正感受左手食指与她右掌心的细腻触感，窗外忽然有警笛声响起，尖厉的声音由远而近。她警惕地坐直身子，拉低兜帽，快速写道：“我要走了。如果你愿意的话，明早六点市政广场。记住：这是你自己的选择，你有机会改变世界，更可能后悔终生，无论怎样，别因此责备别人——特别是我——因为是你自己做出的选择。顺便说一句，我觉得光头的男人比较性感。”

她用瘦弱而有力的手指捏捏我的右手，离开沙发，从起居室的窗户翻了出去。我追过去向下看，她已经沿着防火梯灵巧地下去了，消失在街角。我抚摸着自己半秃的头顶，有点迷茫。

九

我三十七岁那年因为种种原因陷入深深的抑郁，房东太太说服我去见她的心理医生，并威胁我说，若不接受一个疗程的心理咨询就要把我和我的脏屁股踢出公寓楼。虽然明白她怕我在起居室里服毒自杀，但我后来还是深深感念她的好意。心理医生是个留着弗洛伊德式大胡子的瑞典人。“不，我不是心理医生。”见面聊了几句之后他说，“我是精神病医生。这也不是心理咨询，是心理治疗。你需要服药，先生。这些小药丸可以让你不总梦到姐姐的坟墓。”

“我不害怕小药丸，医生。”我回答，“只要医疗保险能够支付。我也不怕梦见亲爱的姐姐，就算她一次又一次从坟墓中爬出来。我害怕的是身边正在发生的一切。你感觉到了吗，医生？嘀嗒嘀嗒，像秒针一样，这儿，那儿，永不停止。”

医生饶有兴致地俯身过来，说道：“讲讲你所说的变化。”

“有种东西在死去。”我左右望望，低声说，“你嗅不到腐烂的味道吗？电视节目里的评论员、报纸专栏作家、网络聊天组，自由的精神正在死去，像暴露在DDT（滴滴涕）中的蚊虫一样大规模死去。”

“我看到的，是社会与民主的进步。你有没有想过某种阴谋论的精神症状使你怀疑一切，包括和谐的文化氛围？”医生向后靠在椅子里，交叉手指。

“你也曾经年轻过，医生，曾在那个敢于怀疑一切的时代。”我焦急地提高音量，“在那个我们不知道会成为什么人但明白自己不愿成为什么人的时代，在那个充满斗争又充满英雄的时代。”

“当然，我怀念年轻的时候，先生。谁都应该。不过既然我们已经是成年人，要承担家庭责任和社会责任以及人类文明和物种延续的天然职责，我的建议是回去定时服用这些小药片，把你不切实际的幻想都丢掉，找一份轻松的工作，周末时钓钓鱼，每年出去旅游一趟，在合适的时候找个女孩成立一个家庭——当然，我们还没有聊到你的性倾向，请不要当作歧视——然后生个孩子。”医生戴上眼镜，翻开记事本，用暂停的手势打断我即将脱口而出的争辩，“现在，让我们谈谈你父亲和姐姐的问题吧，童年创伤对那些小药片的组成很重要。好吗？”

治疗很有效。我渐渐习惯平淡的电视节目与网络讨论组，习惯社会的平静、单纯、美好与平庸，习惯父亲的影子偶尔出现在面前，尽量不与往事争辩。忽然一个穿黑色连帽衫的家伙闯进我一成不变的单身汉生活，丢给我一个选择，一个我完全无法理解其中意义的选择。我能够理解的，是手指聊天带给我许久未有的真实感，让我感觉八年前逐渐死掉的那些东西像春季的昆虫在地下悄悄破茧重生。“明早六点市政广场”代表什么，我想不明白。在面临选择的时候，我通常掷硬币，硬币在空中飞舞的时候答案会自己出现：你期望哪一面先落地。这次我没有掏出硬币，因为下班走出社会保障局大楼后潜意识驱使我走向地铁站的反方向，推开一扇旋转灯柱旁的玻璃门，对站在镜子前的肥胖男人打招呼说：“嗨！”

“嗨，好久不见。”胖男人挥挥手，“老样子？”

“不。”我微笑着说，“帮我剃个光头，性感的那种。”

十

凌晨三点四十分，我从梦中惊醒，再也睡不着。我泡了个热水澡，换上史蒂夫·乔布斯连帽衫和卡其布长裤，穿上慢跑鞋，戴上耳机听金属乐队的老音乐。五点整的时候我给ROY留言，喝了一杯咖啡，走出公寓。太阳没有升起，清晨的风吹过新剃的头皮，让我滚烫的大脑凉爽起来。我搭上第一班地铁，满不在乎稀疏乘客投来的诧异目光。五点四十分，我来到市政广场，站在草坪中央，路灯明亮，晨雾升起。

五点五十分，街灯熄灭，第一线天光照亮青蓝色的薄雾，人影在雾中逐渐聚集。一个穿黑色连帽衫的人握住我的右手，我牵起左侧陌生人的手臂，“早安”在掌心传递，越来越多的人出现在市政广场前，沉默地组成不断扩大的圆环。

六点十分，由超过一百人组成的环稳定了，手指聊天聚会的参与者开始高速传输信息。我闭上眼睛，一滴露水从兜帽檐滴下。我的右边是一个年老的绅士，松弛的皮肤与精练的造句告诉我这一点；左边是一位保养得当的女士，她手掌丰润，戴着大大的钻石戒指。话题出现：“相比现在那些没种的娘娘腔乐队，哪些乐队的名字是我们应该永远记住的？”

“金属乐队、U2，当然还有滚石。”我立刻加入自己的意见。

“地下丝绒。”

“性手枪。”

“绿日，皇后，涅槃。”

“NOFX.”

“Rage Against The Machine.”（暴力反抗机器）

“Anti-Flag.”

“Joy Division.”（快乐分裂）

“The Clash.”（碰撞乐队）

“卡百利，当然。”

“Massive Attack.”（大举进攻）

“等等。跳舞音乐也算吗？那要加上性感小野猫。”

我会心地微笑。第二、第三个话题出现。我怀念这种自由自在讨论的感觉，即使以游戏式的数据交换方式。第四、第五个话题出现。指尖与掌心繁忙工作，在减少误码率的基础上尽量使用缩略词，我感觉手指聊天技巧逐渐纯熟。第六、第七个话题出现，这几乎是手指聊天聚会带宽的极限。话题附加的评论会逐渐增多，直到所有感兴趣的人发言完毕，发起话题的人有权利和义务在合适的时刻停止该话题的传输，为新主题腾出空间。第一和第三个话题消失了，第二个话题，即关于宪法第一修正案的评论仍在持续增加。其他话题发起者不约而同地选择中止传输。环网中只剩第二话题，参与者们默契地停止发送话题本身，仅仅传递评论以节省带宽。但这时的聊天组是低效率运行的，因为环网中传输的只有一个数据包。有人意识到这一点，在空闲时发起新话题。新话题让网络再次繁忙，但数据很快在某一个节点拥堵起来。

遥远的大学时代的记忆忽然被唤醒。“介绍一种已经消亡的网络拓扑结构，由IBM在二十世纪七十年代发明的令牌环网。”网络课程导师在讲台上说。手指聊天聚会原来是一种以自觉为基础的、不太科学的令牌环网。我手忙脚乱地传送完第二话题的庞大数据包，有点闲暇就想着改进方案。

一个很短的信息出现了。这是不科学的，我想。然而信息让我张大嘴巴。“我的名字叫黛西——致性感的光头。”

我能感觉到5-羟色胺在千亿脑神经元中产生，腺苷三磷酸让心脏剧烈跳动，身体内部的小人儿在欢呼雀跃。我截停了这条信息，发送一条新的出去：“你好，黛西。”

由于庞大的第二话题数据包，网络的运行变得迟缓，我等了十分钟才收到上游传回的数据，显然有人把第二话题的评论精简了，压缩数据包的最后，附加着我的话题“你好，黛西”以及众多评论。

“我们爱你，黛西。”“我们的雏菊。”“小美人。”……“你好，光头叔叔。”

光头叔叔是我。我想到出门前穿衣镜里的人像——瘦削的身体、下垂的两腮、红鼻子和滑稽的光头，还有过时的连帽衫，像个小丑。我笑了。

正在撰写评论，网络忽然传来微微动荡，我不由得睁开眼睛。太阳早已升起，薄雾消失得无影无踪，市政广场草坪的每一片草叶都挂着晶莹的露水珠。手拉手的手指聊天聚会成员围成不规则的圆环，像一堵沉默的墙。许多人在远远围观，如晨跑的健身者、途经的上班族、记者与警察。他们显然有些迷茫，因为我们没有标语、口号，没有任何表示我们在抗议示威的知觉特征。

一辆警车停在广场边缘，排气筒冒着白烟，车门开了，走出几名警察。我认出打头的那一个是曾经登门造访的小个子警官，他依然带着懒洋洋的表情，迈着松垮的步伐。他摸摸整齐的小胡子，左右打量我们一群人，然后径直走到我面前。“先生，早上好。”他摘下大檐帽按在胸前。

我盯着他，没有答话。

“对不起，你们被捕了。”他毫无干劲地说。四辆黑色的、庞大的厢式警车无声无息地出现在市政广场上，全副武装的防暴警察涌出，举着警棍和盾牌逼近。围观人群没有任何动静。没有人惊呼呐喊，没有人移动脚步，甚至没有任何人把目光投向步伐整齐的防暴警察。

我能从旁边人手心的汗液感觉出紧张的情绪。第二话题数据包消失了。一条极其简短的信息以交换方式能够支持的最快速度在网络中传送。

“自由。”许多手指在许多掌心快速、坚定地写下。

“自由。”所有人睁开眼睛，闭紧嘴巴。

“自由。”我们用无声的最大音量对黑色的政府机器呐喊。

“黛西，我爱你。”我传出最后一条信息，然后被防暴警察野蛮地扑倒在地。网络分崩离析，我不知道信息能否传到黛西那里。她处在网络的什么位置？我不知道。今后能不能再见到她？我不知道。实际上，我从未真正见过她，但我感觉，我比世上任何一个人都了解她。

“别惹麻烦。”父亲仿佛高高在上地俯视着我变形的脸。防暴警察试图将我的脸与草坪结为一体。

“去你的。”我吐出一口草腥味的口水。

十一

我有十分钟的电话时间，我不想浪费，可除了瘦子和ROY，我想不到还能打给谁。瘦子声音怪异地讲着牙买加的阿拉瓦语，ROY没有接电话。我放下听筒，发着呆。

“嗨，老爹，你在浪费所剩无几的生命。”后面排队的人不耐烦地开口。

我无意识地拨了熟悉的号码。与往常一样，铃响三声之后，电话接通了：“你好？”

“你好吗，妈妈？”我说。

“我很好。你呢？头痛还出现吗？”听筒里传来拖动椅子的声音，对面的人坐下了。

“最近好多了。……他呢？”我说。

“你从不主动问起他。”母亲的声音有些诧异。

“唔，我想……”

“上个月他去世了。”母亲平静地说。

“哦，是吗？”

“是的。”

“那么有人照顾你吗？”

“你的姨妈陪着我，放心。”

“他的坟地……”

“在教区，距离你姐姐很远。”

“那我就放心了。那么……周末快乐，妈妈。”

“当然。也祝你愉快。再见。”

“再见。”

听筒传来忙音。我揉搓着右手的丑陋色斑，试图把那些画面从眼前抹去——酒气熏天的父亲、哭泣的姐姐、变得无动于衷的母亲，大学时代回家看到的画面，如今因生命的流逝显得不再那么沉重。“老爹，时间宝贵啊，嘀嗒嘀嗒。”排队的人指指手腕，模仿秒针跳动。我挂好听筒，转身离开。

午餐时，我与一个红头发的家伙坐在一起，他的脸上刺着男人的名字，胳膊上花花绿绿，像穿着件夏威夷衫。“这家伙是个同性恋！别靠近他。别让他摸你的手。”与我分享房间的墨西哥人曾经告诫我，我想他是好意。我端着餐盘，挪开一些。

红头发凑了过来，嬉皮笑脸地说：“要分享我的羊奶布丁吗？我不是什么乳糖爱好者。”

“谢谢，不必了。”我尽量礼貌地说。

红头发伸手过来，我触电似的缩回手臂，但还是被他捉住了。他把我的右手紧紧握在掌心，指尖轻轻地挠，我感觉到毛骨悚然的不适。

“我想我不太适应这种关系，我说……”我尽量挣扎。旁边的人肆无忌惮地笑了起来，鼓劲似的敲打着餐桌。熟悉的感觉传来。那是手指聊天的信息，一样的缩写方式，快速而准确：“如果你懂的话，反馈我。”

我冷静下来，深深地看了红头发一眼。他还是一副令人反感的同性恋表情。我手指反勾，告诉他：“收到。”

“天哪！”他表情不变，却写下代表强烈感情色彩的感叹词。“终于又找到一个了。现在听我说，午餐后去阅读室，东边靠墙的哲学区域，第二个书架底层，在黑格尔与诺瓦利斯之间有一本2009版的《哲学史大观》，拿去看。如果不明白阅读方法，第149—150页有简单说明。稍后我会再跟你联系，为了安全起见……我建议你做好变成同性恋的准备。现在，打我。”

“什么？”我没反应过来。

红头发带着真正同性恋才有的恶心笑容伸手去摸我的屁股，我挥起拳头，砸在他的鼻梁上。“噢！”围观者愉快地哄然大笑。狱警向这边看来，红头发从地上爬起来，捂着流血的鼻子，骂骂咧咧地端起餐盘离开了。“我说什么来着？”同屋的墨西哥人端着盘子出现了，跷起大拇指，“不过你是个有种的老家伙。”

我没理他，尽快把食物塞进口中。午饭后，我独自来到阅读室，在哲学书架底层、黑格尔与诺瓦利斯之间找到那本精装的2009版《哲学史大观》，交给图书管理员登记，带回房间。墨西哥人还没有回来，我躺在上铺，翻开厚重的封皮。没什么出奇，这是一本空洞的哲学书籍，从密密麻麻的条目和引文名单就看得出来。我翻到第149页。这页纸被人调换了，令人头痛的哲学名词中间，出现一张分明从其他书中撕下的泛黄纸页，正面是毫无意义的关节保健知识，背面是大段头部按摩方法和配图，末尾一段，用三百字篇幅简单介绍了一种盲文的读写方法。据称这是一种误码率很低、效率极高的新型盲文，但由于各种视觉与非视觉新技术手段给盲人带来的便利，盲文渐渐式微，新型盲文夭折在应用之前。

哦，当然，盲文。我合上精装书，闭上眼睛。封面、封底只有烫金大字。在封面内页，我找到以一定方式排列的密集小圆点，如果不用心感觉，就像摸到封装质量不佳的坑洼不平的页面。我对照说明，慢慢地解读盲文信息。由于压缩率比较高，我几乎用去两个小时才明白封面内页所携带的文本信息。

“手指聊天聚会欢迎你，朋友。”不知名的撰写者在盲文中问候，“你一定察觉了那些变化，但你不明白，你迷茫、愤怒，甚至成为别人眼中的疯子。你也许屈服于现实，也许一直在寻找真相。你有权利得知真相。”

我点点头。

“这是一项庞大的计划。国会秘密通过第33条宪法修正案成立联邦信息安全委员会，对可能危害社会稳定和国家安全的信息进行过滤和替换，在漫长的尝试后一套高效率的系统逐渐形成，这个系统叫作‘以太’。最初，‘以太’是工作在互联网上、对互联网设备和移动互联网设备进行监控的自动化体系，它对一切被认定存在潜在威胁的文字、视频、音频进行数据欺骗。简单举例，语义分析接口认定一个讨论组中的有害主题，于是‘以太’对接入该讨论组所在服务器的所有相关会话发送欺骗信息，除发表者之外，其他人看到的都是经过调制的讨论话题，同时，信息发送者被数据库记录。假如你发表名为‘参议员的午餐’的话题，被判定为有害信息，运行于巨型计算机上的、因法律体系而凌驾于所有网络防火墙之上的‘以太’在其他程序会话接入之前便控制所有端口，将数据包中的相关字节替换，于是在别人眼里，你发表的话题变成无趣的‘KFC超值午餐’。以这种方式，联邦政府秘密地彻底控制了网络，可悲的是，绝大多数人并不知情。他们只是悲观地认为，革命精神在互联网上逐渐消失——这也是联邦政府最愿意看到的情形。”

我感觉后背发凉。这时墨西哥人走了进来，把脏毛巾丢在我的肚皮上，说道：“老家伙，你应该偶尔参加一点儿集体活动。”

“闭嘴！”我用尽全身力气冲他叫嚷。墨西哥人愣了。他的表情由惊诧、愤怒逐渐变为恐惧，挪开视线，不敢看我充血的眼睛。我的手指颤抖着在《哲学史大观》的扉页上移动。

“随着‘以太’的成功，联邦政府对广播、电视和纸质出版物的控制是顺理成章的结局，对部分不肯配合信息安全法案的媒体人士，与‘以太’同源的信息欺骗技术被用于隔离异见者。纳米微电子技术被用于信息欺骗，很快，权力者意识到纳米机械在肉眼可见光范围内被用于信息替换的潜力，第33条宪法修正案颁布后的第七年，他们决定向空气中散播纳米微机械。这种微型设备悬浮在空气中，利用土壤和建筑材料中的硅进行自我复制，直至达到预定浓度。它们仅具有简单的机械结构，浓度达到规定程度后进入工作状态；它们会自动侦测具有潜在威胁的文字（可见光信号）和声音（音波信号），将之替换为无害信息，并将发布者记录在案。它们附着在印刷文本和标语牌表面，通过光偏振向除发布者之外的观察者发布欺骗光学信号；它们改变声波扩散形态，向除发布者之外的倾听者发布欺骗声学信号，当然，发布者本身因为骨骼的传导作用，听到的还是自己原本想说的话。飘浮在空气中的'小恶魔'使'以太'无所不能、无所不在，如同哲学家所说的人类无法察觉却充满一切空间的神秘物质——'以太'本身。"

"我看到的，是社会与民主的进步。"我想到心理医生的话，握紧拳头，牙齿咯咯作响。

"这就是我们生活的时代，我的朋友。一切都是谎言。网络讨论组是谎言，电视节目是谎言，坐在你对面说话的人说着谎言，人们高举的标语牌上刻着谎言。你的生活被谎言包围。这是享乐主义者的美好时代，没有争执、没有战斗、没有丑闻，当阴谋论者被关入精神病院后，最后的革命者在孤独的电脑屏幕前忧郁而终，等待我们的是脆弱而完美的明天，彬彬有礼的悬崖舞者，建在流沙上的华美城堡。"

"我是谁？我是无名小卒，参与编织'以太'黑幕的罪人，我并不重要，重要的是你察觉到这一切变化，有权利得知真相。现在真相就在你的手中，由你选择接下来的道路。手指是我们最珍贵的礼物，因为在可预见的二十年之内，纳米机械没有欺骗人类精密触觉的可能。若你下定决心的话，随时可以通过你的介绍人加入手指聊天聚会，加入在'以太'无所不在的监视下唯一的、最后的反抗组织，加入虚假世界里仅有的真实。"

"手指聊天聚会欢迎你，朋友。"

我合上厚重的封皮。一幕幕画面在脑海中串联起来。我看到了真相，却产生更多的疑问。这一切疑问，只有写下这些文字的人能够给予解答。我用手掌抚摸着长出短短灰色发茬的头皮，知道自己早已作出选择。

晚餐时，我见到红头发的同性恋者，径直走过去拉起他的手。餐厅里一片哗然，我们成为被嘲笑的对象，但我视而不见，在他的手心写道："我加入。"

他露出一个内容丰富的笑容。"欢迎你。第一次聚会在两天后集体劳动时举行，木器厂东北侧。内部刊物在哲学第二书架的底层，尼采文集的扉页，每周更新。对了，女监区亚麻色头发、长着雀斑的小妞让我传达对'性感光头大叔'的问候。我想，我没找错人。"

我张大嘴巴。

那一刻，我想了很多。我没有想怎样使用幼稚的交流方式给世界带来变化，而是想着父亲留给我的一切。我以为父亲的棍棒与责骂让我不懂得怎样去爱，但我发现，爱是人类无法割除的灵魂片段，而不只是荷尔蒙的颤抖；我如此憎恨我的父亲，以至于年复一年地抗拒着有关他的所有回忆，但我发现，责打孩子的父亲未必不能让孩子养成健全的人格，疼痛起码是真实的，我更憎恨（即使是善意的）欺骗。

我需要做的是像二十三年前一样，大声对那个用尽一切办法控制我人生的家伙喊道："去你的！"

她给予我勇气，有着亚麻色头发、蓝眼睛的她。我握紧红头发的手，仿佛透过他的皮肤，能感觉到他的体温。我们的手心里，写着爱与自由，滚烫的爱与自由，烧破皮肤、镌刻在骨骼的爱与自由。

"我爱你，黛西。——不是对你说，请别会错意。"众目睽睽之下，我在红头发的手心写道。

"当然。"红头发早有准备地以一个熟悉的、调皮的笑脸回答。

起风之城

09：52

窗外掠过一间废弃的加油站。一辆停在加油机前积满灰尘的大众甲壳虫轿车被以时速300公里飞驰的高速列车甩在后面，我忽然觉得这个场景似曾相识。铁路线与荒废的3号公路平行，死去的小城镇的废墟并不罕见。我闭上眼睛，花了几分钟才找到熟悉感觉的源头。

在我很小的时候，住宅楼后面是一片杂乱无章、积满垃圾的灌木丛，不知谁将一辆报废的甲壳虫汽车驶到灌木丛里，拆走所有值钱的内饰之后扬长而去，那个锈迹斑斑的空车壳从此成天用一对解剖后的青蛙般的无神眼睛盯着我的卧室，让我整夜不敢拉开窗帘，明白窗外漆黑的夜里会有汽车尸体那莹绿的邪恶目光。

一开始，会有流浪汉在甲壳虫轿车内烤火过夜。后来，灌木丛开始在车内生长，透过破碎的车窗、机器盖和天窗钻了出去，将废旧的雨刷器举上天空。远远望去，仿佛树丛将汽车吞噬了，蓝色的甲壳虫渐渐与幽暗的丛林融为一体，再看不到车灯阴冷的表情。

再后来，一场突如其来的大火烧掉了整个灌木丛，火焰烧了三天两夜，留下一片焦土，草木灰被北风吹散，露出甲壳虫汽车干瘪的残骸。作为人类工业文明的结晶，它算是以自己的方式战胜了自然。

那是我最后一次见到它，大火之后没多久我就离开了出生并长大的城市，之后再未回来。

09：10

两天前，一封信出现在我的邮箱里。在这个信息爆炸的时代，人们越来越怀念纸制品的芳香味道与墨水书写的柔和触感。收到一封手写的信，我并不感到奇怪，但邮戳表明这封信来自一个特别的地方。从机器人秘书的托盘上拿起信封的时候，我的手指出现了不自然的颤抖。

我不愿再与那座城市产生任何瓜葛。自从改名换姓、在大企业谋得一份体面工作之后，我以为已经完全摆脱了背后的阴影，没想到整整十年平静的日子只是自欺欺人而已，当看到那个地名的时候，我的心脏猛烈地收缩起来。“谢谢。”我竭尽全力保持仪态，说出得体的礼貌用语，机器人秘书同样礼貌地做出回答，收起托盘，驱动16只万向轮挪出了办公室。

我明白即使故意视而不见，好奇心最终还是会驱使我打开信封，将其中的字句一一阅读，所以在片刻思考之后，我坐定在转椅上，打开做工并不考究的木浆纸信封，取出薄薄的一页信纸。

“大熊。”

信的头两个字将我狠狠地击中。我倒在座椅里，呆呆地望着工业美术风格的白色天花板，花了五分钟才调匀呼吸，让宝贵的空气重新回到我的胸膛。在这个城市没有人会如此称呼我，我的身份是大企业的高级工业设计师，循规蹈矩的中产阶级白领，工业社会最稳定的构成，这个干净整洁、充满艺术气息的城市必不可少的一部分。

我不需要改变，也不需要回忆。但这封信只用两个字就唤起我的回忆——在我的字典里，回忆就意味着改变。

我无法停下，唯有继续阅读下去：

“大熊：你知道我是谁。我要做一件事情，需要你的帮忙。如果你还记得从前的事情的话，一定要来帮我，如果不记得的话就算了。对了，时间紧迫，我应该提前告诉你的，对不起。从11月7日早上0点起，你要在72小时内赶来，不然就不用来了。就这样。”

这封信并未遵循信件的格式，没有抬头、署名和问候，以我这个社会精英阶层的眼光看来，就算小学生也不该写出这样不合规矩的信件。我认识的所有人中，只有一位会写出这样肆无忌惮的信件。

办公室似乎从眼前远去，记忆将我扯回十二岁那年的夏天，在卧室的床上，我拥抱着那个穿着白色棉袜子、身上散发着水蜜桃味道的女孩。

我的手指因紧张而僵硬，透过T恤衫与牛仔裤的间隙偶尔触到滑腻的肌肤，指尖的每一个细胞都能感觉到她身体的温暖；一床如云朵般柔软的棉被搭在我们身上，我裸着双脚，而她穿着一双洁白的棉布袜子；我的鼻子埋在她的发中，不由自主地扇动鼻翼，将她的发丝和白皙脖颈传出的体香吸进鼻腔。

没错，就是那甜甜的水蜜桃味道，在夏季成熟的、甘美醉人的水蜜桃味道。

08：54

钢蓝色烟雾出现在遥远的地平线，那就是我出生的城市，坐落于生长着仙人掌、红柳、风滚草和约书亚树的戈壁中央，因煤矿与铁矿的发现而一夜兴盛，被蒸汽轮机和铁路线推动向前，就算在经济危机时代也不眠不休地制造出崭新的汽车与机械设备，却在十年前成了突然衰败的城市。我的故乡。

就算冬季的信风吹起，也驱不散城市太厚的烟尘。自工业革命时代开始熊熊燃烧的炼铁高炉将铁灰色微粒洒遍城市的每一条街巷，让城市变成匍匐在尘烟中的洪荒巨兽。没人说得清这种沉重的灰色浓雾为何不会随着第四次工业革命带来的科技进步而消失无踪，两百年的岁月早已将它与城市的生命捆绑在一起，就算最先进的空气净化设备也对它束手无策。炼铁厂高炉的巨大烟囱已失去功能，成为矗立在城市角落供后人观瞻的古老遗迹，可每当太阳从东方的沙漠地平线升起，雾气总是如约而至，将这个毫无生气的城市悄悄拥入怀中。

下火车的一瞬间，我无比厌恶地皱起眉头，脸部、脖颈和手背，所有裸露在外的皮肤都能感觉到雾气的潮湿，仿佛雾中无数奇怪的生物在伸出舌头四处舔舐——这种恐怖的幻象从小就折磨着我的神经，离开故乡的十年也没能让我忘记令人不快的幻象。我裹紧大衣，告诉自己回来是一个错误的决定。

“您去哪儿，先生？现在不大好招出租车，转乘地铁的话会比较方便。”在通过闸口的时候，穿着高速铁路系统深蓝色制服的老人接过我的票根，殷勤询问。与我一同走下火车的只有寥寥几人，被迷雾笼罩的庞大火车站仿佛钢铁建造的蚂蚁农场，我们沿着曲折的金属路径不停折返，最终在出站口汇合。

“只是随便走走。”我提着行李箱走过老人身边。他应该是这个车站中的最后一名人类雇员了，廉价的机器人劳动力将人类逐出机械性劳动岗位的浪潮行将结束，这是一个旧时代的尾声，就像这名高速铁路职员一样寿命太过长久、迟迟不肯走入坟墓的漫长尾声。

捏着票根走出车站大厅，两架圆滚滚的服务机器人迎了上来，电动机驱动万向轮碾过光滑的大理石地面，发出滋滋的轻微噪声：“您好，先生。请问有什么可以帮助您？”一架机器人展开顶端的三维投影屏幕，将城市地图展现在我面前，另一架机器人默默地站在旁边，等待为我提供其他服务的机会。

准确地说，它们应该被称作“机器公民”，这一称呼是州议会立法规定的。每架机器人自中枢处理器被激活的刹那起，就背负着与人类相近又相异的原罪，必须依靠社会劳动赚取生存所需的电力、配件和定期维护。这是一种单纯的按劳分配制度，机器人与企业或公权部门之间形成雇佣关系，双方权益受到法律保障。近几年机器人的福利问题也被提交州议会讨论，有人坚称机器人群体也应该被纳入社会保障制度，因为从形式上来说，机器人的维修保养与人类的体检医疗并无不同。

制造这些机器公民的，是名为罗斯巴特（ROSBOT，即现实社会化自动机械集团）的企业联合体，在这个州的任何城市都能见到罗斯巴特的盾形标志，就算在这荒芜之地也不例外。

机器人用四个语种耐心地复述了问题，并在屏幕上演示着地图、电话黄页、交通指南、在线博物馆等功能。第二架机器人的顶盖关闭着，显得有点儿闷闷不乐。

我的目光扫过公共交通系统指南。没有变化。公共交通是一座城市的生命线，而十年未变的生命线，说明这座城市确实已经死去了。“谢谢，我不需要什么帮助。”我提起行李箱绕过两架机器人，投影屏幕如花瓣般失望地合拢。“祝您愉快，先生。”毫无感情色彩的女性合成音在背后留下违心的祝福。

“希望如此。”

在接到信件50个小时后，我从办公桌后站起来，吩咐秘书延迟例会的时间，向副总经理递交了事假条，给家里打了个电话，声称自己有紧急任务必须立即飞往东海岸出差，吩咐妻子取回干洗店的衣服，锁好屋门，不要忘记喂狗。然后提着行李箱独自来到中央车站，登上开往这座城市的高速列车。我的行李箱里只装着一件干净衬衣、一部便携电脑、一瓶功能饮料和一个文件夹。我不知道为何会做出这个决定。

我明白我疯了。

08：12

腕上的手表显示“08：12”，那是按照她给出的期限设置的倒数计时，“从11月7日0时起72个小时之内赶到”，距离期限还有8个小时。

地铁在黑暗的隧道中穿行，车体有规律地摇晃着，车厢连接处发出不堪重负的咯吱怪声。我坐直身体，以防昂贵的西装被污秽的座椅靠背弄脏。现在是上午十点左右，整节车厢里只有两名乘客，我的斜对面躺着一个烂醉如泥的年轻人，从衣领的颜色来看他已经两三天没有回家了，连呼吸都带着廉价酒精的味道。

我前方的空气中悬浮着投影式广告牌，但画面恼人地闪烁着，断断续续的声音从破裂的头顶扬声器传来：“……市发生一起……事件，警方已经逮捕了……将以非法集会罪与违反社会安全保障条例罪被……将于……开庭……”

我的心情无比压抑，不知何时会彻底爆发。这座被遗弃的城市的一切都在压迫着我，那肮脏的街道、缺乏修缮的楼宇、破碎的路灯、无精打采的行人、灰色的天幕和蓝色的雾气与我居住的城市形成鲜明对比。在属于我的城市，一切都是整洁的、有序的、高尚的，那是属于现代工业文明的天然骄傲。

我害怕如潮水般涌起的回忆，害怕唤出藏在我体内的那个生于斯长于斯、如同这个城市一样肮脏卑微的孩童。我不由得隔着衣袋抚摸着信纸，尽力以美好的回忆驱赶如影随形的灰蓝迷雾——十二岁那年的秋天。

十二岁那年的秋天天空晴朗，甲壳虫汽车在灌木丛中露出枝枝丫丫的笑容。我们坐在床上，我从身后环抱着她，将头埋在她的发丛中，嗅着甜蜜的水蜜桃味道。她咯咯笑着说："别闹了，大熊。再不开始练习，准没办法通过珍妮弗小姐的选拔。到时候我会狠狠地踢你的屁股的。"

我回答道："好吧。我还是搞不懂这样做有什么好玩的。——你是说，在那个东方国家，这是一种表演形式还是什么来的？"

她扭回头，用黑色的眸子狠狠瞪着我，说道："我说过好多遍了，这叫作'二人羽织'，是很有历史的东西，只要你能够稍微聪明一点，不要总是笨手笨脚地打翻东西就好了！"

"好啦好啦。"我嘟囔道，"那再来试一次吧。"

她拉起又轻又软的棉被，一边嘟囔着这样的棉被不合用，一边将我们两人整个罩在其中。世界黑暗下来，我感觉温暖而舒适，双臂轻轻将她搂紧。

"好，现在端起碗……再右边一点，再右边一点……再往右，你这个笨蛋！"她大声指挥着。我摸索着端起大碗，右手拿起一双名叫筷子的餐具，试着夹起碗中的面条送进她的口中。

07：52

地铁列车缓缓减速，停泊于寂静无人的站台。我走出车厢，提着行李箱走过布满涂鸦的阴暗通道，沿着停止工作的自动扶梯走上地面。风中飘着的碎纸是这街区唯一的亮色，一名机器人警察慢悠悠地驶过，五个监控摄像头中的一个扭向我，一闪一闪的红灯仿佛代表它疑惑的眼神。“需要帮助吗，先生？”外形如同老人助步车一样可笑的机器人警察开口问道，将眼柄上的五个球形摄像头举起，上下扫视着与街道格格不入的陌生人。

“我很好，谢谢。”我摇摇头。

“那么祝你拥有美好的一天，先生。”警察摇摇晃晃地驶离，履带底盘后部的红蓝双色警灯无声地闪耀着，将布满灰尘的金属外壳映得忽明忽暗。

我抬起头，巨大的冷却塔像史前动物的遗骸一样匍匐在眼前，龙门吊车横亘头顶，粗大的管道遮蔽天空。她给我的信中没有明确指示，我不知去哪里寻找这个深埋于记忆中的童年伙伴，陈旧的记忆驱使着我不自觉地来到这里——城市东部的重工业区，我出生、长大、然后用尽后半生逃避的地方。

阳光暗淡，被废弃的机械散发着钢铁的腥甜味道，锈迹斑斑的管道尽头，一只蝙蝠从厂房破碎的玻璃窗里振翅飞起，消失于钢蓝色的迷雾之中。这死去城市的尸体以绝望的、腐朽的、失去灵魂的形态静止在时间的凝胶里，钢索将阳光割裂，地面上铺满毫无生气的片片光斑。

我长久地望着那锈住的齿轮、干涸的油槽、长满衰草的滑轨与绞索般摇摇晃晃的吊钩，情不自禁地打了一个寒战。我依然记得在灾难发生之前的日子里，机械师在罢工游行的间隙，还会为心爱机械的传动链条添加润滑油，期待漫长冬季过后它还能再次发出裹着热气的震耳轰鸣。我的父亲，那位终身为汽车制造厂服务、终因高效且廉价的机器人劳动力而丢掉工作的蓝领工人，曾经无比乐观地对我说："总有一天炼钢厂高炉的火焰会再次燃起，城市会再次充满机械运转的和谐之声，一切都会变回老样子的，我保证。"他用仅余的一点钱购置了丰富的食物，满心期待着好事到来。

等我回过神来，他已经化为瓶中的白色粉末——那么健壮的一个男人居然能够被装进小小的瓷瓶，这让葬礼的场景显得有点讽刺。

裹紧西装外套，我迟疑地向前迈着步子，小心地踏过光与暗的斑纹。要去哪里呢？比起这个富有哲学性的问题，我用了更多精力遏制汹涌而来的回忆，危险的东西正在脑神经突触之间蠢蠢欲动……不要乱想！我严厉地呵斥自己，奋力驱走脑中的幻影。

从这里向前，丁字路口对面是冲压机床厂，而汽车制造厂就在右转之后的道路尽头。在那个遥远的时代，我爷爷的爷爷随着人潮拥入这个戈壁滩中央的城市，成为一名产业工人，从此代代传承，我父亲本人就完全无法想象外面的世界是什么样子的。对他来说，接受职业教育、接替父辈的职位站上生产线几乎是命中注定的事情，拧紧面前的每一颗螺丝，这是男人最踏实的工作，也是最美妙的游戏。

她如今又在做什么呢？这座城市已经死了，炼钢厂死了，发电厂死了，轮机厂死了，汽车制造厂死了。留在这座城市中的只有绝望的酗酒者、等死的老人、麻木的罪犯和丑陋的妓女，而徘徊在死去城市里的她，是否仅仅是残存着水蜜桃香味的白色幽灵？

07：37

我不得不放松警惕，让有关她的记忆溃堤而来。

她的名字叫作“琉璃”，那是一种源自东方的美丽彩色玻璃。我很喜欢这个名字，她本人却不太满意，说那是极其昂贵且易碎的玩物，在她祖辈所在的国度，只有古代的君王才有幸赏玩。

我父亲与他父亲不在同一车间，但都选择居住在公寓楼，主动放弃了市郊的独栋住宅。我父亲要承担母亲的昂贵赡养费——事实上我对母亲的印象很淡薄，她对我来说只是每个月要分走一大笔生活费的陌生女人罢了；而她的父亲则是由于股票投资失败，欠了一大笔外债，不得不节衣缩食寄身于免费的公寓楼中。

我们很小就认识了。在废弃的甲壳虫汽车出现的时候，我们总是一起骑着自行车去上小学；当甲壳虫汽车里长出茂密灌木的那一年，我们早已是无话不谈的玩伴，那个年纪的男孩女孩会将感情当作羞耻的事情看待，情窦初开的我不敢坦白自己的“少年维特的烦恼”，而她似乎迟迟不肯长大，只对耳机中的摇滚乐着迷。

之所以对十二岁那年夏天发生的事情记忆深刻，不仅因为那是我初尝感情甜蜜与苦涩滋味的日子，而是由于一件大事在这个城市发生。第十四届“世界机器人大会”在这里召开，全球最新的各式机器人云集于此，这是所有喜爱机械与新潮电子产品的孩子的饕餮盛宴。我从小就迷恋机器人，而她也对这些钢铁造物很有兴趣，我们被学校的机器人协会推举出来，要在世界机器人大会开幕式上代表整个城市表演节目。我一下子慌了神，不知该准备些什么，而她一下子就想到了“二人羽织”。

“你不觉得那很像机器人吗？我是头脑与面孔，而你在后面负责双手的动作，扮演着我自己的手臂，那不正像人形机器人刚学会走路时的奇怪样子吗？一定可以让所有人都大吃一惊的！”她盯着我，粉嫩的脸颊映着下午学校的阳光，纤细的汗毛若隐若现。

“……听你的。”我心情复杂地回答道。

07：12

汽车制造厂的大门紧紧锁闭，不远处的墙上有一个崩坏的缺口，我从那里轻松翻越进去，站在长满齐膝野草的大院中。我的正前方是办公楼，左手边是碰撞车间，右手边是试车车间，底盘、承装、制件、喷涂、焊接、总装和检测车间以棋盘形左右排列。在制造业鼎盛的时期，这片20公顷的土地挤满了15000名来自全国各地的蓝领工人，生产汽车的工时被压缩到惊人的12个小时，每6秒钟就有一辆崭新的汽车驶下流水线。

我闭上眼睛，想象着满载汽车的载重货车呼啸而过。短短十年时间，缺乏保养的水泥路已经被野草侵蚀得支离破碎，四周散发着青草和油泥混合的奇怪味道，“当啷”一声响，脚尖踢起一只空荡荡的威士忌酒瓶。靠近大门的厂房窗户全部破碎了，里面能拿去换钱的东西早被游民洗劫一空，墙壁上画满充满性暗示的暗红色涂鸦，高居于涂鸦之上的是十年前罢工运动的口号：“赶走木偶！保卫生产线！”字迹已经模糊不清。

愈行向厂区深处，流浪汉活动的迹象就越少，巨大的墓园中只有我在默默行走。名为“恐惧”的无形怪兽将右手搭在我肩上，让我不断回头惊惧地环视四周，幸好透过雾气射来的阳光给予皮肤些许温暖。我松开领带，让喉结可以轻松咽下加剧分泌的唾液。

到达目的地时，我才发现自己的目的地所在，潜意识将我引领至这熟悉的角落——当然，除了这儿，还能是哪儿呢？

六层高的公寓楼恰好遮住阳光，公寓外墙上残留着灼烧过的痕迹，四层最右边的那扇窗户——玻璃破碎、以不祥的寂寥眼神凝视我的那扇窗户，正是我卧室的窗户。年少的我曾经多少次从窗口向下俯瞰，而如今我抬头望去，肮脏的窗帘随风轻摆，看不清那后面是否有一张静止不动的孩童面庞。

“喳！”一只惊鸟穿林而出，凄厉鸣叫着蹿入高空。已经完全看不出那场大火的痕迹，被烧得精光的灌木丛如梦魇般重生了，开着黄色花朵的沙冬青与叶子油绿的野扁桃被多刺荆棘缠成扭曲的形状，这片林子几乎与童年的记忆一般无二。我手指颤抖地拨开一束梭梭草，甲壳虫汽车的残骸出现在眼前，那被火焰炙烤成炭黑色的钢铁骷髅如今再次被植物占据，灌木以疯狂的姿态从每一寸缝隙中挣扎而出。

我忽然想起童年的一种玩具。那是世界机器人大会为感谢我们表演节目而赠送的礼物：具有行走能力的机械人偶。人偶的面部是一个棉质的圆球，只要按照自己喜爱偶像的照片在圆球上相应位置植入草籽，每天细心浇灌，七天之内小草就会长成这位名人的五官轮廓，同时这种基因工程制造的草种会将光合作用制造的糖类输送给人偶内部的化学能燃料电池，驱动小机器人向着光线更强的方向行走。我不知是谁设计出这种奇怪的玩具，表现最基本的机器人生存原理是可以理解的，但绿色头发的迈克尔·杰克逊迈着僵硬的步伐在写字台上追逐阳光，这不是儿童玩具应当具有的模样。令我更加恐惧的是，一个月过后，那些基因变异的青草开始不受限制地疯长起来，迈克尔·杰克逊的眼睛、嘴巴、鼻子、耳朵喷出长长的草叶，机器人行走的速度也因能量充足而加快了，那个七窍流草、在屋里四处狂奔的怪物是我一生的噩梦。

迈克尔·杰克逊是我最爱的歌手，我还喜欢罗比·威廉姆斯、布鲁诺·马尔斯和蕾哈娜。她的音乐播放器里装满更加过时的摇滚乐，如皇后、枪花、滚石、金属乐队、邦·乔维和涅槃。我从来不能理解她的想法，而她从未试图了解我的想法。

在世界机器人大会之后，她与我的关系渐渐疏远。不知从什么时候起，我们每天的对话变为简单的“你好”和“再见”，我再没有触碰过她柔软的肌肤、闻到她身上迷人的水蜜桃味道。

甲壳虫汽车的残骸就像那具机器人一样散发着邪恶的气息，令我胃部收缩，有一种想要呕吐的感觉。做了几个深呼吸压下不适感，我放下行李箱，弯下腰拨开汽车内部的灌木。

回到汽车制造厂，来到这个隐秘的地点，一切都是自然而然发生的，我根本没有考虑这样做的合理性。但回过头来想想，如果她只有一封没头没尾的信件召唤我前来，没有留下任何联系方式，那么还有什么地方比这里更适合隐藏留言呢？毕竟在曾经亲近的孩提时光里，我们总是一起坐在卧室的床前，望着这辆被遗弃的车子，编造着一个又一个光怪陆离的恐怖故事，以吓坏彼此为快乐之源。

在一簇结出鲜艳红色果实的沙棘之下，甲壳虫汽车的底板上，我发现了一个白色的信封。我转身逃离汽车残骸，撕开信封，一张照片轻飘飘地掉了出来，照片上是一个男孩和一个女孩，十二岁的我和十二岁的她。

照片是家用打印机打印的，显得陈旧易碎，我和她的笑容却透过模糊不清的像素点溢出纸面。她坐在床沿上，我坐在她身后，那正是我记忆中最美好的夏日时光，为机器人大会排练“二人羽织”的那个午后。

仿佛被看不见的重拳击中鼻梁，我感到眩晕、疼痛和眼睛酸涩。趁着视线还没有因此模糊，我翻过照片，看到后面用碳素笔写着：“很好，起码你来了。接下来想起些什么吧，你会找到那个地方的，就是那里。”

06：35

我在寂静的城市里独自行走，感觉昂贵的西裤和衬衣被汗液黏在皮肤上，真丝领带令我窒息。我毫无目的地走着，直到行至街巷尽头，空旷的广场与巨大的机器人塑像出现在眼前。那是第十四届世界机器人大会纪念广场，还有双足机器人“大卫”。

“大卫”有55米高，钢骨架、镀铬铝合金蒙皮，以金属黏合剂定型，外表大致符合人体比例，看起来不大像米开朗琪罗的名作，倒更接近古老动画片《阿童木》里面的主角。在我十二岁那年，银光闪闪的机器人在吊车的帮助下立起在世界机器人大会园区中心，市长带头热烈鼓掌，我和她自然起劲地拍红了掌心。“这是具有划时代意义的一天。”市长清清嗓子，“罗斯巴特集团捐赠的‘大卫’将作为城市的象征永存于世，感谢他们带来日新月异的机器人技术，将我们带向人类与机器人和谐共处、创造更文明高效社会的美好明天！”

市长的话没有说错，直到今天，机器人还倔强地站立着，即使十年前的一场大火将每一寸表皮都烧成炭黑色，身上布满铁锤砸出的凹痕。事实上，至今没人知道那天究竟发生了什么。很多人死了，而直至今日，遇难者的确切数目还是没人知晓。

“大卫”是罗斯巴特集团最后一件人形机器人制品，从此复杂的双足机器人淡出了历史舞台。科技的车轮开始加速转动，具有划时代意义的模拟神经元处理器给机器人带来相当程度的思考能力，随着各式各样的机器人走向社会，伦理学问题被摆上台面。几年前，州议会在州宪法中加入了“新机器公民”的条款，正式承认机器人的独立人格存在，同时规定机器公民的权利、义务及社会角色，使他们可以“在一定的约束条件下以同等身份获得法律权利、社会权利、政治权利和参与权利”。

当时没人意识到，人类在漫长的文明史上第一次与自己的创造物展开生存权利的残酷竞争。罗斯巴特集团由机器人制造厂摇身一变，成了全州数百万名机器人的经纪人，每名机器人都要通过公平竞争谋得工作，赚取一般等价物，换取维持生存所需的电能、油液、零件和保养，罗斯巴特公司抽取50%的佣金用来偿还机器人的制造贷款，通常这份价格高昂的分期贷款需要用30年乃至更长时间来偿还，但机器人的服役寿命高达80年，它们终将赎清自己而获得自由。

企业非常欢迎这种做法。不同外形的专业机器人有各自适合的岗位，很容易在生产线上找到理想位置，它们薪酬低廉、工作时间极长（州立法规定每天不得超过22个小时）、附加支出极少、不需要解决住房问题、没有生育和休假困扰。它们不会通过工会提出不合理需求，即使抱怨也只是在机器人权益保障者那里吐吐苦水，只要稍微提高厂房里令机器人感到舒适的白噪声就可以解决问题。

唯一的受害者，就是被夺去工作岗位的产业工人。在需要情感、主观感受、逻辑判断力和决策的岗位上，人类牢牢坚守战场，但我父亲那样的蓝领工人被机器人成批驱逐。他们亲手制造了潘多拉的魔盒，禁不住诱惑掀开盒盖，却发现盒中的瘟疫已经长出翅膀，再不受造物主的管辖。

这就是那场史无前例的大罢工的缘由，导致这座以重工业为基础的城市死亡的缘由。全机器人生产线（不同于传统意义上的“机器人”生产线，电脑控制的机械手臂与具有主观能动性的机器公民不可相提并论）能够将生产效率提高四倍到五倍，厂房必须重新设计以适应高效化与极度精确的工作流程，厂区不再需要臃肿的生活配套区，只要留有足够的停放空间（州立法规定机器人的最小休息空间为该款机器人体积的1.5倍）即可。改造旧厂区意味着天文数字的投入，重型企业已经因解约赔偿而元气大伤，它们不约而同地选择在更靠近罗斯巴特集团总部的城市新建厂区，放弃了这座戈壁滩中央的孤城。许多未能顺应时代潮流雇佣机器人工作的企业很快倒闭，失业率扶摇直上，社会动荡，城市衰落，用州政府的话说，这只是走向新的时代必须经历的阵痛而已。

我远走他乡，进入大公司工作，工作两年后才知道所服务的企业是罗斯巴特集团的下属企业。在那座崭新的城市，汽车厂、钢铁厂、精密设备厂、机床厂、数码仪器厂已经以崭新的姿态重生。那些新生的工厂都有着低矮洁净的白色厂房，厂区充满电流的嗡嗡噪声和万向轮碾过地面的吱吱声。

我喜欢机器秘书和机器巡警，喜欢代表先进生产力的机器人技术。一想起现在脚下这座笼罩着迷雾的钢铁城市，我就仿佛闻到油烟驱之不尽的苦涩味道，感到指甲缝里塞满黑黑的油泥，看到父亲临死前强颜欢笑的卑微样子，听到汽车制造厂最后一次拉响下班的汽笛声。

是的，我离开了这个鬼地方，同其他上百万人一样。这样做有什么不对?

我紧紧捏着手中的照片，穿过窄街大踏步走向双足机器人的方向。如果答案存在的话，一定就在那个地方。

06：12

“二人羽织”这种表演的意义到底是什么？是笨拙的喜剧、和谐的正剧，还是滑稽的悲剧？这种源自东方的奇异文化，我到最终都没有理解。第十四届世界机器人大会在凉爽的夏夜开幕，中央展馆大舞台的幕布缓缓拉开，六盏聚光灯穿透厚厚的棉被射来粉红色的辉光，喧哗声渐渐平息，奇异的静谧统治了会场，即使躲在她的背后，我也能感觉到五千名观众视线的灼热。“别怕。”名叫琉璃的女孩对我说，“有我在。”

我什么都看不见。在这个棉被制造的小小空间里，我拥着让我神魂颠倒的女孩的柔软躯体，却紧张地弓起后背，保持着尴尬而礼貌的距离。我垂在琉璃身前的双手能感觉到空气的温度，幸好一万只窥探的眼睛被关在棉被外面的世界。我的鼻尖埋在她的发中，嗅着让人迷醉的甜蜜桃子味道，整张脸都因紧张和幸福而充血、发热。我能感觉到她的身体也在微微颤抖，那是十二岁少女面对五千名旁观者的天然恐惧，也是从小听着古老摇滚乐长大的灵魂面对五千名观众的天然亢奋。忽然间，颤抖停止了，她自言自语道：“忽然肚子饿了，那么就吃一碗面吧。”

这是表演开始的信号。我轻轻活动一下僵硬的手指，开始摸索装满面条的大碗，奇怪的是，那时我却完全没有想着表演本身，脑中莫名其妙地蹦出一个念头：如果她身上能够散发成熟桃子的味道，那是不是说明所有女孩都是水果口味的？隔壁班的凯茜·布雷迪是不是草莓味道的？班主任提摩西夫人应该闻起来像坚果吧？我自己又是什么味道的？如果我与琉璃结婚，会不会生下一大堆桃子味道的可爱女孩？

许多年以后，我拥有了一个闻起来像香奈儿5号香水的妻子，养了一条酸奶油味道的大狗。我决心不再回忆这座被雾气笼罩的钢铁之城，却在偶尔闻到桃子味道的时候心中一荡，胸腔中的某个部位传来针刺般的疼痛感——比如现在。

如果心电图和冠脉造影解释不了心脏的疼痛，那么只能相信那是灵魂的阵痛吧。

我踏上纪念广场的黑白两色地砖。整个纪念广场由第十四届机器人大会的几栋主体建筑改建而成，棋盘状地砖的设计应该是对“深蓝”电脑的致敬，而环绕整个广场的单轨轨道是对地球环日轨道的拙劣模仿。在我十二岁那年，这条轨道上有着骑单车的人形机器人不停地穿梭往返，向世人展示其高妙的平衡感；如今铁轨早已锈迹斑斑，在那个脏兮兮的移动物体高速驶来的时候，松动的螺栓发出嗒嗒的震动声，铁锈簌簌掉落，整条轨道都在上下起伏，看起来像泡在咖啡里的早餐麦圈一样随时可能粉碎坠落。但悬浮在永磁场之上的轨道不可能原地坠落，就算那些七零八落的碳纳米系带全部断裂，它也只会被高高弹起来，扭成麻花状散落到鬼知道什么地方去。

我停下脚步，放下行李箱，干脆把领带扯掉揉成一团塞进衣兜，松开衬衣上的三颗纽扣。一个嗡嗡作响的家伙沿着轨道驰来，吱的一声停在我面前。这个轨道机器人像个饭盒，一停下来就开始叮叮咚咚地播放《献给爱丽丝》，将盒中售卖的物品展示给我看。左边一半是平凡无奇的旅游纪念品，右边一半是冷冻的速食品，包括饮料和水果。我的眼睛望向哪种食品，机器人就殷勤地放出一丝含有食品味道的香氛喷雾，当视线掠过水蜜桃时，化学合成的桃子味道令我悚然一惊。

“仅售3元，先生，保证新鲜的南方农场水蜜桃，从采摘到冷冻保存只用了5分钟，就连南方农场充满阳光味道的美味空气都被一起冻了起来呢，先生！”用不知藏在哪里的摄像头捕捉到我的神态，机器人用同样不知藏在哪里的扬声器发出欢快的合成音。

“好吧。”我犹豫了片刻，掏出皮夹数出三张零钞递过去。

“感谢光临！T00485LL发自CPU地感谢您，先生！”刷的一声，钞票被不知藏在哪里的触手夺走了，一颗速冻的桃子弹出机器，在空中留下一团水蒸气的云雾，接着轻轻跌落在托盘上，零下18℃急冻的水果被定向微波快速解冻，休眠与唤醒都只用了短短一秒钟。“这是您的南方农场水蜜桃，先生，如果愿意的话我可以介绍一下这些可爱的纪念品，比如可以自动下楼梯的势能转换器、能够看护婴儿的恐龙玩偶、印有‘大卫’图案的夜光纪念章……”托盘升到我面前，桃子同屏幕上显示的样品一样饱满可爱，新鲜得像刚从树上摘下来。

“不必了。”我拿起那颗水蜜桃。

没有味道。看似美味多汁的桃子没有任何味道。水蜜桃底部有个小小的标签，上面的日期显示这颗桃子已经在机器人的冷库中沉睡了4年11个月，但距离保质期限还有很长一段时间。

按照食品安全法规定，桃子的营养成分流失最多在5%，它的本质还是一颗营养丰富、汁水充盈、健康纯粹的桃子。——这就是文明的力量。

我随手将水果丢进垃圾箱，走向纪念广场北侧的巨大人形机器人。售货饭盒机器人乖乖地闭嘴不语，但鬼鬼祟祟地沿着轨道跟在我身后，滑轮摩擦铁轨发出难听的刮擦声。无论它还是轨道本身都需要一次从头到脚的保养，或者在不远的某一天彻底沦为废铁。

“不要跟着我。”我没有回头，冲身后挥挥手。优先级更高的服从逻辑战胜了求生欲望，售货机器人的身形静止了，孤零零地凝在铁轨上，像冬季瑟缩在电线上忘记南飞的孤鸟。

整个广场上没有其他的游客。离得越近，伤痕累累的机器人雕像就显得越发丑陋，我皱起眉头，掏出照片细细观看。一件事忽然浮现于脑海，却远远飘在意识的捕捉范围之外，令人摸不到轮廓。照片上是十二岁的我和十二岁的她，在那年夏日的卧室房间里，应该还有一个若有若无的阴影存在。而那个影子，也是我远离这座都市的原因。但现在绞尽脑汁也看不清那个影子的面目。一旦意识到这个死角存在，大脑就开始用尽力气破解回忆的谜团，像水蜜桃一样被冻结的往事坚冰慢慢溶解，一个接一个画面浮出水面。我和她，我和爸爸，我和提摩西夫人，我和巨大机器人雕像，在浓雾中迷失而被吓坏的孩子，放学后的秘密基地，草稿本上的机器人图纸，用晾衣架、电动车马达和易拉罐制造的机器人，被丢弃的甲壳虫汽车……每个画面都有那个影子存在，如同无形的手在按下快门将回忆定格的时候，总是将一个徘徊于身边的幽灵记录其中。

越是努力捕捉，神秘的影子就越轻飘飘地溜走，我不禁开始怀疑自己的记忆，怀疑自己的大脑，怀疑我大脑内侧颞叶的每一个神经元和神经突触在联合起来欺骗这具身体的主人。——童年的记忆如果这么不可靠，为何琉璃肌肤的温热触感和身上散发的甜蜜味道却如此鲜明？

头痛开始袭来。“见鬼……”我从裤兜里摸出尼古丁咀嚼片丢进嘴巴，用咀嚼肌的运动缓解疼痛。胶质中的尼古丁渗透进血管，这种禁烟运动中奇迹般存活下来的安慰剂让我的精神立刻振奋起来。但这无助于思考，我只能暂时将打结的记忆丢在一边。

巨大机器人塑像遮住朦胧的阳光，庞大的双脚逐渐与我的视线齐平。经过修葺的大理石基座用四种语言刻着拍马屁的美术评论家的华丽辞藻，他们居然认为这一团焦黑扭曲的金属是现代文明史上妙手偶得的极佳创作。作为设计师的一员，我对此却难以苟同，甚至不敢直视那丑陋的金属骨架。

机器人塑像凝视着五百米外的机器人大会主场馆，我和琉璃曾在那栋蛋壳形的乳白色建筑中登台表演，收获了五千名观众的热烈掌声。我们搞砸了好几个地方，却意外地赢得哄堂大笑，或许这正是这种表演形式的高明之处吧。灯光亮起，大会正式开幕，每一个小舞台都有吸引人的各式机器人登场。我们两个趁没人注意偷偷溜了出来，爬上机器人塑像的基座，望着远处流光溢彩的场馆和亮着灯带的长长轨道，等待烟花升起。

那时我们都说了些什么？十二岁的我们，或许正试图表现自己成熟的一面，谈论着音乐、电影、书籍，也许聊起学校中发生的事情，更可能谈着机器人的话题，想象着我们的未来将会是一副什么样子。

到如今，我知道我的未来是什么样子，而她的未来呢？

我在我们曾经并肩坐着、悬空摇晃双腿的地方找到一个白色的信封。那时我们花了很大力气才爬上高高的基座，如今看来，那不过是齐胸高的台阶罢了。我的心情非常复杂，但走到这一步，除打开信封之外，没有其他选择。

撕开信封，薄薄的信纸上只写着一个名字：乔。

05：36

乔是谁？

这个名字没能将沉睡的记忆唤醒，短短三个字母看起来有点陌生。“乔”应当是“约瑟夫”的缩写，现在已经几乎没有人将男孩命名为约瑟夫了，因为那听起来又老气又陈旧，一点不时髦。我的交际圈中没有人叫作乔或者约瑟夫，与琉璃共同认识的熟人更是屈指可数，我静下来梳理了一遍记忆，确实没有这么一个名字存在。

“搞什么鬼？”我皱起眉头，感觉有点烦躁。这游戏已经走到了尽头，是该放弃的时候了，如果现在搭乘地铁回到车站的话，还能赶上四点钟回程的高速列车。我将信纸狠狠揉皱塞进衣兜，拎起行李箱向纪念广场外走去，走出一百米，又忍不住将信纸掏出、展开、抚平，看一眼那个名字，又回头看一眼巨大机器人塑像。

死去城市的铁灰色遗骸像一个魔咒，逃离的念头一次又一次升起，身体却一次又一次背叛意志。不管望向哪里，都能看到童年的我的影子。我漫无目的地慢慢行走，圆形轨道上寂寞的铁盒子进入我的视野。“喂，售货员。”我开口道，“现在是午饭时间了吗？”

“早一分钟，晚一分钟，都不是比现在更适合吃午饭的时间！T00485LL的流动餐馆向您介绍今日推荐菜单，先生！”机器人立刻发出兴奋的电子合成音，驱动滑轮飞速驰来，五颜六色的诱人食物影像在面板上跳跃起舞。——若说起机器人与人类思维的最大不同，就是它们似乎不大能理解人类对于长串数字的差劲的记忆力。它的名字对我来说只是一串毫无意义的字符串罢了，可听它可怜巴巴的语气，似乎还挺希望我记住这个莫名其妙的名字，以熟稔的口气来跟它寒暄几句。

“墨西哥卷饼？”我将脑海中浮现的第一个食物名字告诉它。

“在这样一个温度19℃、湿度65%的美好的初冬日子里，热气腾腾的墨西哥玉米卷饼是最适合户外环境的餐点了！您可以任意搭配豆子、白米、生菜、牛油果、辣茄子、鸡肉、牛肉、奶酪、酸奶油、莴苣和蘑菇内馅，并可以免费添加番茄酱、芥末酱、辣椒酱、酸辣酱、甜辣酱和沙拉酱……”T00485LL的显示屏上飞速掠过一连串食物图片，快得让人根本没办法看清。

“怎样都好，给我生产日期最近的吧。”我摆摆手，望着漆皮剥落、尘埃满身的机器人，思考着这区区几块钱收入能够换取几天续航电力。我们曾经那么憧憬机器人走入现实生活的美好未来，但孩子如果以超然的眼睛看到今时今日的画面，或许会完全推翻幼稚的愿景吧。

我的要求可能给它添了一些麻烦，几秒钟后，嘀嘀嗒嗒的《献给爱丽丝》响了起来，机器人说道：“生菜牛肉墨西哥卷饼配辣椒酱，附赠大杯可乐及洋葱圈，感谢惠顾，先生！一共是9.9元。”食物啪的一声被弹到空中，然后被定向微波瞬间解冻并加热，冒着蒸汽准确降落在托盘中，一支细长的软管不知从哪里伸出来，蠕动着向一次性纸杯中注入气泡丰富的冰可乐。

我将钞票递给它，接过托盘，略犹豫了一下，还是坐在肮脏的轨道基座上开始用餐。被冷冻了不知多久的食物看起来十分光鲜，但缺乏让人大口咬下去的诱惑力。我拿起卷饼咬了一口，慢慢咀嚼着这些据说是玉米煎饼、牛肉、生菜和辣椒酱的东西，用可乐将它们冲下食管。不知道他们用什么方法保存可乐，饮料的味道还算正常，碳酸噼里啪啦刺激着口腔黏膜，感觉不错。

“在用餐的时候，您是希望我简单介绍一下纪念广场的历史和‘大卫’的来历，还是播放一首佐餐歌曲呢？与套餐搭配，每首歌曲仅需0.99元，既可以使用我的立体声扬声器播放，也可以传送至您的随身设备中，一次购买，终身受益……”殷勤的机器人展示着一长串歌曲列表。我心不在焉地瞟了一眼，忽然脑中蹦出一个念头：“有没有名叫‘乔’的歌手或歌名？”

墨西哥卷饼让我模模糊糊地想起什么，这种食物与某种音乐之间产生了尚不清晰的关联。对于此情此景，我忽然觉得相当熟悉，似乎在某个不知是真是幻的记忆片段里，我就坐在这里，一边将食物塞进嘴里，一边听着广场上的音乐声。食物和音乐我都不记得了，但这应该是某种线索。

“以Joe为关键词查询得出153328个结果，您要找的是不是Joe Cocker，Joe Jonas，Joe Nichols……”T00485LL欢快地唠叨着。我赶紧伸手加以制止：“不，不，我想想……”

音乐声响起，来自我深深的脑海。

“Joe Brown，Joe Lattice……”

“闭嘴！”

世界立刻清静了。我放下托盘，用力回想模糊的记忆片段，直至一阵剧烈的头痛突然爆发，轰的一声炸开在头盖骨里，浑身上下的每一个神经末梢都接收到了短暂而强烈的疼痛脉冲。

“先生？您怎么了，先生？您需要帮助吗，先生？需要我为您叫救护车，或者联系家人吗，先生？”T00485LL欢快地呼喊道。我知道那不是它的本意，毕竟一个语音合成器只有一种基调，最适合售货员的就是这种该死的乐天派的语气。

“我没事……我没事。”我深深地蜷着身子，将头埋在双膝之间，直到难挨的疼痛过去。这种疼痛我一点都不陌生，自从离开这座城市之后，有许多次我尖叫着从噩梦中醒来，因头痛而彻夜无眠，但医生说我的检查结果完全正常——一如我的心脏，健康得可以活到世界末日的那一天。随着年纪增长，头痛的次数逐渐减少，自从结婚以后这种电击般的苦刑已经极少干扰我的生活，我也乐于在妻子面前将秘密深深埋藏。

我知道两分钟过后疼痛就会暂时退去，像潮汐暂时远离沙滩，如果此时立刻服下安眠药入睡，就可以阻止下一拨疼痛袭来。但这次我所做的是猛地站起来，双手抓住机器人的铁盒子摇晃着说：“我想起来了！我不知道歌手的名字或者歌的名字，但我想起了一段旋律，你可以通过旋律找到歌曲吗？”

“您这样做让我很困扰，先生，通常来说我们是不太喜欢身体接触的，您身上的汗液对我的皮肤——我是说烤漆——有害。不过我确实提供哼唱旋律找歌的服务，只需2.99元即可，只要激活服务，一份已付费的APP拷贝会出现在您的移动终端中……”T00485LL轻快地答复道。

我立刻哼出那段曲子。在头痛的黑暗深海中微微发光的是一小段歌曲的旋律，非常简单的曲调，短短两句，没有歌词。在遗忘之前，我将这段旋律连续哼唱了三遍，然后紧张地盯着机器人的显示屏。

“有15个近似结果，先生，如果有歌词或者下一段旋律的话……”T00485LL犹豫道。

“对了对了，类似于二重唱，不，我是说两个短句每个都重复两遍……”我立刻补充道。

“啊，这就好多了！”机器人快乐地叫道，“匹配结果是唯一的，这是一首创作于1911年的歌曲，歌名是《牧师与奴隶》，作者是乔·希尔。您非常幸运，先生，这首歌的原版录音没有留下，幸好有另一名歌手犹他·菲利普斯在整整一个世纪之前翻唱的版本，现在为您播放30秒试听。”

沙沙的背景噪声响起，接着音乐声传来，伴奏只有一把吉他，一个苍老的男声唱道：

长发的牧师每晚出来布道，
告诉你善恶是非。
但每当你伸手祈求食物，
他们就会微笑着推诿：
你们终会吃到的，
在天国的荣耀所在。
工作、祈祷，简朴维生，
当你死后就可以吃到天上的派。

伴随着撕裂般的声响和天旋地转的失重感，记忆的冰山轰然崩塌。“乔”这个名字是一颗铁钉，音乐是将名字敲进冰山的铁锤，小小的裂缝不断扩大，悬浮在记忆之海中的坚硬核心终于分崩离析。在失去意识之前，我想起来了：乔，琉璃，我的父亲，十年前的那一天，“大卫”身上熊熊燃烧的火焰，还有鲜血和汽油。那是这座城市的最后一日。

我想起来了。

05：11

我从昏迷中醒来，T00485LL刚好数到第580秒。“先生！先生！你醒了！”它大声嚷道，“若是十分钟之后你还不醒来，我就必须联系医疗卫生部门，并作为第一旁观者接受警察部门的讯问了……你没事吧，先生？需不需要药品？我认识一个在附近卖药的家伙，它的药瓶上没有条形码，不过对治疗头痛非常有效……”

“我没事。我要走了。”我用力一撑地面站了起来，忍受着眉心后面一阵阵的刺痛，用手拍打身上的灰尘。

“您确定不是因为我提供的食物或者音乐而感到不适？”机器人可怜巴巴地问，屏幕上播放着绿色和蓝色的波纹来表示情绪，“我已经有两次不良信用记录了，如果被那些官僚发现……”

“与你没有关系。谢谢你，再见。”我将西装外套搭在肩上，眺望四周景物确认一下方向，然后大踏步走去。

“谢谢！……你的箱子，先生！”T00485LL叫道，伸出软管手臂拎起那只行李箱，沿着轨道追来。但我前进的方向与圆形轨道几乎垂直相切，铁盒子机器人焦急地左右横移，用最大音量播放《献给爱丽丝》，希望能唤起我的注意。

我没有回头。

我想起了许多东西。模糊的阴影显露出面目，那是一张我无论如何不应该遗忘的脸庞。我与琉璃坐在卧室的床上开心地微笑，是他用相机将这一刻定格；我第一次骑上父亲的自行车，是他在旁边帮我保持平衡；我惹怒提摩西夫人，是他陪我留堂罚站；我在雾气浓稠的清晨迷路，是他用手电筒的光芒引导我走上正确的方向；我放学后常去的秘密基地是他一手建造的；我在草稿本上画下机器人图纸，是他用晾衣架、电动车马达和易拉罐将潦草的蓝图化为实物；我们共同玩耍、长大，看着被丢弃的甲壳虫汽车一天天被灌木丛吞噬，看着琉璃从邻家女孩成长为窈窕淑女。

属于我与她两人的瞬间是虚假的，每一个画面都有他的存在，是他为我们讲解“二人羽织”的表演要领，在上台前为我们鼓气加油，带我们逃出热闹的中央展馆，坐在“大卫”的大理石基座上望着灯火辉煌的城市，等待烟花升起。我们三个人讨论着关于音乐的话题，我们都喜欢老歌，我喜爱迈克尔·杰克逊、蕾哈娜和阿黛尔·摩根，琉璃喜欢皇后乐队、蝎子乐队、邦·乔维和夜愿，而他的播放器里装满鲍勃·迪伦、琼·贝兹和朱迪·考林斯。

那是我在这个小小的群体中第一次被疏远。或许，也是最后一次。

琉璃身上的甜蜜桃子香味还残留在鼻孔中，但她不再向我看一眼，只用亮闪闪的眼神望着那个男孩，同他谈论着音乐中的力量与反抗精神。我试图插进对话，却发现他们在用一种我不理解的语言交谈：“民谣与摇滚的精神核心是重合的，它们拥有同一个根源。”

“如果说根源的话，应该是‘日升之屋’（The house of the rising sun）吧？”

“啊，你一定要听一听‘动物’乐队（The Animals）的版本，在那个年代的英国乐队当中算是最棒的另类。我的播放器里应该有的……就在这里。”

他们分享同一副耳机，身体挨得那么近，以至于我听不清他们的窃窃私语。我无聊地望着天空，直到第一朵烟花在夜空绽放。“放烟火了！快看啊！”我大叫道，扭过头，发现他们之间的最后一丝距离已经借由双唇轻轻弥合。

乔。

他的名字叫作乔，我怎能忘记他？他是我最好的童年玩伴，我的朋友，我的兄弟，我最敬佩的人。他是个心灵手巧的人，在秘密基地简陋的环境中制造出那么精致的双足机器人，那手艺早就超过了手工课的范畴，简直可以拿到现代艺术品画廊里去展览。他学习成绩极好，喜爱摄影，会弹吉他，拥有一头浓密的褐色头发和一双明亮的灰绿色眼睛。在十二岁那年，他就长到五尺九寸高，拥有强壮的肌肉和敏捷的身形。他是个值得信赖的人，具有天然的领袖气质，身边从不缺乏追随者。我不知道他为什么喜欢和我厮混在一起，只知道与他一起玩耍的日子，我快乐得像国王身边受宠的小丑。

有一次我问乔为什么那么喜爱二十世纪的古老民歌，他对我说在遥远的二十世纪初，有一位诗人、作曲家、工会组织者为了工人运动写出无数振奋人心的民谣歌曲，最终被资本家以杀人罪处决。那个人的名字叫作乔·希尔。现在可能没人记得这位民歌复兴运动的精神领袖，但这个名字将永远铭刻于反叛者的墓碑上，永不褪色。

“我们名字相同。”乔笑着说，“有时候我觉得，这是上帝的安排。”说这话的时候，他的脸上带着与年纪不相称的成熟。

自从十二岁那年“世界机器人大会”令人眼花缭乱的夏夜之后，乔与琉璃逐渐淡出我的生活。乔并不理解我的冷淡，下课后依旧来找我玩，但我心中已经筑起高高的墙壁，将国王的邀约一次次拒绝。终于，三个人之间疏远了，十二岁男孩的自尊让我不得不独自品尝被遗弃的苦果，躺在床上想起他们成双入对的影子，痛苦地蜷曲起身体，忍受深深的孤独。

我恨他。恨国王将他的小丑遗弃（尽管那是我自己的选择），恨他与琉璃在一起的每一秒时间。

日子过得很快，我们渐渐长大，琉璃在高中毕业之后进入汽车制造厂控股的维修公司实习，乔依照父亲的意愿进入职业技术学院学习机械电子工程，而我在社区大学攻读现代工业设计学位，准备在取得学位之后考入著名大学的研究生院，彻底离开这座嘈杂而阴沉的城市。

那一年，白色的高塔用了短短一个月就出现在城市的正中心，罗斯巴特集团的盾形徽标高悬在塔楼顶端，像一只奇怪的眼睛在俯瞰整座城市。街道上开始出现各式各样的机器人，起先做着一些机械性的简单工作，随着州议会政策的逐渐宽松，这些怪模怪样的家伙开始走上正式工作岗位——说是机器人，其实没有一个是人形的，只是一些会移动、举起物体和发出声音的机械而已，当然，据说还会思考。

也就是从这时起，萧条的气氛开始笼罩街道，工人们不安地议论减薪和裁员的话题。我父亲说一切都会好起来的，历史就是这样，城市已经挨过了那么多次经济危机，不会被暂时的不景气击倒。

终于，裁员计划被提前泄露，工业区即将整体关闭的消息如同重磅炸弹爆炸，一切都乱了套。工会立刻组织罢工。事后想想，资本家早已做好割掉古老工业体系、建立新秩序的计划，罢工和游行又能威胁到谁呢？

我就是在这样一场游行中听到了唤醒记忆的那首歌曲，乔·希尔在1911年为工人运动而创作的《牧师与奴隶》。对了，那天我穿过街道从社区大学回家，被游行示威的人流席卷其中。“哦，老克劳福特的儿子！”有人认出了我，我的手中立刻就多出了标语牌、头巾和啤酒，“为什么没有人发给你啤酒？喝光啤酒，举起牌子，再走20分钟我们就吃午饭！”

我不想参与，但没能说出拒绝的话。人群呐喊着口号走过国王大街、绿洲路和铜矿路，兜了个圈子到达纪念广场，在这里休息、午餐。吵吵闹闹的工人坐满了圆形轨道基座，就像下雨时电线上密密麻麻的麻雀，有人在我手中塞入热狗与冰啤酒；广场中心搭起临时高台，四个巨大的马绍尔牌音箱接通话筒，有人登上台向大家讲解下午的游行路线；接着另一个人花了十分钟宣讲机器人末世论，说这些拥有了身份的铁块总有一天会反过来成为人类的主人；最后乔和琉璃双双出现在台上，乔抱着他的吉他，琉璃穿着白色棉质T恤衫和蓝色背带裤，短短的头发用红色头巾扎起。

"乔！乔！"工人们举起啤酒喊道。

"这首歌叫作《牧师与奴隶》。今天，资本家说用钞票买断我们未来的工作年限，将我们安置在新移民城市，让我们可以在机器人的服务下舒舒服服过完一辈子，每日做着虚幻的工作；而明天，我们，我们的儿子，我们的女儿，我们的孙子、孙女和所有后代，就会成为被世界遗弃的垃圾！"乔已经成长为一个英雄般的高大男人，他握着话筒，整个广场的光仿佛集中在他身上，让他吐出的每一个字眼都带着来自天堂的雄浑力量，"这些资本家正在用无所不在的机器人抢走我们的工作、我们的土地、我们的生活和我们的城市。两百年前，我们的祖先在戈壁滩中央建立了这座城市，如今城市的灵魂就要死去，高炉不再流出铁水，水压机不再锻打金属，石油不再流动，蒸汽不再喷发，一切将在我们的手中终结。……全部终结。"

全场鸦雀无声，音箱中传来空洞的啸音，空气绷紧了。我望着乔和他身边的女人，艰难地咽下口中的食物。

乔没有多说一个字。他引燃了三千名工人的炙热情绪，又任由它在等待中发酵、膨胀，演变为超过临界力量的风暴。所有人都在等待他继续说下去，他却退后一步，抱起怀中的吉他。琉璃轻轻握住话筒，闭上眼睛，翕动嘴唇，纤弱而有力的女声响起：

长发的牧师每晚出来布道，
告诉你善恶是非。

吉他扫弦声响起，如遥远天边隐隐滚动的雷雨。女声继续唱道：

但每当你伸手祈求食物，
他们就会微笑着推诿……

乔开口了，充满力量感的男声接替了女声：

你们终会吃到的，
在天国的荣耀所在。
工作、祈祷，简朴维生，
当你死后就可以吃到天上的派……

随着简单旋律的不断重复，工人们开始加入叠复句的合唱：

工作、祈祷（工作、祈祷），简朴维生（简朴维生），
当你死后就可以吃到天上的派。
各国的工人弟兄团结起来（团结起来）！
当我们夺回我们创造的财富那天，
我们可以告诉那些寄生虫（寄生虫），
你得学会劳动才能吃饭！

纪念广场沸腾了。音乐的力量让这些卑微的、绝望的、疲倦的工人发出海啸般的怒吼，我相信即使远在那座白色高塔中，大人物们也听得到这种震耳欲聋的呼喊。

在这一刻，我却感觉到彻底的绝望。他与她站在高高的台上，唱着一百年前的歌，他是她的约翰·列侬，她是他的小野洋子，他是鲍勃·迪伦，她是琼·贝兹，他们是一体的，彼此契合，无法分割。

我恨自己打开记忆的封印，让这种痛苦再次置我的灵魂于嫉妒的炼狱。我沿着国王大街快步向前，走过肮脏的街道、破碎的路灯和飘满纸屑的路口。我已经知道琉璃尝试将我引向何方，最后一封信一定藏在那个地方，我曾经忘却又终于想起来的开始与终结之地。

我们的秘密基地。

也是乔死去的地方。

03：54

我不知道儿时的记忆缘何被封闭，只知道随着记忆的恢复，某种东西悄悄改变了。这座破败的城市、无精打采的阳光、钢蓝色的雾气开始变得熟悉而亲切，空气中有一种让人心惊的温暖味道。快步走了20分钟后，我才发现行李箱和外套被丢在了纪念广场，但那些已经无关紧要，我最需要的是一个答案，而答案就在前方。

邮电大楼出现在街角，这栋六层楼房表面的绿色油漆已经剥落，大门紧紧锁着。我的心脏不由自主地加快跳动。我左右看看，街上并没有行人，远方一架清洁工机器人懒洋洋地挪动八条吸盘腿在一栋建筑物的外立面上行走，街对面的消防栓损坏了，一摊污水汩汩地冒着气泡。

我咽下唾液，慢慢绕到邮电大楼侧面。在这栋大楼与隔壁“罗姆尼螺丝世界”五层楼房的夹缝处，摆着一个立体花坛。这种砖木混合结构的花坛在城市兴盛的时代大量出现于街头巷尾，花坛一般分为七层到十二层不等，层架上装有培养土或水槽，里面种植着三色堇、毛蕊花、波斯菊和蝴蝶兰，每个季节都有不同的鲜花开放，让花坛看起来像一道依序移动的彩虹。当然，现在的花坛只是一堆腐朽的木头和生满杂草的泥土罢了。

我蹲下来，一眼就看出新近有人来过的痕迹。这个花坛是秘密基地的入口，钻到花架底下，抽出六块底座的红砖，就可以钻进两栋大楼之间的夹缝，那是专属于我与乔两个人的天地。在热衷于机器人的童年时代，我们每天放学后都会来到这个秘密基地，在机械图纸、组合玩具和稀奇古怪的电子零件上消磨时光。我居然会忘了这美妙的一切，这简直匪夷所思——就像我居然会忘记乔一样离奇。

我挽起袖子，手脚并用地爬进花架下方，四周阴暗下来，能勉强看清布满灰土和烟蒂的地面。一行清晰的爬行痕迹出现在尘埃里，消失在花坛底座前。我伸出右手与灰尘中的手印比较，手背完全遮盖了那小小的掌印，娇小掌印的主人一定是位女性。我骤然一惊，鼻端仿佛闻到了水蜜桃的香甜味道，用力吸气，却只嗅到飞扬的尘埃。

灰尘让我咳嗽起来。在文明的世界居住太久，差点忘记了尘埃的味道，这种由尘螨、虫尸、沙粒、垃圾粉末和金属颗粒组成的灰土几乎令我窒息。在一阵剧烈的咳嗽过后，我伸手摸索砖墙，那六块砖只是搁在原本的位置，轻轻一抽就掉了出来。但我没办法穿过砖墙的洞口，一次冒失的尝试差点让我卡死在秘密基地的入口处，红砖挤压着我的胸腔，肋骨在咯咯作响，昂贵的真丝衬衣被砖块磨破，我用尽全身力气才退了出来，在灰蒙蒙的花架下大口喘息着。

花了15分钟时间，我才用钥匙链上的袖珍军刀撬下四块红砖，将洞口扩大到成年人能够穿过的宽度。这次我顺利地爬了进去，在手脚接触到秘密基地的一刹那，我彻底放松了，一转身仰跌在地呼哧呼哧喘气。这里几乎一片漆黑，两栋楼房相接的遮雨棚没有留下一丝天光，大约1米宽的夹缝被两侧的花坛完全封闭起来，或许是设计的疏漏，或许是规划问题，原本应该毗邻建造的两栋大楼并未实际贴合起来，除城市建筑管理委员会之外，没人知道这个隐秘空间的存在。

知道这里的只有我和乔两个人。在我们逐渐疏远的日子里，我不时会回到这里独自玩耍，也会看到他曾来过的痕迹，秘密基地成了维系我们关系的最后纽带。

直至十年前的那一天。

我的记忆从未如此鲜明，以至于一闭上眼睛，就能看到死去的乔那张英俊面孔上的诡异表情。他一只眼闭着，另一只半睁着，眸子变成一种雾蒙蒙的灰色，鼻孔微微张开，嘴角上翘，露出几颗沾血的牙齿，齿缝里咬着一截黑色的物体，后来过了好久我才想到，那应该是他的舌头。因为被殴打的痛苦，乔咬断了自己的舌头。

那是一个雾气蒙蒙的清晨，大罢工的第十六天。由产业工人掀起的大规模罢工运动已经由这座城市扩展到这个州所有的工业城市。人们扎着红色头巾，挥舞着标语牌、大号扳手和铁锤走在街上，唱着一个半世纪以前那个名叫乔的男人写下的歌谣。我不知道资本家和政客们是否感到害怕，从电视上看不到真实的信息，即使人群包围了罗斯巴特集团的白色通天塔，也无法看清高居塔上的大人物们的表情。

我也不再去社区大学上课，整日混在游行的队伍里。我父亲非常反对我参加游行，严厉地训斥我，说那不是我该干的事情；可我选择无视他的意见。参加罢工运动对我来说并非出于阶级、道德或政治原因，回头想想，或许我只是想喝到免费的啤酒，然后远远地看琉璃一眼罢了。那时乔和琉璃每日都会登台演唱，将乔·希尔的歌曲教给大家，当台下的声音掩盖了音箱的音量、每个人开始挥舞拳头大声歌唱的时候，琉璃脸上的那种光芒令我无法直视。我心碎得、痛苦得、嫉妒得快要发狂地望着那对高高在上的恋人，品尝着扭曲的蜜水与漆黑的毒药。

我恨他。

我爱她。

所以我更恨他。

后来，他们的位置似乎被另一伙人取代了，为首的人整天喊着蛊惑人心的口号，罢工运动正在悄悄地向极端的方向发展，乔和琉璃不再出现在台上，工人们也不再唱歌。

第十五日夜间，一场冲突发生了。没人知道混乱因何而生，血与火笼罩了钢铁之城，整座城市都在熊熊燃烧。电力供应中断，手机失去信号，电视新闻没有报道，无数人在呐喊，汽车爆炸的火光在一条条街道上如烟花般闪烁，烟雾升起，星空黯淡，每个人都疯狂了。我对这一天的记忆非常模糊，只从很久以后的新闻片段中看到了这可怕的画面。

第十六天，由工人组成的城市防卫队——那时刚刚出现的机器人警察已经全部被砸毁了——在巡查中发现了乔的尸体。他倒在邮电大楼旁边，身体因被殴打和践踏已经不成形状，左手藏在身下，右手伸向花坛的方向，指甲在地面留下长长的血痕。在他之前，我所在的这支防卫队已经找到了六十名遇难者的尸体，其中包括我的父亲。在这一刻，我很奇怪地陷入了游离的精神状态，镇定自若地用酒精棉球擦去乔脸上的血污，将他装入黑色的裹尸袋。

我知道他最后想要到达的地方，不是那座花坛，而是花坛背后的秘密基地。但我没有任何反应，甚至没有去思考其中的意义。

剧烈的头痛忽然袭来，阻止我继续回忆下去。我慢慢站起来，掏出手机照亮秘密基地狭长的空间。这里的一切都没有变，我们用硬纸板分隔的工作间、储藏室、书房、食品间和机械库依然如旧，只是以成年人的视角来看，这里的一切都像幼稚过家家的道具。

一个洁白的信封摆在工作间的书桌上。那张桌子是我们费了好大力气偷偷运来的。桌上积满厚厚灰尘的机器人画册、图纸和照片曾是我们最珍贵的宝物。我拈起信封，撕开封皮取出信纸，纸上写着：

“你终于做到了，大熊。你想起一切了吗？我在工作地点等你，你知道我在哪里。PS（附言）：这是最后一次反悔的机会。”

03：20

我当然知道琉璃在哪里工作。事实上，我曾不止一次在那座隶属于汽车制造厂的机械维修公司大楼外面驻足观望，希望在裸着上身的机修工人、冒着热气的液压举升机、坏掉的汽车和沾满机油的墙壁中间找到黑发女人的轮廓。我从没看到过她，她也未曾感觉到我灼热的视线。这是件好事，我心中一直迷恋着这个遥不可及的女人，却不知怎样开口说出一句问候。距离十二岁已经太遥远，我们之间的距离将我对她的感情酿成有毒的苦酒，将她对我的回忆装进疏离的坟墓。

手表显示3小时20分，那是她给我的最后期限。游戏已经结束了，只要沿着铜矿路走到尽头，就能在右手边找到“吉姆—吉姆尼”机械维修公司的大楼，找到那个有着水蜜桃味道、穿着白色棉袜子的东方女孩。

铜矿路是贯穿城市中心的主干道，我背后矗立着罗斯巴特集团分公司的白色高塔，前方是空阔无比、迷雾覆盖的道路。这时候阳光隐去，雾气仿佛变得更加浓密，一辆布满灰尘的汽车从雾气中驶来，有气无力地按了一声喇叭，掠过我的身边，卷起刚刚落下的一捧黄叶。一架体形跟雪纳瑞犬差不多大的机器人不知从哪儿钻了出来，利索地将落叶吸进集尘器，然后用盒状身体上顶着的摄像头眼巴巴地瞅着我。

我知道它在等我吐出口中的尼古丁咀嚼片。“不。”我做出拒绝的手势继续前进，机器人失望地垂下摄像头，钻回道边的排水沟。现在的我感觉疲惫、头痛、胸口疼（应该是爬进秘密基地时弄伤了肋骨）、心慌意乱。此时口腔中释放的每一毫克尼古丁对我来说都无比重要，我用力咀嚼着口中的东西，咽下带着薄荷味道的口水，佯装这能够带给我力量。

回忆仍然在不断苏醒，乱哄哄地挤进我的脑袋。我竭力什么都不想，机械地抬起脚、落下，抬起脚、落下，经过一间又一间贴着封条的店铺，在一架又一架清洁机器人的注视中前进，就这样走完了整条铜矿路。橙红色的建筑醒目地出现在右前方，“吉姆—吉姆尼”机械维修公司大楼看起来像一个超大号的圆柱形油桶，当时算是这座严肃城市中最新潮的建筑物之一。这里除了修理汽车、工程机械、机床设备，还开展了机器人的保养与维修服务，不过自从罗斯巴特公司的白色高塔出现后，就没有一名机器人顾客光顾。

几名吸毒者在路边谈着什么，一看到我就隐入雾中不见踪影了。机械维修公司大楼没有如整座城市般褪色，依然是耀眼的橙红，不过楼顶似乎有些异样。我眯起眼睛望去，发现那是一大群黑压压的乌鸦，无数乌鸦安静地站在大楼顶端一动不动，如同一个古怪的黑色花冠。

这可不是什么好兆头。我的脑袋又开始疼痛。

大楼的门紧紧锁着，贴着黄色封条，透过蒙尘的落地玻璃，我看到了自己的形象：穿着卷起袖子的肮脏衬衫，头发散乱，满脸污痕。短短几个小时，我就从系着真丝领带、端坐在办公室里啜饮咖啡的中产者变成这副狼狈的模样。够了，五秒钟以后我就能让这一切结束。见到她，拒绝她，无论她提出什么要求。结束这一切。

我从地上捡起吸毒者丢下的空酒瓶，用力向玻璃门砸去。“砰！”瓶子立刻粉碎，警铃声响起，接着迅速微弱下去。一定是电池耗尽了能量。

“要跟人打架的话，酒瓶可以随时变成刀子，但一定要记得，用整瓶啤酒去砸才能造出锋利的刃口，而空瓶子的话，会碎得只剩下一个瓶颈握在手中。”在放学的路上，乔如此对我说道。——他似乎什么都懂，见鬼。

我开始捶打那扇门，捶得如此用力，以至于整条街道都回荡着拳头与玻璃碰撞发出的闷响声。我不知道警察是否会赶来，铜矿路是这座荒芜城市中机器人最密集的地方，州财政拨款维护着这条主干道，为破产的城市留下最后的尊严。在这一刻，我心中甚至生出一个想法：如果警察现在能够将我拘捕也未尝不是一件好事，在缴纳罚金之后，我就可以乘坐警车去往中央车站，头也不回地离开这里，再也不回来。

“喂。”

琉璃说道。

我的心脏传来熟悉的疼痛悸动，这一声呼唤犹如闪电击穿我的灵魂。我的动作静止了，透过玻璃门看到自己目光游移的倒影。我这一生从未感到如此狂喜，也从未感到如此恐惧。直到这一刻，我才明白一路彷徨只是自欺欺人的伪装，深藏心底的炙热情感一旦打开缺口，冲动就化为滚滚流淌的散发着毒气的熔岩。为了见到她，我愿意与魔鬼签订契约抛弃一切。但她是真实的吗？在这么多年之后，是否我抬起头来，看到的只是镜花水月的幻影？

“喂，上来吧，别闹了。一层的门是打不开的。”

我慢慢抬起头。动作缓慢，以至于全身上下每一条肌肉都僵硬得不停颤抖。午后的阳光穿过雾气，洒下柔软的金黄辉光。二楼的一扇窗子打开了，她在那里，带着笑，轻轻挥动手臂。

我听到自己胸口传来爆裂的声音。在格林童话《青蛙王子》中，王子的仆人亨利看到主人变成一只青蛙后，悲痛欲绝，在自己的胸口套上了三个铁箍，免得他的心因为悲伤而破碎。当王子被公主唤醒后，忠心耿耿的亨利扶着他的主人和王妃上了车子，然后自己又站到了车后边。他们上路后刚走了不远，突然听见噼噼啪啪的响声，好像有什么东西断裂了。路上，噼噼啪啪声响了一次又一次，每次王子和王妃听见响声，都以为是车上的什么东西坏了。其实是忠心耿耿的亨利见主人如此幸福而感到欣喜若狂，因此那几个铁箍就从他的胸口上一个接一个地崩掉了。

此时此刻，我胸口的铁箍正因无限巨大的幸福而一个接一个爆裂，那些为了不再想起她而筑起的钢铁樊篱瓦解了。我是爱上公主而背叛王子的亨利，3650个自我逃避的日子过去了，这一刻，我获得了新生。

“消防楼梯在大楼后面，慢慢爬，有些地方生出了青苔，有点滑。”她说。

“知道了。”

懊恼、疼痛、疲惫、失望、愤怒如初雪融化，心情瞬间平静得如同冬季月光下的密歇根湖。这种改变让我觉得奇怪，但又不纠结为何奇怪，仿佛知道任何不合理的事情一定可以得到合理的解释，也就不再在意解释本身。心脏仍在剧烈地跳动，但手指已不再颤抖。

我绕到大楼背后，在遍地垃圾中找到防火梯，小心地踏着滑腻腻的苔藓攀上了二层。跨过一道门槛（也可能是一道窗棂），我见到了琉璃。

她穿着白色棉质T恤衫、蓝色背带裤，戴着白色耳机，头发短短的，明亮的眼中带着笑意。在这一刻，我忽然发觉，其实一直以来我都不记得琉璃的样子，就算刚看过她与我十二岁夏日的合影，转眼脸孔就会变得模糊；但我如此确定现在站在眼前的人就是她，她并非泛黄照片上的空洞笑脸，而是温热的、活生生的、散发着水蜜桃香味的氤氲光影，就算闭上眼睛，我也能感到她的存在，那个十二岁女孩笑靥如花的灵魂。

一种名为“幸福”的甜蜜物质被心脏泵入四肢百骸，我感觉到舒适的温暖与辛酸的疲惫，眼睛打量着对面的女人，不愿挪动视线一分。

“大熊，我以为你会变很多，没想到还是这副模样。”琉璃歪着脑袋打量我，露出尽力忍住笑的表情。她脸上擦着几道黑黑的机油痕迹，手上戴着脏兮兮的工装手套，看起来刚才还在工作。

“那个，全都弄脏了，还划破了几处……谁让你把信藏在那种地方的？”我有点尴尬地掸着衬衫上的泥土，鼓足勇气反过来质问道。

“我怕你的记忆不容易恢复，就想办法尽量帮帮你。看来你都想起来了，对吗？”琉璃的眼睛弯弯的，几道俏皮的鱼尾纹出现在眼角。

“很多。”我回答道，“我居然会彻底忘掉乔的存在，真是太奇怪了……还有惨剧发生的那天晚上。乔是死于暴动的游行者手中吗？……对不起，我不应该提起的。”

琉璃用黑色的眸子盯着我，说道：“没关系。这么说，你还没完全想起来。或许只要这个程度就够了吧。……大熊，你愿意为我做一件事情吗？”

“愿意。”我回答道。

“可我还没有说是什么事情。”琉璃惊讶道。

“那你说说看。”我说。

“是关于……”琉璃继续说。

“愿意。”我再次回答道。

“让我说完！”琉璃怒道。

“好吧。”我说。

“我要你陪我去做一件事情，可能会死的——不，应该说一定会死的吧。”琉璃犹豫地说。

“愿意。”我说。

“为什么？”琉璃显得有些不解，“我知道你和乔的关系，如果你想起了最要好的兄弟的事情，应该会帮助我的。但你明明没有全想起来……”

“想起什么？你可以告诉我吗？”我问。

“不，别人告诉你的话，你会认为那是一个谎言。”琉璃指着自己的太阳穴，“只有相信这里。靠自己吧，大熊。在此之前，你还愿意帮我吗？”

“愿意。”我说。

“好吧。”她说。

她带着我穿过房间。房间里乱糟糟的，堆满图纸，一台老旧的电脑显示着复杂的机械蓝图，墙角高高地摞着罐头盒子和啤酒易拉罐，空气中有一种机油味混合烟草味的熟悉味道。“抽烟吗？”她掏出烟盒抛过来，

"在大城市不太容易买到香烟吧。"

我很自然地吐出尼古丁凝胶，抽出一根烟衔在嘴里，问道："有火吗？"

"什么？"琉璃停下脚步转回头，"哦，抱歉。"她摘下耳机揉成一团塞进兜里，"正在听歌。喏，打火机。"

"谢谢。"我接过打火机点燃香烟。在我所居住的城市，这意味着高达五十元的烟草税、环境税与健康税，加上体检报告上的鲜红图章。不过此时，我感觉到的只有醇厚的舒适感，让咀嚼片见鬼去吧！这才是真正的尼古丁。

琉璃在前面带路，我跟在后面。她的头顶只到我下巴的高度，从这个角度可以看到她如男孩一样的短短发梢、长长的脖颈和裹在T恤衫里纤细的背影。我今年三十二岁，那么她今年也三十二岁了。未交谈的二十年，未曾见面的十年，她都经历了什么？她是否嫁人生子，为什么还逗留在这座毫无希望的城市？她为何要给我写信？她要我帮助的事情又是什么？

这些问题我一个都不想问。就这样一起行走，望着她的背影，就够了。

我们走出房间，穿过一个短短的回廊，推开一扇门，来到一个平台上。

"喏，就是这个。"琉璃指指前方，倚在护栏上望着我，"希望你喜欢。"

我没有说话。

"吉姆—吉姆尼"机械维修公司的圆柱形大楼是中空的，房间呈环状附着在楼壁上，中央是一个巨大的柱形空间。我先看到许多大口径不锈钢管被电缆、液压机构和油管缠绕着向上延伸，抬起头，就发现那其实只是一截小腿而已。膝部轴承关节以上是直径更粗的钢管和液压机构，在胯部与联动机构相接，具有应力结构的多节脊椎托起不锈钢栅板覆盖的胸腔和凯芙拉多层垂帘防护的腹腔，胸腔中装有动力核心，而腹腔则安放着变速器和传动装置，肩部轴承通过锁骨结构连接胸腔与上臂。手臂的液压机构更加复杂，能直接将动力输送到每一根手指末梢。脊椎顶端带有减震系统，上面安放着半球形的头颅，头颅处敞开一扇气密门，露出乘员舱的点点灯光。

巨大机器人静静地站在大楼内，看起来像被剥去皮肤与肌肉的金属巨人标本，又像被放大千万倍的小学生劳动课上的手工模型。它的外形毫无美感可言，比例失调，管线外露，而结构设计更充满了幼稚可笑的缺陷，那是只有小学生才能想出的异想天开的设计语言。

但我对它是如此熟悉。

这是我和乔花费大量时间在秘密基地设计出的巨大机器人，我们管它叫“阿当”，那是伊斯兰教里全世界第一个男人的名字。我们画下无数图纸，对每一个数据详细推敲，激烈讨论着动力系统的配备，为乘员舱的位置伤透脑筋。这是我们最棒的作品，而那是我们最好的时光。

如今，阿当从少年涂鸦的稿纸上走入现实，它是如此巨大，以至于我一直仰头观看，几乎弄伤了脖子。

“喜欢吗？”琉璃微笑着问道。

02：58

“就连数据……都与图纸上的一样吗？”我望着巨大的机器人，声音在空洞的楼内回响。

“高度24米，重量190吨，臂展17.4米，步幅9米。”琉璃靠在护栏上点燃一根香烟，介绍着这个庞然大物。

“动力系统呢？”我努力回想着当时的设计，空想的世界里不需要什么逻辑性，我们完全可以给阿当安装一台十万马力的核裂变发动机，再在它的全身装满火神机关炮、导弹、激光发射器和电磁炮，但当时我与乔只是非常谨慎地设计了一台峰值输出35000马力的氢能源燃料电池发动机，使用传统的轴传动加液压系统方式，而不是更加方便的发电机—电动机结构。

这时头顶有振翅声传来，几只乌鸦围绕着机器人盘旋了几圈，嘴里衔着亮晶晶的螺丝钉和铜线，穿过半透明太阳能天花板的破洞飞走了。“这些小偷很喜欢发光的东西，慢慢就越聚越多了。”琉璃吹了声口哨驱赶乌鸦，“抱歉啦，大熊，就算拼了老命我也找不到合适的动力核心，现在安装的是来自报废坦克车的两台罗尔斯·罗伊斯牌V12共轨增压柴油机，最大输出马力4200匹；变速器则来自海岸警卫队的德尔塔IV巡逻快艇残骸，是ZF公司出产的9挡液压变速箱，修复它花了我很大力气！胸口部分两台柴油机的输出功率经液力变矩器传递至腹部的变速箱，从变速器经万向传动装置输出至裆部的分动器，分动器再经万向传动装置送往各个驱动桥。轴输出提供轴向力，头颈、四肢一共有五个液压系统，液压系统提供径向力。”

“才4000多匹马力，这样的马力重量比只能让它勉强动起来而已吧。”我心中默默计算着数据。

“喂，喂，端正一下态度吧，老兄。”琉璃探出身子拍拍机器人的大腿，“在没有任何人帮助的情况下，我一个人完成了这么厉害的大家伙，你是要继续吹毛求疵下去，还是动脑子想想你面前的女人应该得到什么样的称赞？”

“这太棒了，琉璃。我不知道该怎么表达。”我说，“我小时候做过的无数梦里面最酷的一个，就是驾驶着巨大机器人与坏人展开殊死搏斗……但你做了一件毫无意义的事情，这样的机器人，一点价值都没有！”

对面的女人忽然眉目弯弯地露出微笑。“好吧，反正还有一点时间，我们可以好好聊聊这个话题，你喝啤酒吗？虽然不冰，不过幸好还在保质期之内。——我们有多久没见面了，十几年？”她一边说着话，一边从背带裤兜中掏出控制板，在上面点触几下，嗡嗡的电动机工作声传来，我们脚下的平台开始沿着大楼内壁的螺旋形轨道旋转上升。

“……十年整。”我回答道。随着平台的移动，我可以自下而上将巨大机器人的细节一览无余。所有的非标准件应该都是身边的女人用车床手工制造的，精度很差，也没有经过打磨抛光，焊接点显得非常粗糙，电路和油路走线混乱，应当由凯夫拉防弹材料覆盖的腹部其实只是挂上了几层破烂帆布而已，让机器人更像一具缠着裹尸布的骷髅。长期从事的职业让我不得不以挑剔的眼光审视这个作品，从设计师的角度来说，这简直是一个灾难。

但同时我的心脏在剧烈跳动着，仿佛童年的自己想要跃出胸膛，将这伟大的造物拥入怀中。我无法表达心中的激动，全身上下每一个细胞都在惊叹、战栗，就算故作镇静，说话还是会带上颤抖的尾音。乔当年制作的那个精美机器人模型正是按照阿当的设计图完成的，如果他如今还在世，会不会同我一样，在这个巨大的机器人面前欣喜若狂？

平台升至轨道顶端，咔嗒一声静止了，从这个角度可以清楚地看到机器人头部乘员舱的内部构造，同设计图一样，里面的空间非常狭小，一张座椅悬浮在二百支柔性液压支撑杆中间，星罗棋布的仪表和按钮布满座椅前的操作台，几盏绿灯亮着，象征机器人处于电路自检完毕、可以启动的状态。这一切都与我们当时的设计一模一样，甚至连指示灯的位置都没有改变。

“你没有对图纸做一点改变吗？十二岁孩子画出的图纸？”我悄悄攥紧衬衣一角，以防自己发出激动的喊声，口中吐出的却是挑剔的言语。

“不用怀疑了，这就是你们的‘阿当’，大熊。”琉璃轻轻抚摩着机器人的钢铁皮肤，“无论合理还是不合理的地方，我都完全重现了。”

“可是……‘阿当’它并不科学，从理性的角度……”我艰难地挤出几个字。

“那又怎么样呢？”秘密基地里的充电应急灯照亮乔的脸庞，十二岁的男孩扬起头，那种充满理想主义精神的天真表情并未死去，穿越漫长的时空，在二十年后的女人脸上重生。

02：30

我的工作是为罗斯巴特公司设计机器人。在机器人三定律的基础上，罗斯巴特集团生产的模拟神经元中枢处理器给机器人带来独立思考的能力，这种生物计算机具有两亿五千万个神经细胞，其工作原理与人脑相当类似——尽管与具有一千亿个神经元的人脑相比，它在归纳、判断、联想与抽象化思考等方面远远不足。

在州议会修改宪法之后，机器人的生存权利得到了承认，与此同时，“制造”机器人转变为机器人的“生殖”，之前罗斯巴特公司制造的二百万名具有人工智能中枢的机器人成为原始族群，它们开始竞争社会工作岗位、为自己的生存赚取金钱、自由结合为伴侣。有人担心这些由金属和集成电路组成的异类没有繁衍后代的自然责任，但事实证明这种担心是多余的，即使不加以规定，机器公民也很愿意建立“家庭”，并且共同抚育后代。二百万名原始机器人分为一千零二十五种型号，每种型号的外形与功能完全不同，而同种型号间又由于批次、零配件和装配工艺等原因出现差异，这些差异成了某种遗传基因，在“生殖”过程中被保留且放大，最终形成了家族的决定性特征。

两名机器公民伴侣联合提出生殖申请，经州立管理委员会通过后转交罗斯巴特集团高级定制部门办理，定制部门将根据机器人伴侣的主观意愿（在允许范围内对某种特征的强调）及客观因素（显著特征、付出的金钱）计算出下一代机器人各项数据的模糊边界，将关于外观设计的部分外包给控股子公司完成，最终由集团工业机械部门完成制造。

我的工作就是根据高级定制部门给出的数据边界，设计出崭新的机器人，从某个方面来看，这与上帝的工作并无不同。多年以来，成千上万的新型机器人从我的工作室电脑屏幕上的草图变为实体，遗传正显示出恐怖的力量，崭新的机器人形态开始出现，旧式的机器人被社会淘汰，最终用尽最后一丝电力，变为阴暗小巷里生锈的废铁；结构更合理、效率更高、更美观的机器人走上工作岗位，用勤恳高效的态度赢得雇主的欢心。由人类控制的生育率和生殖过程，这是州政府锁在机器人脖颈上的最后一根锁链，没有人能否认机器人正在让这个世界变得越来越好，但直至今日之前，我都没有认真考虑过机器人存在的意义。归根结底，作为人类的创造物，它们的自然使命到底是什么？

这个问题的答案曾经非常简单。

琉璃坐在我身边，喝着一瓶温热的啤酒，她身上的气味没有丝毫变化，擦着两道油泥的侧脸被阳光照亮，尘粒在她鼻尖短短的绒毛上轻盈飞舞。“呸！真难喝。”她有些恼怒地放下瓶子，“明明还有几个小时才到保质期的，却已经酸成这个样子了！”

“我是说，人形机器人是最不科学的东西。”我说。我裸露在外的手肘不小心触到她的臂膀，感觉比二十年前更加强烈的电流透过皮肤、肌肉和骨骼，闪电般刺穿了我的心脏。

“为什么？说说看。”琉璃侧过头来说道。

我们肩并肩坐在一张双人床垫上，半透明的天花板上站满了乌鸦，浑浊不清的阳光穿透雾气和太阳能玻璃照进室内，把这间起居室割成明暗不同的两半。阳光已经倾斜了，或许用不了多久就会天黑。床垫、衣柜、冰箱、水槽、电脑、工作台和电唱机，屋里的一切显得陈旧而凌乱，没有任何带有女性特质的物品，甚至没有一面化妆镜存在。只有靠近琉璃身边，那种淡而甜蜜的水蜜桃香味才会提醒我这个房间主人的身份，房间也因此变得温暖起来。

“还需要说明吗？一直以来人形机器人都只是科技企业展示技术的手段而已，双足行走是人类在进化过程中为了解放双手而必须承受的原罪，机器人没有任何理由花费大量资源重现这种不科学的行进方式，双足机器人能够胜任的工作，更廉价且可靠的履带或多足机器人可以完成得更好。而巨大的人形机器人，那只是动漫作品中不切实际的幻想吧……”我想了想，如此回答道。

“那你和乔当初为什么对巨大的人形机器人那么痴迷？”琉璃的这句话问得我哑口无言。

我们一起沉默下来。琉璃抬手用遥控器打开唱机，扬声器传出齐柏林飞艇的《十年飞逝》，我们静静地听着，吉米·佩吉令人心碎的吉他声在昏黄的阳光里回荡。一曲终了，下一首歌曲的前奏响起，手表上的鲜红数字不断跳动，提醒我必须得主动开口说些什么。“距离那天正好十年，真是个巧合呢。”我说，“你的父亲……他还好吗？”

“和他的老工友一起住在四百公里外的新移民城市，依靠遣散金生活，每天进行八小时的虚拟工作，赚取一点网络信用点。他挺后悔当初的选择，不过人一旦选择了放弃，就再也没有机会了。”琉璃淡淡地回答道，“有一次他在电话中说起他很羡慕你爸爸，‘死在最好时候的幸运老杂种’——这是他的原话。”

我苦笑着摇摇头，说道：“毕竟我们还活着不是吗？……我忽然想到我与乔对巨大双足机器人着迷的原因了。”

“因为那很酷。”琉璃放下啤酒瓶哈哈大笑起来，“对吗？”

“没错。”我不由得随之露出笑容。

我想了很多。“机器人”一词由“苦役、奴隶”的词根变化而来，其存在的原始意义是为人类提供服务，但没有人会否认，这种人造物其实也是孤独人类自我欲望的表达。巨大双足机器人是对人类存在形态的极端夸张，犹如充满雄性特质的钢铁图腾柱。崇拜巨大双足机器人，实际上就是崇拜人类之存在本身。

然而机器人的定义究竟是什么？现代文明将它定义为某种自动控制装置，具有在不确定情况下进行感知、决策、行动能力的活动机械，人工智能是这个定义的最佳表达。按照这个标准，我与乔设计出的“阿当”根本就不是机器人，仅仅是一架人类手动操纵的大型机械而已，其本质与挖掘机并无不同。然而自从见到这惊人的巨物之后，我未曾有一刻怀疑过阿当的身份，它不仅是机器人，而且是我所见过的最纯粹、最粗糙与最美丽的机器人。

是的，十二岁的我们认为，所谓“机器人”就是具有人类形态的机器，它明明由钢铁制成，却拥有人的体形与灵活的手指，可以大步奔跑，每个关节都能够灵活转动。长大之后，形态为功能服务的古怪机器人充斥社会，我早已忘记了孩提时的想法——这真是可笑，还有什么能比巨大的人形机器人更酷？

01：59

我们像昨天才见过面的老友一样毫不陌生，聊的却是阔别十年的遥远话题。我们听着枪花、黑色安息日、滚石、涅槃和皇后的老歌，谈着笑着，喝光了半打临近保质期的啤酒。阳光逐渐西斜，室内昏暗下来，我忽然想起一个问题：“你给我的最后期限是什么意思？我的手表显示还有一个多小时就到了，会有什么事情发生吗？”

“啊，对不起。”琉璃不好意思地说，“我这个人不大容易做决定，所以喜欢定下一些期限帮助自己下定决心，那个期限只是这些啤酒的到期时间而已，好在我们把它们喝光了。”

我举起空啤酒瓶，借着暗淡的阳光瞧了瞧，果然马上就要过期了。我丢下酒瓶，问道：“帮助你下定什么决心？”

“下定决心启动‘阿当’。”她回答道。

“它还从来没有启动过吗？就算引擎试机也没有？”我问道。

琉璃点点头。暮色中看不清她的脸孔，只有一双明亮的眼睛在发光。“维修公司关闭以后每个人都离开了，只有我偷偷留了下来，如果被警察发现的话一定会被判非法入侵罪吧……幸好后面的解体厂还有很多零件留下来，而机器警察对低于55分贝的噪声没什么反应，我才能慢慢地建造这台机器人。就算这样，也才刚刚完成呢。”

“你独自在这里生活了十年？就为了这台人形机器人吗？你的生活来源是什么？”我惊讶地问。

琉璃露出笑容，说道：“被废弃的城市可是一座金矿呢，你不知道那些黑市商人肯为一个小小的机床轴承花上多少钱！……这并不重要，重要的是，你现在出现在这里，愿意帮助我一起启动机器人。十年前我决定独自完成这一切，可几个月前，就在阿当即将竣工的时候，我才发现，一个人根本没办法操纵这样复杂的机械。机器人的原始图纸上没有电脑控制的总线结构，阿当没办法自动保持姿态，要改为程序控制的话，相当于将阿当重新建造一遍，而且……那样做的话，阿当又与那些杀人犯有什么差别呢？”

“杀人犯？你说那些机器人？”

“没错。造成惨案的人，住在白色高塔里的怪物，杀死乔和你父亲的元凶，毁掉这座城市的家伙，”琉璃平静地吐出带着深深仇恨的字眼，“就是那些能够思考的机械。”

“所以，你要做的是……”我脑中产生不祥的预感。

“为乔复仇，为你的父亲和我的父亲复仇，为这座城市复仇。”琉璃伸手指着窗外说道。透过积满尘埃的玻璃窗可以看到，在雾气沉沉的城市中央，罗斯巴特公司的白色高塔静静矗立在暮色中。

我不知该说些什么。自从见到“阿当”的那一刻起，我就想到了这种可能性，但当可能性真的成为事实，这疯狂的想法还是令我震惊。“琉璃，在现在的法律框架里机器公民与人类具有基本同等的权利，毁灭机器人的存储芯片等同于一级谋杀的重罪！就在前几天，一名专门向流浪机器人下手的零件贩子因35桩机器人谋杀案件而被判处605年监禁，大陪审团全票宣判罪行成立！这些你知道吗？”我猛地站了起来，大声说道。

“那你还愿意帮我吗？”她露出我所熟悉的表情，微微挑起眉毛，抿着嘴，用眼睛直直地盯着我的双瞳，那种倔强而决绝的表情二十年来未曾改变。一旦认定一件事情，就算上帝也不能迫使她改变意愿。

“……我愿意。”在大脑反应过来之前，一个声音脱口而出，替我做出回答。

在这一刻，我不知道自己在想些什么，只看到对面女人嘴角的曲线慢慢舒展，绽放出一个破冰的灿烂笑容。“从小就是这样，我一直搞不懂你，但不知道为什么，有事的时候又总想找你帮忙。”她伸手拍拍我的肩膀，“我与乔在一起的时候很多次想去找你，不过乔说你是要考上大学、走出这座城市的人物，不想耽误你前进的脚步……其实你一点都没变呢，大熊。”

这个时候，千百个念头忽然涌进我的大脑。我的地位，我在另一座城市高尚而安逸的生活，我崭新的公寓，我的汽车，我的职业，我的妻子，我的狗——哦，我可爱的大狗。我脑中的天平开始倾斜，理性的天使开始在托盘上迅速增加砝码，那些砝码是我如今拥有的一切；而忽然间感性的恶魔浮现于业火，用几句话就改变了微妙的平衡：别蠢了，自从接到信的那一刻起，你的命运就已经注定了，你奔波千里回到这座城市的原因不就在于此吗？在你曾经被封锁、如今破茧而出的记忆里，不是藏着对这个你一手塑造出来的现实世界的深深仇恨吗？你以为自己已经彻底改头换面，可光鲜的外表下又藏了些什么？你躲得掉那些阴暗的回忆吗？戴上眼镜就看不到机器公民身上的鲜血吗？你的灵魂，不正是在死去城市郁郁不散的雾气中夜夜挣扎，想要找到一个彻底的解脱吗？

西装革履的我在脑海中捂脸哭泣，满面纯真的十二岁少年撕开考究的手工西服，从自己体内出生，接着幻化为二十二岁青年扭曲的脸。大火燃起，城市在呻吟，高大的机器人塑像“大卫”成为明亮的火炬。那一夜，我并非旁观者，我的喉咙很痛，因为整夜在嘶吼毫无意义的言语；我的手中握着沉重的不锈钢撬棍，撬棍上沾着鲜红的血，不知属于谁的鲜血。无论从城市的哪个角落抬头望去，都能看到那座白色的高塔，机器人警察消失无踪，撬棍落下，溅起腥臭的霓虹。

“要我做些什么？”我缓缓抬起头，“另外……那一夜到底发生了什么？”

“你马上就会知道。”两个问题，得到了一个答案。

01：35

她带着我走出房间，乘坐移动平台来到巨大机器人的头部。“乘员舱是为一位驾驶员设计的，所以会很挤。这得怪你，毕竟图纸是你画的。”琉璃抱怨一句，伸手抓住扶手，身体灵巧地荡进驾驶舱，陷进柔软的座椅中，然后向我招手，“过来，坐在我后面。”

“现在看来这应该是很幼稚的设计吧……”我苦笑着上前，踩着横七竖八的液压支撑杆走入驾驶舱，勉强在她的身后挤下，我们俩的身体立刻紧紧地贴在一处，连一丝空隙都没有，我得努力扭转脖颈，才能避免把鼻子埋在她的发丝中。

“因为这是乔的心愿。”琉璃说，“他曾经无意中提起你们的秘密基地，所以当见他最后一面的时候，我完全明白他最后的遗言。‘进入秘密基地，拿到图纸，造出巨大的机器人，然后……复仇。’这是他的心愿，我没办法拒绝。”

她按下一个按钮，舱门缓缓下降，接着砰的一声完全闭合，换气扇嗡嗡启动，四周变得一片漆黑，唯有狭窄的瞭望窗有光线射入。

几秒钟后，星星点点的灯光从黑暗中亮起，无数萤火虫般的五彩指示灯将我们包围其中，仪表、按钮、旋钮、拨杆和手柄浮现于四周，这一切都与我童年的梦想一模一样。而在那些羞于启齿的梦里，我并不是独自驾驶机器人奔驰于高楼之间，在我的身边，就有着这样一个水蜜桃味道的女孩。

我甚至不用询问那些仪表和按钮的功能，这一切都太熟悉了。我拨动座椅右上方的开关，座椅传来微微颤动。“这是开启液压减震的开关对吗？”我确认道。

“没错，不过发动机还没有启动，现在油泵是没有动力输入的。”琉璃回答道，“头顶上有一个操纵杆，把它拉下来，那就是我要你负责的事情。”

我伸出双手，从天花板上拉下操纵杆，由于座位上挤了两个人，操纵杆很别扭地垂在琉璃胸前，我只能从她腋下伸出手去握住左右两个手柄。“抱歉。”我说。“没事。”她说。这个操纵杆是控制武器系统的，不过我在阿当身上没有看到任何武器。

“我用尽办法，都没能搞到武器，管制实在太严格了。”琉璃果然如此说道，“现在这个手柄是用来控制机器人的上半身动作的。人形机器人的平衡很难掌握，我只能尽量操纵双腿双脚完成走路、小跑和跳跃的动作而已，没办法兼顾上肢，无数次模拟都失败了。当没有任何办法的时候……想起的就是你。”

我试着扭动一下左右手柄，手柄各分为三节，末端有五个小拨杆，不难理解它与手臂关节、手指的对应关系。“我懂了，当时我们设计由驾驶员的双脚负责脚部动作，双手通过这种手柄控制手部动作，但我们把双足机器人的下肢平衡看得太简单了，仅仅是慢走就要花费很大精力去控制，随时根据陀螺仪和角速度传感器的读数进行微小调整。真是幼稚的想法。”我感叹道。

“不仅如此，还要根据上半身的重量转移进行相应调整，注意脚下平面的坡度、高度差和障碍物高度，控制步幅和功率输出。”琉璃握着复杂的操纵杆摇摇头，短短的头发弄得我鼻子痒痒的，“让人手忙脚乱呢。”

“对了，油箱的续航力怎么样？80%功率输出的话。”我在右侧找到油量表、功率表、转速表、水温表和油温表，由于没有启动，这些仪表都还没有读数。

琉璃想了想，说道：“大约够运行一个小时吧，油箱再大的话，重心就不平衡了。”

我点点头，说道：“那么我总结一下，你想用依照十二岁儿童的图纸、由一名女工程师独立建造、没有任何武器装备、管线全部裸露在外面、装甲薄得像纸片一样、续航时间只有一小时、机械传动、手动操纵、从来没有经过试机、连能不能发动起来都成问题的人形机器人来对抗罗斯巴特集团成千上万的机器人，包括巨大的工业机器人、全副武装的机器警察甚至自动推土机？”

“没错！”听到这些话，琉璃的情绪反而高涨了起来，“就是这样！

我的目标是推倒那座高塔，把这个罗斯巴特集团的阳具狠狠地折断！而且是用乔留下的宝贵财富，这架真真正正的机器人来做，让他们瞧一瞧什么叫蓝领工人的真正觉悟！”

过于露骨的话听得我哭笑不得，我说：“我们做不到的，琉璃，在走到白色高塔之前我们就会被击倒在地，从七层楼的高度跌得粉身碎骨！”

“这么说，你还是没想起来。”琉璃忽然冒出一句话。

“没想起什么？”我莫名其妙地问。

“算了。”她说，“总之，计划就是这个样子，还有什么问题吗？”

我知道无法劝阻她，只能答道：“没问题了，我们什么时候开始？如果现在开始熟悉操作，在你的模拟舱里试运行几次，我想三天后就可以正式启动了。当然也要做好最坏的打算，万一出现水温过高、漏油、总线及冗余总线失效等状况，要有应急预案。另外，我可以回一趟家把事情安排好，然后帮你改进几个地方，其实油管可以藏在骨架内的，钢管本身预留了走线的空间，不过设计图上为了表现出油路与电路，没有做隐藏处理……”

“现在。”

“好的。……什么？”

我愣住了。

“我们现在就出发，大熊。”琉璃没有回头，“如果说这世界上有个我最对不起的人，那么一定就是你了。我知道你故意与我们疏远，这令我也很痛心，我不想把乔从你身边夺走，甚至跟你成为陌生人……可是我不后悔我的选择，乔是我遇见过的最出色的男人，到现在我都记得我们肩并肩坐在纪念广场上观看烟花的时候，那是我这辈子心跳得最厉害的时刻。”

我没有作声。

“我知道你总在哪个角落看着我。就算在台上唱歌的时候，我也能看到人群中的你。我什么都明白，大熊。我令你伤心了。过去那么多年之后，我又把你叫回来，害你抛下所有的一切，帮助我去做一件彻头彻尾的蠢事……我是个自私的坏女人，大熊。除你之外，我想不到任何人可以依赖，而你……”

“真啰唆。”我说，“现在就出发的话，我得先把手机关掉，以防一会儿有人打扰。”

琉璃的肩膀微微颤动着，透过紧紧依偎的身体，我能感觉到她细微的颤抖。甜蜜的桃子味道从她的领口传入我的鼻腔，穿过她腋下的双臂能感觉到她肌肤的细腻与温暖。我忍受着苦涩的毒药随着血液传遍每一条血管，默默咬着牙关，装出一副满不在乎的样子。

过了好一会儿，她忽然开口道：“大熊，你结婚了吗？”

“结婚了，妻子是个不错的女人，还有一条总是嚼遥控器的大狗，名叫‘布鲁托’。”我回答道，“你呢？”

“当然，我的丈夫是个不怎么喜欢回家的男人，不过非常帅气。你们俩没准会很投缘。”她笑着说。

“我猜也是。”我说。

我佯装没有看到她侧脸上滚落的泪滴。她笑道：“不用给家里打个电话吗？”

我说：“不用啦，都是大人了，狗也很乖。”

她说：“那么我们数一、二、三，一起按下启动开关好吗？”

我说：“好啊，要踩离合器吗？”

她说：“虽然是自动变速箱，启动时也是要踩离合器的。”

我说：“那么是数到三的时候按，还是数完三以后才按呢？”

她说：“干脆就数到二的时候按吧。”

这是我们小时候常有的对话。

“一，二。”

我们的手指在红色启动按钮处汇合。这一瞬间忽然感觉非常安静，我几乎以为启动电机不会工作了，几秒钟之后，迟来的机件运转声传入耳鼓，两台罗尔斯·罗伊斯牌V12高压共轨涡轮增压柴油机的第一和第十二气缸活塞同时压缩，燃油被高压点燃，紧接着所有的气缸依次燃起，雄浑有力的机械噪声从驾驶舱下方传来，两台V12发动机奏出令人心旌动摇的低沉鼓点，毫不掩饰的响亮排气声从机器人背部的四个排气管爆裂而出。琉璃松开离合器，缓缓提升转速，来自装甲车的大功率柴油机如同群狮咆哮，排气管响起一连串急促如马蹄落地的爆鸣声。在这一刻，我几乎能想象整个城市的机器人警察同时放下手中的工作，转动摄像头向这个方向望来，一万多只乌鸦轰然飞起，数不清的传感器记录了异常数据，白色高塔里开始出现不安的悸动。

两百支柔性液压支撑杆温柔地托起座椅，让我们悬浮在驾驶舱中央，我与琉璃分别握紧操纵杆，以非常别扭的姿势相视一笑。

她说：“第一步。”

00：40

我按下左手边的按钮，八块悬浮在座椅周围的液晶屏幕将八个方向的画面投射在座舱内部，简单的摄像头算是机器人身上最高科技的玩意儿了吧。随着琉璃拉起手柄，油门传感器将提速信号发给柴油机的ECU，两台巨兽的鼓点噪声逐渐变得密集起来。“转速700、800、900……990 rpm，水温60℃，机油温度80℃。”我报出头顶仪表的读数，“达到最大扭矩点了，释放固定机构吧。”

“你说那些挂钩、钢索和管线？”我怀中的女人回答道，“那不是可活动机构，直接破坏掉就好了。”

“我猜你也没有设计一扇大门。”我叹道。

“就像鸡蛋壳里的小鸡一样，我们就自己啄个口子出去吧！”琉璃的声音颤抖着，我不知那代表着恐惧、激动还是喜悦。

我身上的肌肉从未如此僵硬。我将全身的力气都集中在指尖，以最轻柔的动作拉起左手手柄。液力变矩器将扭矩输出给分动器，位于机器人肩部、肘部、腕部和指部的万向传动装置获得了力量，轴承转动，油压升高，双足机器人的指尖微微收缩，完成了诞生以来的第一个微小动作。

紧接着噼里啪啦的断裂声连珠般响起，被扯断的电线在支撑架间四处乱甩，爆出金色的电火花，高压软管喷出雪白蒸汽，数不清的固定钢索一一崩断，在齿轮、传动轴和液压系统的共同作用下，由25吨钢铁构成的巨大手臂缓缓抬高，又缓缓放下。

透过观察窗，我着迷地望着机器人的手指一次次屈伸，如同初生婴儿第一次发现自己的身体般充满好奇。“太棒了。”语言已经不能表达我内心的情绪，“这太棒了，琉璃。”我语无伦次地说着，试着控制那只巨大的手臂伸向楼壁，只是指尖的轻轻一触，整扇钢化玻璃窗就碎成颗粒纷纷坠落，金黄色的夕照从窗口洒进大楼，给这惊人的庞大造物镀上圣洁的颜色。

“冲吧，大熊！”琉璃喊道。

“好，我们上！”

我挥舞着双拳。我的拳头是钢铁铸造的，却比钢铁更加坚硬，一拳，两拳，钢筋水泥的大楼如同黏土模型般不堪一击，墙壁崩塌，天顶坠落，旋转楼梯像被抽去骨头的蛇一样跌落尘埃。我用双手分开钢制支撑架，将“吉姆—吉姆尼”机械维修公司的橙红色大楼剖成两半。在这一刻，我就是这世界上所有的神祇，我在如雨坠落的玻璃和沙尘中昂然站立，迎接充满天地的明亮夕阳。

城市出现在我们面前。透过瞭望窗望出去，这雾霭弥漫的城市变得低矮可笑，街道显得如此狭窄，车辆显得如此渺小，高楼大厦不过是触手可及的障碍物，远方延绵的废弃厂房则变为匍匐于地的墓碑。

“好，第一步！”琉璃拉起手柄，机器人左腿的髋关节、膝关节与踝关节依次运动，轰隆一声，巨大的脚掌从楼宇的废墟中拔出，横跨八米距离，稳稳地落在水泥路面上，发出惊人的金属撞击声，沥青路面立刻塌陷了，碎石从机器人脚掌边缘像喷泉一样涌出。紧接着阿当的右腿也迈出断壁残垣，在十米外沉重地落地。机器人前进三步之后停了下来，地面上留下四个深达五十厘米的巨大脚印。

我能感觉到机器人行走时的姿态，不过冲击和倾斜被柔性液压支撑杆抵消掉了，没想到琉璃如此完美地实现了空想中的减震机构，这可以说是巨大机器人最重要的组成部分。若没有这个机构，阿当简单的行走动作都会使驾驶者受到强烈冲击，这样大脑在颅腔内震荡会引起脑出血而导致死亡。

“没问题吧？”我问。

“没问题，状态正好！”琉璃抹去额头的汗珠，大声回答。

我们站在铜矿路中央。这条宽阔道路的尽头就是罗斯巴特公司的白色高塔，雾气遮住高塔的基座，让这栋建筑看起来像是悬浮在空中的海市蜃楼。夕阳把一切染成金红色，上千只乌鸦盘旋在机器人头顶，发出刺耳的聒噪声。四五名机器人警察出现在机器人脚下，头顶闪烁着红蓝色警灯，履带底盘上的众多摄像头上下打量着阿当，显得有些犹豫不定。

“有一首琼·贝兹的歌，你愿意听吗？”琉璃忽然说道。

“当然。”我没有拒绝。

她掏出播放器，戴上一个耳塞，反手摸索着帮我戴上另一个。民谣女歌手平静的声音在耳边响起：“昨夜我梦到乔，他如同你我一般活着。”

“没有比这更适合的歌了吧。有空，我也会唱给你听。”琉璃说。

柴油发动机发出怒吼，排气管冒出浓烟，机器人的左脚高高抬起，遮蔽了机器人警察头顶的最后一丝阳光。刺耳的警笛声刚刚响起就化为蜂鸣器破碎的电流噪声，受惊的机器人警察立刻四散逃走，全然不顾被踩扁成电子垃圾的同伴。几乎同时，城市的每一个角落都响起警报，城市的死寂被砰然打碎，每一个留在这里苟延残喘的人类与机器人都竖起耳朵，倾听十年未曾出现的混乱之声。

琉璃迈出第二步，接着是第三步、第四步。她很小心地维持着机器人的平衡，我也试着摆动手臂配合她的动作。刚开始阿当的动作还像一个笨拙的提线木偶，可刚刚走过一个街区，它就成为灵巧的匹诺曹。我们是如此默契，以至于有时忘了是谁在操控，感觉是阿当自己在大踏步前进。

琼·贝兹质朴而高亢地唱道：

昨夜我梦到乔，他如同你我一般活着。
“可是乔，你已经死去十年了。”我说。
“我从未死去，”乔说，
“我从未死去。”

“那些铜矿主杀死了你，乔，
他们开枪射中了你。”我说。
“仅仅用枪是杀不死一个男人的，”
“我从未死去，”乔说，
“我从未死去。”

前方的雾气中冲出大量机器人警察，它们形状不同、装备各异，看得出来基本都是缺乏保养的前几代机器公民，或许它们之中有我一手设计的独特个体。但那又怎么样呢？如今它们只是前进道路上不起眼的阻碍罢了。橡胶子弹噼里啪啦打在阿当胸部的装甲板上，对付人类暴徒的震撼弹和凝胶弹一个接一个爆炸开来，在阿当身上留下五颜六色的涂鸦。我随手折断一根通信信号塔，像打高尔夫球一样将这些机器人警察击飞出去，它们带着凄厉的警笛声旋转飞远，带着红蓝相间的尾迹坠落于雾气中。

“右臂的油压不太稳定，不要超过液压系统负荷。”琉璃提醒道，“你的动作太剧烈了，柴油机的水温也会升高太快的。”

我竖起大拇指做出回应。女歌手继续唱道：

他站在那里高大如昔，眼带笑意。
乔说：“他们杀不死的那些人们，
组织起来，
在此聚集！”

踩过机器人警察的残骸，前方暂时没有阻碍，距离罗斯巴特公司的高塔还有两个街区的距离，对阿当来说那只是几分钟的路程。我听着琼·贝兹歌声中那个熟悉的名字，忽然一阵突如其来的剧痛击穿了我的大脑，冰山彻底融化，回忆的最后一丝迷雾被风吹走，十年前那个夜晚的记忆瞬间清晰。我终于想起了一切。

“等等，是我……杀死了乔？”

我终于想起了一切。

00：25

长久以来主宰机器人行动的是阿西莫夫的机器人三定律，但就是在那场旷日持久的工人运动中，罗斯巴特集团意识到了这三条原则的不足：人类将机器人狠狠砸毁，而第一定律阻止机器人出手反抗。随着新公民阶层的形成，这些定律得到了多方面的扩展，比如第四定律“在不违背以上原则的前提下，机器人必须参加劳动以维护自己的存在”；第五定律“在不违背以上原则的前提下，机器人拥有生殖的权利及义务”。当然最关键的是第零定律“机器人须保护人类的整体利益不被损害”。这条置于一切原则之上的模糊原则赋予机器公民很大的自由度，最直观的体现是现在机器人警察可以攻击破坏社会秩序、违背法律的人类公民。

十年前的那个夜晚，工人运动达到了最高潮，人们心底的怪物被唤醒了，情绪激动的工人将“大卫”塑像浇满汽油点燃，掀翻汽车，砸碎玻璃，冲进每一家店铺，用钢管和扳手将所有没有系红色头巾的人狠狠击倒。他们踏着机器人警察的碎片，高举火把拥向市中心，每一条街道都陷入混乱，流动的火焰从四面八方向城市中央集中。罗斯巴特集团的白色高塔成为暴动者的聚集点，几个大型机器人警察立刻被人流冲毁，工人们开始冲击罗斯巴特集团大楼的正门，人群像旋涡一样暴躁不安地转动，石块如雨点般砸向玻璃幕墙，火焰燃烧声、玻璃碎裂声、咒骂声、吼叫声、爆炸声纠缠成末日的交响曲。我本来只是这场运动的旁观者，但不知为何，当暴力成为主旋律时，我也不由自主地抓起武器，融入暴乱的洪流。

这时乔在人群中出现了。他费力地爬上一个空油桶，用扩音喇叭大声喊道："停下！这不是我们该做的事情！暴力是不能解决问题的！你们正在伤害无辜的人！"

人们暂时停下动作，广场安静下来，脸上沾着油污和血迹的工人表情木然地望着他，望着曾经被众人拥戴却因观点不够激进而遭遇冷落的运动领袖。这场运动已经持续得太久，州政府、工业企业集团大财阀们与罗斯巴特集团高层的态度暧昧不清，尽管一个又一个补偿方案出台，遣散金不断提高，有人也对新移民城市养老安置的远景抱有希望，可大多数人的情绪却在失望中不断发酵，最终酿成绝望的风暴。

乔一把扯下红色头巾，用尽全身力气喊叫着，导致声音支离破碎："瞧瞧你们自己的手，兄弟们！你们的手上沾满了血！那是你们父亲的血！你们妻子的血！你们孩子的血！睁开眼睛看清楚！"

无数支火把熊熊燃烧，不安的气氛在人群中传递。我茫然环视四周，每个人的脸上都带着和我一样迷茫的表情。我的手中握着撬棍，撬棍上沾着不知属于谁的血迹，我记不清刚才做了些什么，只知道有种罪恶的快感在心底升高、升高。透过层层叠叠的人影，我看到琉璃站在那里，尽量扶稳那个红色的空油桶，她的身边还有许多我所熟悉的面孔，我的父亲也在其中。

这时另一个方向传来呼叫声："现在我们是不可能停下的，你这个懦弱的投降者！这场运动的最高潮正在到来，如果不随着我们前进，你会连同罗斯巴特集团一起被革命的大潮完全淹没！”

乔摇摇头，大声说：“这是一条完全错误的道路，停下吧，趁现在还来得及！只要放下手中的武器……”

他的话没有说完，我偷偷拾起一块石头砸了过去，石块划过他的额头，砸在油桶上，发出惊人的巨响。我从未如此憎恨过一个人，现在愤怒的毒药烧红了我的眼睛。那是永远高高在上的他，永远道貌岸然的他，永远讲着大道理的他，优秀的他，光明的他，拥有一切的他……被琉璃深情注视的他。琉璃的眸子映射着火炬的光芒，视线中载满刻骨的柔情，只要这一个眼神，就能让我的灵魂冰冻成铁，粉碎成沙。

乔伸手捂住额头，一丝鲜血从指缝中流下，他带着诧异的表情望着这边，我立刻低下头，将自己藏在人群之中。“放下武器，永远不会太迟……还要多少死亡，才能意识到已有太多人死去，我的兄弟们？”他没有理会流血的伤口，俯下身接过木吉他，拨出一个人们熟悉的G和弦，那是鲍勃·迪伦《答案在风中飘扬》的歌词与旋律。

“打倒他！”另一个声音叫道。

歌声响起，人群变得稍微平静，扩音喇叭传出并不清晰的扫弦声和歌声。

“打倒他！”我忽然大喊一声，高高举起手中的撬棍。

“……打倒他！”安定了一瞬间的旋涡开始转动，不知谁又丢出石块，准确地砸在了乔的胸口上，他痛楚地屈起身体，口中却仍吟唱着沙哑的民谣。在这一刻，这个站在油桶上面对一群暴徒执着歌唱的男人显得如此幼稚，如此渺小。第三颗石块呼啸而去，我看到琉璃奋力伸出手，想要挡住这次攻击，但石块还是砸中了乔的肩膀。他一个趔趄跌倒下来，接着立刻被人潮淹没，最后一个和弦还在夜空中回响，而音符的主人已不见影踪。

就这样，我杀死了乔。

反对的声音消失了，人流席卷了整个城市。那个夜晚的细节我记不清楚了，只知道夜越来越深，城市被大火笼罩，每个人都累了，丢下沾血的武器坐倒在路边，工人运动领袖从燃烧的街道彼端走来，身后跟着一群穿白衣的男人和几台怪模怪样的履带式机械。“你们是真正的英雄，历史必将因你们而改写。”他的脸上带着笑意，“这是你们争取来的东西，罗斯巴特集团与州政府提供的福利，只要接受一个简单的测试，服下蓝色药丸，你们这段不太美好的记忆将会与身上的指控一起烟消云散。明天，在接受联邦政府的测谎检查之后，你们将作为斗争胜利的工人代表接受州长、工业企业集团代表与罗斯巴特集团总裁的接见，带着优渥的遣散金，在其他城市得到良好的教育机会与梦寐以求的工作。当然，这颗药丸还附带一个美妙的能力，他能消除你最想要忘掉的事情，不要浪费，兄弟们，享受无罪的胜利果实吧！”

当时我没理解他说的是什么意思，也没有思考他与支持机器人的大人物之间的关系，甚至对他身后那台会自己行动、抽血、传递药丸和水杯的机械毫无反应。我已经累得没有力气动一动手指，更别说思考这么复杂的问题。“老兄，那是机器人吗？”身边有人问。

“谁知道，管他呢。”另一个人回答。

机器走过来，用细小针头抽走我的血液，片刻之后将蓝色药丸递了过来。我勉强抬起右手接过托盘，问道：“这里面是什么玩意儿？”

“500个非常原始的纳米机器人，先生。它们解冻之后的生命周期只有100秒钟，在烧灼您的大脑海马体、封锁24小时以内的记忆之后就会自动分解，完全无害无副作用。当然，它也可以同时探测记忆区域中最活跃的信号，将相关的记忆链冻结起来，帮助您忘记现在脑中想到的最强烈的一系列回忆。”机器回答道。

“……随便吧。”我吞下药丸。

这时愤怒已经消退，恐惧、悲伤、悔恨的情绪开始蚕食我的灵魂。我仰面朝天躺在马路上，望着被火焰映得通红的夜空。我都干了些什么？乔还活着吗？琉璃……她还好吗？至于我的父亲……

乔，我亲手杀死了他，我的兄弟。

不！我只是报复了那个抢走琉璃的人而已……

我有错吗？能是我的错吗？

乔……

第二天，一片狼藉的城市和遍地尸骸让所有人震惊欲绝，作为城市象征的大卫塑像被烧成了黑色的骷髅骨架，罗斯巴特集团的白色高塔没有一块完整的玻璃。穿过冒着青烟的汽车残骸，我们找到了亲人的尸体，也找到了乔。

没有人知道昨夜究竟发生了什么。事件升级了，罢工运动变为集团暴力行为，联邦政府很快接管了城市，将丧失斗志的工人们狠狠镇压，运动领袖无法再保持立场，向州政府与工业企业集团财阀们做出让步，大部分人接受了新移民城市的提案，搬迁到400公里以外的居住区，过着衣食无忧的生活，沉醉于无报酬工作的美好幻象。埋葬父亲之后，我拿到一笔数额惊人的遣散金，头也不回地离开了这座城市，从此再未回来。

原来，那被抹去的24小时的回忆以及有关乔的记忆链，就是十年来无数个噩梦的起因。

我终于想起了一切。

00：10

“我杀死了乔。”我说。

“不，是他们。”琉璃目视前方，透过颜色愈发沉暗的雾霭，白色高塔在静静等待。

“对不起。”我说。

“应该说对不起的是他们。”琉璃平静地回答。

金属的脚掌降落在十年前浸透鲜血的地面上，巨大机器人昂然前进，用十米步幅丈量着宽阔的长街。在前面一个街角，我看到邮电大楼的绿色轮廓，在那里有着我们的秘密基地，埋葬我纯真童年梦想和乔的生命的地方。

雾中传来震耳欲聋的噪声，高大的工程机器人被第零定律驱使而来，挥舞着摇臂、铅锤和铁铲发动攻击，无数微小的清洁机器人从履带和车轮底下钻出，像潮水一样拥来，纷纷爬上阿当的双腿，开始啃噬着电缆和油管。“砰！”沉重的吊锤击中阿当胸部装甲，巨大机器人的身形歪斜了，观察窗里出现深蓝色的天空，琉璃咒骂一声，用一连串操作让机器人恢复平衡。

阿当抬起左腿，狠狠地踩扁一架吊车机器人，将小小的寄生虫们震掉，我用手中的信号发射塔击打着敌人，把载重卡车掀翻在路旁，用吊锤把一辆又一辆工程机械砸成铁饼。两台柴油发动机发出不安的抖动，燃烧不良的黑烟从背后排气管喷出，阿当腿部开始泄漏油液，右腿液压系统油压正在下降，但我们还在前进，机器人的残骸在身后燃起火焰，目的地只剩下一个街区的距离。

“当时在乔身边的人，反对暴行的人，活下来的……”手中的信号发射塔与最后一辆工程机械同时粉碎，我长长地做了几个深呼吸，开口道。

“一个都没有。”琉璃回答道，“我的心跳停止了，但在被送往停尸房的路上奇迹般醒了过来。我想，是乔给予我的力量吧。”

“我曾四处找你。”我说。

“我藏了起来，直到所有人都离开。”琉璃说。

“我杀死了乔。”我说，“是我掷出了第一颗石块。”

“你是他最好的朋友。”琉璃说。

“对不起。”我说。

“也是我最好的朋友。”琉璃说。

远方的天幕出现几个小小的黑点，我知道那是受雇于国民警卫队的飞行机器人出现了。这种类型的机器人是近期才出现的，我肯定自己曾参与它们其中几位的设计过程。尽管没有常规武器，它们却多数携带着EMP脉冲导弹，这对机器人和人类驾驶的机械来说同样是致命的威胁。愈来愈多的机器人出现在前方的道路上，更多的阴影潜藏在雾气当中，没人知道这座死去的城市究竟藏着多少机器人，就像尸骸中暗藏的蛆虫因骚动而现身。

无数盏灯光亮起，无数个声音响起，前方密密麻麻的机器人将宽阔的铜矿路牢牢堵死。清洁机器人沿着两侧高楼的外壁爬行而来，蠕虫型的管道机器人在雾气中扭曲不定，服务机器人点亮照明灯，售卖机器人喷出热水与液氮，每位机器公民都在用自己的方式表达对巨大机器人的愤怒以及对生存的渴望。我相信在其中看到了T00485LL的影子，脱离了轨道的单轨机器人笨拙地跳跃着，欢快地叫嚷着："立刻停下来！否则你们会得到制裁！"

这时我忽然想到，若换个角度来看的话，这些会思考的机器何尝不是人类原罪的受害者？它们并没有选择来到这个世界上，若不是人类轻率地赋予钢铁以灵魂，它们何以要承受漫长的苦刑？

它们前赴后继地扑上来，试图在阿当身上留下一点伤痕。一架清洁机器人灵巧地跃上驾驶舱，开始用旋转刀片切割瞭望窗。阿当奋力甩开许多敌人的纠缠，用左手拍打这个机器人的头部，"啪"的一声，破碎的躯体无力坠落，龟裂的玻璃上留下深红色的油液，就像真实的鲜血。

"轰！"阿当的脚掌碾过机器人组成的地毯，元件横飞，火花四溅。每一个仪表上的指针都开始进入红色区域，两台老旧的柴油机已经不堪重负。阿当胸部的装甲板整个破裂了，露出冒着黑烟的机械，腹部的帆布被撕成褴褛的布条。阿当浑身上下每一条破损的油管都在喷出液体，每一个关节都在发出润滑不良的摩擦噪声。阿当的步伐变得越来越缓慢，但距离白色高塔只剩下100米、90米、80米，我们能够清楚地看到罗斯巴特集团的盾形标志，看到那些关闭着的、藏着怯懦无助人类的玻璃窗。

或许我们能在飞行机器人到达前抵达目的地，倾尽全力将高塔的支撑柱一根一根折断。或许我们在那之前就会被机器人淹没，化作第零定律下的飞灰。或许琉璃能够原谅我，或许她真的没有恨我。或许……乔此时正在天上看着我们。

"就算真的将高塔折断，又能怎样呢？十年前，他们……不，我们冲进了那座高楼，将里面的一切砸得稀巴烂，但什么都未能改变。"我说。

"不，我们一定能改变什么的。"她说，"此时会有无数人望着我们，听着我们的声音，责备着我们，讽刺着我们，可总有一天他们会知道事情的真相，就像你一样；然后做出一点改变，即使只是一点点，就像我们一样。这个世界会变得不同的，乔这样告诉我，我也想这样告诉全世界。”

“只能用这种方法吗？”我说。

“这是我唯一能做到的。”她说。

“我是个罪人。”我说。

“谁不是呢？”她说。

“我们会死的。”我说。

“谁不会呢？”她说。

00：01

我紧紧拥着此生最爱的女人，用每一寸肌肤感觉她的温度，贪婪地嗅着那水蜜桃般甜蜜的滋味，带着最深刻的恐惧和最战栗的满足，就像二十年前那个温暖的夏日，我们在卧室的床上如此紧紧依偎，以“二人羽织”的方式面对整个世界。我藏在她的背后，被棉被保护着，隐藏着自己的懦弱和自卑，希望这一刻延长到时间的尽头；而她，勇敢地直视卧室窗外的甲壳虫汽车残骸，直视机器人大会上的数千名观众，直视铺天盖地冲来的机器人大潮。

“对不起，琉璃。”我说。

“谢谢你，大熊。”她说。

我仿佛看到乔在天国抱着吉他微笑。阿当伸出残破的双手，穿过无数阻拦，去拥抱那座沉默无言的白色高塔，夕阳中飞行机器人的影子升起，火光闪烁，宛如烟花灿烂。曾经在机器人大会上，夜空中升起灿烂烟花，照亮三个孩子的身影，亲密的两个，孤独的一个，那是我此生看过的最美的焰火。

00：00

不知从何处来的风，吹散了这座城市太厚的烟尘。

即使只是一瞬。

后记：

每个男孩的梦里都有机器人、摇滚乐和带着甜蜜水蜜桃气味的女孩。仅以此篇幼稚童话向浦泽直树、木城雪户等大神致敬。另外，每章节标题的倒数时间其实是与Bon Jovi的《Dry County》对应的，不妨找来当背景音乐听，即使是流行摇滚乐队，也应该因这首歌而被永远敬仰。

太阳坠落之时

引子

他们在太空中俯视地球。这不是最适合观察的距离，肉眼看不清3.58万公里之外地球的细节，可那嵌在观察窗中央的蔚蓝星球仍旧牢牢吸引着他们的视线。无论从怎样的角度观察，它都美得令人忘记呼吸，仿若一颗闪烁光芒的、具有魔力的蓝水晶。

有人打破了无线电静默："我忽然想起一首歌。"

第二个人立刻回应："我也是。Boom De Yada，Boom De Yada，对不对？"

"啊，这首歌在电视上播放的时候我刚满五岁，就是它让我爱上太空的。"第三个人说。

第一个人提议："记得歌词吗？那我们从头开始。"

"附议。"

"好的。"

清清嗓子，一个略显低沉的男声开口："It never gets old, huh?"

"Nope."另一个声音回答。

"It kinda makes you wanna,break into song?"

"Yep!"

清亮的女声唱起了歌的旋律：

"I love the mountains,

I love the clear blue skies,

I love big bridges,

I love when great whites fly,

I love the whole world,

And all its sights and sounds."

三个声音合唱：

"Boom De Yada! Boom De Yada!

Boom De Yada! Boom De Yada!"

这段副歌重复了许多遍，直到他们笑得喘不过气来为止。

（注：歌曲名为"I love the world"，2008年Discovery频道宣传片主题曲）

距离第一次发射：2小时45分30秒

美国新墨西哥州奥特罗县阿拉莫戈多市西南方100公里沙漠

一只暗黄色的沙漠角蜥从沙土中探出头来，用布满棘刺的皮肤感知初升太阳的温度。它要尽快提升自己的体温，开始一天中最重要的捕猎。用不了多久阳光就会把整片沙漠烤热，在体温过热之前它必须完成狩猎回到这棵近2米高的牧豆树树荫下，用凉爽的沙子把自己掩埋起来。

它缓缓舒展四肢，钻过一蓬茂密的丝兰，向沙丘移动。沙丘的背面生长着一片梭梭树与红柳，树丛中有一窝蚂蚁，一窝美味的墨西哥蜜蚁。沙漠角蜥花了20分钟攀上沙丘，站在一块岩石上稍作休息。太阳已经升得相当高，沙漠开始蒸发出潮湿的热气，它的体温达到了最佳状态，随时准备进行捕猎，同时应付任何可能的危险。

角蜥张开下颌，用腮囊中的水滋润口腔，同时转动眼球观察四周。它的右侧视野中有一片银亮的色斑，在灰黄色沙漠背景中显得颇不协调，但角蜥并没有浪费时间调节晶状体的焦距，静止物体对它的警戒毫无帮助。几秒钟后，它跃下石块向沙丘背面快速前进，转瞬间消失在那片红柳林中。

矗立在沙漠中的是一片低矮而庞大的建筑群，3米高的钢结构围墙覆盖着反射板，以建筑群中央的黑色基准点为圆心，10万块反射镜、光伏板、温差超导电池板组成复杂的几何形状，占地1.5公顷的设备整体安装在相位结构模块上，悬浮在地底的导电聚合物池中，可以通过聚合物的液化与结晶度随时调整相位角度。最初的设计图并没有可移动结构，但随着工程的推进，这个基地变得越来越精密复杂，早已经超出了建设者们最初的构想。

建筑物的大门口没有显著标志，只挂着两个钢制铭牌，上面分别刻着：

“特里尼蒂（注：TRINITY，意为“三个，三合一”）发射场遗址。1945年7月16日，世界第一颗原子弹在此爆炸，人类大规模利用原子能的时代就此开始。”

“特里尼蒂α地面站，2055年4月26日启用，人类即将迈向一个崭新的时代，试验日期……”日期后面没有刻字，而是用黑色记号笔潦草地写着“今天”。

距离第一次发射：2小时42分25秒

中国北京市海淀区阜成路南二街14号院航天局大院

夜色中，两辆蒙着褐色窗纱的红旗电动轿车悄无声息地驶入院门，门卫看了一眼黑色轿车的牌照，马上立正敬礼。车子停在9号楼1单元门口，堵住了两栋居民楼之间的狭窄通道，一些在院子里遛弯的老人围拢过来，好奇地打量着从车里钻出来的黑西装男人。“请各位让一让，我们马上就离开。”一名穿西装的男人面无表情地解释着，他背后有人用一张黑色卡片在门禁上一刷，单元门打开了，几个人侧身闪进门内，楼道里响起快速而整齐的脚步声。

“你们是哪个单位的啊，是要逮人吗？”一个中年人推着电动车，凑近了问，“这楼里住的可都是退休干部，你们有命令吗？”

“对不起，我不能透露。”黑西装说，“请您退后。”

看热闹的中年人啐了口痰，边伸手摸兜边说：“吓唬谁呢！你要不说明白，我可打电话报警了啊。”

空气中传来噗的一声轻响，仿佛肥皂泡爆裂，这人的身体毫无重量感地倒飞出去，摔进一丛蔫巴巴的绿花灌木里面。黑西装伸出左手扶住电动车，向惊愕的围观者们点头致歉：“对不起，请大家退后一点，我们被授权在必要的情况下使用杀伤性武器。”

这时候单元门打开了，四名黑西装簇拥着两名老人走了出来，钻进红旗轿车。有人看到了老人的脸，惊叫出声：“那不是一院（中国运载火箭技术研究院）的肖工吗？老肖和他老伴儿这是犯了什么事儿了？他们的儿子不就是那个……”

这人身边的人立刻拽住他的衣袖，阻止他说出剩下的话。领头的黑西装拉开轿车副驾驶车门，说：“给大伙添麻烦了，稍后会有派出所的民警向大家解释。就这样，再见。”说完上了车。两辆红旗轿车静静地倒出小巷，转了个弯，消失在航天局大院的门外。

人们这才大声喧哗起来，跑去看晕过去的中年人，拨打电话报警，喊不远处的门卫过来帮忙，有人拿出手机敲打了几个字，举起屏幕嚷着："瞧，肖工的儿子刚才还在上电视呢，说马上就要开始第一次试验对接什么的。还有俩小时就开始试验了，这搞的是哪一出？难道要出什么幺蛾子？"

"咣当！"这时那辆无人搀扶的电动自行车才倒了下来。

距离第一次发射：1小时30分33秒

德国巴登–符腾堡州康斯坦茨大学数学和自然科学院大讲堂

布兰登·巴塞罗缪博士平常讲课的时候都会关掉手机，但今天他忘了这件事情。当手机开始振动的时候，他正在黑板上写下德裔犹太精神分析学家艾瑞克·弗洛姆的名言："因不得不超越自我之故，人类终极的选择，是创造或者毁灭，爱或者恨。"

此时已到了午饭时间，他所做的名为"有关爱的行为动力学研究"的讲座还有五分之一的内容没来得及说，巴塞罗缪博士难免有点焦急，额头微微出汗，用躲在眼镜后的目光偷偷观察大学生们脸上的表情。手机开始振动，他手中的粉笔折断了。"见鬼！"他小声咒骂，右手伸进裤兜握住手机，摸索着挂断通话。

旁边的大学讲师看到他脸上的异样，站起来替他解围："各位，经过学院的同意，巴塞罗缪博士的讲座将延长到下午2点，我们休息30分钟，大家请先去用午餐，12点35分讲座在此继续。"掌声响起，学生们收拾书本站了起来，巴塞罗缪博士忙举手致礼，顺便把手机取出来，瞧了一眼屏幕。屏幕上显示的是"胡佛"。

博士戴上耳机走到教室的角落，接通了电话。骨传耳机里响起一位女性的声音："巴塞罗缪博士，这是保密线路，局长要跟您通话。"

"当然。我这里安全。"64岁的前FBI（联邦调查局）行为分析师、行为分析部首席顾问摘下眼镜，整理了一下乱糟糟的花白胡子，把喉震式麦克风贴在颈部。

几秒钟后，联邦调查局局长的声音响起："布兰登，有大麻烦了。"

"什么样的麻烦？'911'等级？"博士说。

"不，更大的麻烦。到最近的安全屋去，有人会告诉你详情。我在去白宫的路上，稍后联系。"局长停顿了一下，"你的大学……在吉斯山，最近的安全屋在斯图加特，来不及了。找间办公室，锁好门，用安全链接接入系统吧，一个外勤小组会尽快赶到你那里。靠你了，布兰登。"

"明白了。"

布兰登·巴塞罗缪花了15分钟找到正在吃午餐的康斯坦茨大学校长，说服对方准备一间设备完善、安全性高的办公室。他一进房间，就拔掉了所有电器的插头，用随身的小玩意儿检查每一面墙壁，开启信号干扰器，将电脑和手机连接起来，展开便携天线，通过通信卫星建立了安全链路。做完这一切的时候，两名FBI的探员已经赶到，他们在房间外布下了警戒线。

博士戴上眼镜，登录了系统。NCAVC（国家暴力犯罪分析中心）主任克劳恩·肖的面孔出现在屏幕上，没有一句废话，他语速急促地说："我会尽快地给你做简报，然后给你播放几段视频和直播画面，你需要根据其内容做出判断。这判断将影响白宫的决策，所以，必须百分之百的准确。"

巴塞罗缪博士盯着屏幕上的脸，说道："我负责的BAU（行为分析部）工作职能是支援联邦和州政府进行刑事犯罪调查，我猜你要说的事情不在这个范围之内。”

“不。”对方简洁地回答，“这属于BAU第一小组的业务范围‘恐怖活动’，由我直接负责。但白宫需要你的专业知识，整个NCAVC找不出比你更可靠的人选。”

“我的意思是，别把匡提科（注：美国维吉尼亚州匡提科FBI犯罪实验室，BAU所在地）的家伙们卷进来。我会做出判断，并承担责任。”

“我知道。心理侧写不需要团队合作，白宫需要的是你30年的心理学和行为分析学经验，巴塞罗缪博士。”

“好，开始吧。”

博士拿出笔记簿和钢笔，端坐在桌前。

距离第一次发射：0小时25分

德国巴登–符腾堡州康斯坦茨大学办公室

巴塞罗缪博士写下最后一个关键词，放下钢笔，说道：“我不太明白。”

“没有人明白，没有人。”克劳恩·肖在画面中解开领带结，用手绢擦拭粗壮的脖颈，显得有点焦躁，“还有25分钟，我们要在25分钟之内做点什么。”

博士看着笔记簿上的几行字。

0时刻，休斯敦收到来自特里尼蒂α（阿尔法）空间站的文字信息：“变更预定计划，10小时后进行自主试射。”

2小时，休斯敦将信息发送给白宫，因为特里尼蒂α空间站中断了一切通信，并切断了远程控制通信链。

6.5小时，总统召开远程会议，中国与EuroNER（欧洲新能源共同体）

分别确认与特里尼蒂β（贝塔）与特里尼蒂γ（伽马）空间站失去联系。

8.5小时，特里尼蒂α空间站开启视频通信窗口，发布了一段简短的视频。白宫与五角大楼成立应急政策小组，国土安全部将威胁预警等级提升至橙色。

9.5小时，现在。

“特里尼蒂是美国、中国、欧洲联合开发的天基太阳能发电项目，我看过新闻。”博士在纸上画了个三角形，“今天预定进行第一次对接试验，但出了点岔子，对吗？我要看那段通话视频。”

“视频很短，不过没时间让你多看几遍，博士。请仔细看。”

视频画面由三个镜头拼合而成，每个镜头的背景都是相同的：明亮的银色舱室、闪烁的仪表灯光，而从镜头下方的代码能够分辨出由左至右三个画面分别来自特里尼蒂项目的α、β、γ三个站点。

博士点亮手边的平板电脑，快速翻阅FBI系统内的特里尼蒂项目相关资料。他跳过大段技术描述，找到自己关心的章节：

“简述-章节12-2：发射站的空间展开。

“经过221次发射，2年又128天的时间，特里尼蒂α空间站在低轨道组装完成。经过3次变轨，休斯敦宣布α站成功进入35800公里高的地球静止轨道，投影位置位于美国新墨西哥州阿拉莫戈多市西南100公里处。

“展开作业花费了90天时间，每展开一片反射镜都需要进行细微姿态调整。尽管空间站自重只有1.3万吨，但展开后面积超过1000万平方公里，超过人类历史上所有空间飞行器的投影面积总和。

“完全展开后的复合抛面集中器呈中国鼓腹瓷花瓶的形状，集中器通过姿态调整确保进光量，将阳光聚焦于球锥形谐振腔，经太阳光泵浦固体激光器转化为激光束传向地面接收站。由于外表面采用黑色涂装，发射站从地球的角度很难被观测到，不过在夜间复合抛面集中器达到最大偏移角度时，可以观测到‘花瓶’瓶口反射的弧形光带。

“特里尼蒂α空间站成功进行了低负荷启动和激光太空传输试验，中国与EuroNER负责装配的β、γ站在6个月后分别进入地球静止轨道。三个空间太阳能电站完全展开后，将与地面站进行激光—太阳能传输试验。

“α站由NASA宇航员里克·威廉斯操作，地面站位于美国新墨西哥州阿拉莫戈多；β站乘员为法国宇航员莫甘娜·科蒂，地面站位于阿尔及利亚阿德拉尔省提米蒙沙漠；γ站乘员为中国宇航员肖李平，地面站位于四川省甘孜藏族自治州丹巴县。”

视频中出现了三位宇航员的面孔，三个人各说了一句话。

α站的那个美国宇航员长着一副标准的超级英雄面孔，亚麻色卷发下面有双迷人的蓝灰色眼睛，他首先开口，用洪亮的声音说：“我们是特里尼蒂的操作者，你好。”

β站的那个法国女性留着短短的金色寸头，身材瘦削，脸上有些雀斑。“我们在此宣布第一次发射将如约进行。”她嚼着口香糖说。

γ站的那个中国男人端端正正地坐在镜头前（即使在太空中也保持着笔挺坐姿），方正的脸上架着一副老式玳瑁框眼镜。博士之所以能认出这种材质，是因为他生于20世纪40年代的祖父有一副古老的玳瑁眼镜，那大约是第一次世界大战末期的产品了。“第一次发射后20分钟，我们会开启实时通信。那么，再见。”他说。

视频结束了，总长度40秒。

“他们想干什么？我只想问这个问题。不，是总统先生迫切需要一个答案。”克劳恩·肖的脸占据了电脑屏幕，“告诉我，博士，他们是恐怖分子还是别的什么人？”

博士犹豫了一下，说："这不是侧写的领域，克劳恩，其他的心理专家可能更擅长从动作和语言中捕捉动机，找出他们隐藏的语义，而我……"

"不不不，没有什么心理专家，所有的外包项目都被保密协议排除在外。你还没理解到事情的严重性。"画面中的人神经质地搓着粗脖子，"什么都好，告诉我一些事情，让我去应付局长、白宫幕僚团和国防部，什么都好。"

"我需要更多资料。"

"特里尼蒂宇航员培训项目使用了FBI标准心理测试题，三人的卷宗已经上传至临时数据库了，另外个人资料页也更新完毕，我们的技术员挖掘到一些简历上没写的东西，你可能会感兴趣。"

"好。"

"在此之前，说点什么，快。没时间了。"

巴塞罗缪博士扫了一眼屏幕上的文件，眼神落在三个人的头像上面，说道："仅凭这些信息我没法得出结论，但我能告诉你一件事情，克劳恩。无论这些人想干什么，他们是认真的，比基地组织的自杀炸弹预告还要认真1000倍。"

克劳恩·肖瞪大灰蓝色眼睛，白衬衣领有着明显的汗迹。几秒钟后，他点点头，抓起电话说："这就够了。……接线员，给我接白宫。"

博士抓紧时间追问："告诉我，他们能用特里尼蒂空间站做什么？我看不太懂技术参数。"

克劳恩·肖用粗脖颈和肩膀夹住电话机，右手指着左手手腕上的爱彼皇家橡树自动表，做了个秒针旋转的手势，随即切断了视频。巴塞罗缪博士在屏幕右下角发现一个红色的倒计时数字，那是技术员根据对方声明的"发射时间"而设定的。

时间还剩1分30秒。

距离第一次发射：0小时1分30秒

阿尔及利亚阿德拉尔省提米蒙绿洲

这是一个尘土飞扬的沙漠小镇。一个800年历史的地下淡水湖滋养了这撒哈拉沙漠中的绿洲，从阿尔及利亚北部山区迁徙而来的人们聚集在这里，种植椰枣树，筑起红色砂岩的城堡，至今仍有上千人居住在奥斯曼帝国时期建立的古城之中。30年前这里曾经更加兴旺，但随着塔曼拉塞特省优质天然气田的发现，阿德拉尔省所有绿洲城市的居民朝圣般涌向相邻省份，留下不愿迁徙的人们守着旧城和每年春季准时到来的沙尘暴。

三年前，一帮法国人出现在提米蒙绿洲，开着丰田越野车进入沙漠，用激光指示仪圈定了一大块土地。随后，浩大的工程开始了，无数覆盖着银白色反光膜的设备装满轮船，从马赛、直布罗陀、热那亚和巴伦西亚运往阿尔及尔，又被集装箱卡车送至提米蒙。没人知道法国人在修建什么，但工作机会和崭新的欧元钞票是真实的，全镇的男人都被雇用了，尤其是文化程度较高的青年人。

“今天爸爸为什么没有按时上班？”七岁的查奥·阿克宁站在屋顶用玩具望远镜眺望远方，然后抬头问自己的母亲。

“因为今天是发射的日子。”他的母亲一边晾晒衣服，一边回答，“所有人都不能进入基地，他们去山上的观察点了。”

“可爸爸是向基地的方向走的，我看见他的摩托车向那边开去了。”查奥说，指着被风沙遮蔽的西方。

“因为他是爸爸。我们只要等他回来吃晚饭就好了。”母亲回答道，

“去洗洗手，吃块哈尔瓦（阿拉伯点心），多蘸些蜂蜜，记得刷牙。不过，电视只能看半小时。困了的话，就先睡一会儿。”

“我要午睡的话，你会给我唱摇篮曲吗？”

“我不会唱你说的摇篮曲，查尼（查奥的昵称）。以后别再问这个问题啦。”

“是的，妈妈。”在跑下楼梯之前，查奥四处望了一圈，他们的二层小楼位于提米蒙新城的边缘地带，从这里能清楚地看到五公里外的那座赭红色砂岩的小山丘，山上搭起一片蓝色的遮阳棚，应该就是妈妈所说的观察点；而西方荒凉沙漠的深处，那条两车道水泥路的尽头，就是整个提米蒙新城居民赖以为生的基地所在，与这里相距60公里。查奥看不到基地闪亮的银色围墙，可他知道父亲正在去往那个地方，当所有人都撤离的时候，只有他骑着摩托车绕过城市进入沙漠。父亲想要做什么？查奥想不出答案，这事一直困扰着他，以致在哈尔瓦点心上浇了太多的蜂蜜，吃起来甜得吓人。

距离第一次发射：0小时0分20秒

地球静止轨道特里尼蒂α空间站控制室

如果将特里尼蒂空间站视作一个巨大的花瓶，控制室就是花瓶底座侧面的一个小突起，在以上千公里为计量尺度的空间站衬托下，直径15米的圆柱形控制室渺小得微不足道。空间站分为两个主要部分：喇叭口的复合抛面集中器依靠12000个姿态调整喷射口转移角度，始终对准太阳方向，而光泵浦激光器与控制室的部分则同时进行反推，保持发射器与地面站的同步。

从控制室的角度来看，地球是嵌在脚底下那块舷窗中的蓝色背景，虽然身处太空没必要遵循地球引力方向，不过里克·威廉斯还是习惯性地将面向地球的窗户称作“下方”，抛面集中器的方向为“上方”。

“所以说，睡觉的时候得找到正确的方向才行，中国没有这样的习惯吗？比如说，头朝长安或者麦加的方向什么的。”他对其他两位特里尼蒂宇航员说。

“没有。”戴着老式眼镜的肖李平简短地回答。

“喂，时间到了。”莫甘娜·科蒂提醒道。她在空中盘膝打坐，轻轻触碰舱壁让自己原地旋转起来。她一直很喜欢这样的游戏。

“还有10秒钟，坐标已经校准过了，我的摄像头开着，不过目标地点上空云层很厚，恐怕没法取得清晰的图像。”里克·威廉斯用小手指勾着挂钩将自己拉到控制台前，触摸屏幕上的按钮，“集中器角度没问题，遮光板开启，介质棒状态OK，功率35%，照射时间1分钟。那么，我要按下启动键了，各位。”

“你已经迟了5秒钟了。”旋转着的莫甘娜·科蒂说。

里克·威廉斯露出灿烂的微笑，对着镜头竖起大拇指，说：“守时是重要的品德，可谁又能挡得住意外发生呢？延迟10秒钟，预备……发射。”

肖李平沉默着，莫甘娜·科蒂停止旋转，说：“阿门。”

照射面积达千万平方公里的阳光汇入400米直径的谐振腔，在掺钕钇铝石榴石晶体棒的激励下，光子向高能级跃迁，点亮了万亿千瓦超级太阳能电站的能量之火。这并非人类历史上创造出的最强激光，但与实验室中以毫秒为单位发生的超高能激光脉冲不同，特里尼蒂创造的是地球与太空的激光通路，一条传输着庞大能量的、无比稳定的激光电缆。

——如果激光照射点是α地面站的话。

三个人通过特里尼蒂α站的摄像头注视着遥远的地球，注视着蔚蓝的海洋、宁静的大陆和舒卷的云团，注视着那一束激光照射的地方，一切似无改变，但每个人都知道，世界更新的时刻已经来临。

悄无声息，无法观测，激光在0.12秒之后到达地球，在电离层边缘留下一圈五彩斑斓的浮光。波长1050纳米的近红外激光贯穿大气层，将空气、云层和尘埃电离，粉红色等离子光团在水蒸气形成的云柱中若隐若现，勾勒出无形巨柱的轮廓。

仿若神迹降临。

第一次发射

美国新墨西哥州奥特罗县阿拉莫戈多市西南方100公里沙漠

日头已经升得很高，沙漠角蜥还没能吃饱。即使在红柳的遮蔽下，这片沙地也正逐渐变得滚烫，它决定放弃狩猎回到自己的栖息地，在凉爽的石缝里度过漫长而灼热的白天，等待傍晚到来。

它吞吃了几片草叶以补充水分，接着飞快地爬上山坡，这时候某种不祥的征兆出现了，它的棘刺之间有静电火花噼啪作响，空气正急速变得湿润起来。这显然是反常的，不需要多高的智力，它能用本能判断出静电与湿度之间的对应关系。

角蜥停在一块岩石上，转头观察那片银白色的建筑，那里很安静，什么事情都没发生。危险来自遥远的地方，它转动眼球，注视着100公里外的天空，天空变得漆黑，仿佛整片沙漠的乌云正向那里聚集，太阳的光芒黯淡了，异常的光和热从彼方缓缓膨胀。

沙漠角蜥跳下岩石，用疯狂的速度向隐蔽处狂奔。

阿拉莫戈多市是一座30000人口的小镇，以旅游观光、疗养院和导弹基地而闻名。特里尼蒂项目启动后，阿拉莫戈多作为地面站工作人员的居住地而保持着活力。试验前夕，以地面站为中心120公里半径内的人口被逐渐疏散，阿拉莫戈多被清空了，数十台传感器安装在城市各个角落，用以记录激光输电对周边环境可能造成的不利影响。

所有的传感器在同一时间停止工作。直径150米的激光光斑击中了小镇中心。仿佛1000个太阳坠落，光芒化为灼热的冲击波在整个小镇掀起火海，上千栋房屋在一瞬间同时爆燃，火龙卷缠绕着无形的激光柱盘旋而上，升入500米的高空。照射中心的地面不断塌陷，水泥和沥青气化燃烧，光斑核心温度迅速提升至800万度，激光蒸发了钢铁、土壤、地下水与岩石，随即将所有物质化为等离子体。燃烧的小镇开始向内坍缩，如同一颗在日晒下干瘪的葡萄。

夹杂着尘埃的热蒸气伴随火焰不断升高，在热圈的外围凝聚，紧接着下起一场黑色的暴雨。冒火的建筑在雨中发出呻吟，包括房屋、街道、汽车、树木，残存的阿拉莫戈多扭曲着向中心流动，热冲击波如推土机一样制造出岩浆的波浪，由内向外扩散。

突然间，光柱消失了。火龙卷在呼啸，黑云在雨中缓缓升起，赤红岩浆倒灌入100米深的巨坑，原本被称作阿拉莫戈多市的地方变成一个深邃的岩浆湖。短短60秒的激光照射，释放了相当于7200吨TNT炸药的惊人能量，如一枚精准打击的战术核武器将阿拉莫戈多从地图上彻底抹去。

蘑菇云升入千米高空，炽热的岩浆湖需要几个月时间才能彻底冷却，漫长的时间过后这里会成为一个光滑的墨绿色玄武岩深坑，经过几个雨季，变成一个漂亮的新生湖泊。然而现在，这里是下着黑雨的灼热地狱。

一切只花了60秒时间。

第一次发射

德国巴登-符腾堡州康斯坦茨大学办公室

布兰登·巴塞罗缪感觉到某些事情正在发生。屏幕上的倒计时已经归零，保密终端没有更新信息，老人等待了10分钟，忍不住点击鼠标接通匡提科的分析师，发出询问："究竟发生了什么？告诉我。"

没有回应。

他抓起手机准备拨给FBI总部，这时计算机发出嘀嘀的蜂鸣声，红色的倒计时数字重置为10小时，屏幕被锁死了，一行文字浮现："准备接入白宫紧急会议，安全协议生效。"博士站起身来望向窗外，发现整栋楼的教师与学生正在被有序疏散，一架洛克希德·马丁公司的电子干扰无人机悄无声息地悬浮在树梢附近，为办公室窗户覆盖反激光窃听的不可见光屏障。手机失去信号，头顶灯光忽明忽暗，大楼某处响起低沉的柴油发电机运转声，技术人员已经切断楼体与外界的强、弱电联系，制造出信息世界中的绝对孤岛。随着Milstar军事卫星天线架设完毕，横跨大西洋的保密线路接通了，屏幕锁定解除，一个视频窗口弹了出来，出现在镜头前的是美国总统国家安全事务助理，一位表情自命不凡的爱尔兰后裔。"请落座，先生们。"他说，"现在切换至会议模式，总统先生将主持这次紧急反恐会议。"

巴塞罗缪博士整理一下衣领坐在桌前。虚拟圆桌在屏幕上展开，美国举足轻重的大人物们依次入座，博士看到FBI局长与NCAVC主任肩并肩坐在橡木桌前，背景看起来是白宫西翼地下的战略情报室；国务卿、国防部长与国土安全部长坐在长桌的另一侧，总统背后的情报屏幕快速滚动着数据，在LED屏幕冷光的映衬下，这位49岁的美印混血总统显得脸色阴冷，如刚刚出土的耆那教石雕。

“17分钟前，美国遭到了‘911’事件以来最严重的一起恐怖袭击——不，是第二次世界大战以来美国本土遭遇的最大规模袭击。”总统嘴边的法令纹如刀锋般深刻，“看视频。”

一个静谧的小镇出现在屏幕上，几秒钟后，它如乐高玩具般崩坏了，火焰升起，大地沸腾，架在山上的望远镜在热风中剧烈震荡起来。冲击波吹起飞石，镜头倒下了，最后一个画面是指向天空的黑红色云柱，爆炸云逐渐舒卷，如一个漆黑的微笑。

“攻击来自特里尼蒂α空间站。没错，那个耗资万亿美元的新能源项目，我们头顶上的太阳能发电站。”总统说，“没有人员伤亡，他们攻击的是被疏散的市镇，这是一次该死的示威，先生们。”

“……以及女士。”国防部副部长补充道，她在会议系统中发布了一则简报，“激光照射持续了1分钟时间，按照初步估算，其威力与W79mark-II 5000吨级战术增程核炮弹相仿。一枚核弹毁灭了城市，就像1945年8月6日的广岛，不同的是，这次我们是被轰炸的一方。”

安全事务助理点亮话筒：“总统先生，特里尼蒂公司高层依然无法取得联络，他们的技术部门声称三个特里尼蒂空间站单方面切断的通信与远程控制功能是无法恢复的，只能等待对方主动联络。另外，这次发射……并非全功率运行。”

总统揉着眉心说：“给我数据。”

“数据还未上传。他们似乎有所隐瞒。”

“做些什么。”

“是的，总统先生，我们的行动组已经进驻特里尼蒂公司的波士顿总部……”

“闭嘴！联络时间到了。”总统低声喝道，“FBI的心理专家在场吗？”

巴塞罗缪博士按下话筒回复道：“我是BAU的行为分析学顾问，先生。”

“很好，我跟他们对话，你告诉我这些兔崽子究竟想要什么，必要的时候，我会拉你加入对谈。”

视频窗口展开，一片漆黑。沉默在蔓延，喘息声清晰可闻，博士能嗅到空气中迷惑、不安、愤怒和恐惧的味道，大人物们如同刚刚被郊狼袭击的羊群，丧失了行动的能力，呆滞地矗立在血腥味的夜色中。美国已经和平太久了，从诺曼底、朝鲜、越南到伊拉克、阿富汗，只习惯于把炸弹砸在别人头上。博士做了个深呼吸，喝下冷掉的咖啡。

第一位宇航员出现在屏幕中，接着是第二位、第三位。布兰登·巴塞罗缪紧盯着画面，捕捉对方每一个微小的动作细节，试图找出三个人之间的某种关键联系。这时，中国宇航员肖李平首先开口了。

“是总统先生吗？你好。”他左手推一推玳瑁框眼镜，微微点头致意，“来自特里尼蒂γ空间站的问候，先生。”

“我就算了。冥想的时间啊……还没结束。”金发的法国宇航员莫甘娜·科蒂挥了挥手，继续在空中盘膝慢慢旋转。

美国宇航员里克·威廉斯笑了起来，露出洁白整齐的牙齿，他敬了个似是而非的军礼，然后说：“特里尼蒂α站的里克·威廉斯向您报道，这儿很高，空气不错，要是循环装置里没有尿骚味就更好了，先生。”

总统的表情显得非常平静，他说道：“如果说错的话请打断我。20分钟前发生在阿拉莫戈多的事情并非误射，你们在与美利坚合众国正面为敌。一位美国公民，NASA宇航员，美国海军陆战队第一陆战旅上尉连长的儿子，你背叛了自己的国家、民族和父辈，威廉斯先生，我对你感到非常失望。”

“啊，对不起，愿他老人家能够安息。”美国宇航员轻快地回应道，“那么说说正事儿吧。刚才只是温和地说出‘你好’而已，我本来想毁掉大一点的城市，比如罗斯维尔或者拉斯克鲁塞斯（注：均为新墨西哥州城市），但我的中国兄弟是个仁慈的家伙，他告诉我《三国演义》里有句话叫作‘先礼后兵’，打招呼的时候要带着微笑才行。瞧，没人死去，皆大欢喜。”

“你们代表谁？”总统双手交握撑起下巴，用阴沉的深灰色眼睛盯着3.6万公里外的男人。

莫甘娜·科蒂背对镜头，线条柔和的肩膀起伏不停。里克·威廉斯摆摆手，说：“看来你们还是没搞明白。我们不代表谁，我们是特里尼蒂（Trinity），三位一体。我们代表我们自己，总统先生。”

“那让我换个说法。……你们想要什么？”总统说。

“很好。”这位美国宇航员正色道，“9小时40分之后我们会进行第二次发射，发射功率和照射时间都会增加，你能想象到那会产生什么结果，不是吗？我们要求美国政府说服其他理事国申请召开联合国紧急特别会议，特里尼蒂将列席会议，10小时的时间用来筹备会议，我想足够了。如果紧急特别会议如期召开，我们将延缓第二次发射，否则，激光会命中一座小型城市，杀死城市中的所有人，所有鸟类、啮齿类和昆虫，对不起，还有所有的猫和狗。我们不会提前告知将攻击哪座城市，也不接受其他任何形式的妥协。”

沉默降临。巴塞罗缪博士观察着三位宇航员的表情与动作，不住地在笔记本上记录着什么。没有人说话，屏幕上的总统足足静默了1分钟，特里尼蒂的宇航员们也默契地保持安静，似乎想给地球上的人们一点反应时间。

“10小时后，美国大部分地区将进入夜晚，你们没法发动攻击！”这时副总统忍不住开口。

肖李平推一推玳瑁框眼镜，做出回答：“第一，特里尼蒂空间站位于3.6万公里高的地球静止轨道，若具有基本的中学物理知识，你就会发现我们受到地球阴影遮挡的机会微乎其微，白天和夜晚，对太阳能抛面集中器的性能没有影响。第二，这次发射的目标选择不限于美国本土。我们的激光照射范围覆盖85%的陆地面积，99%的人类聚居区域。”

“所以，这不是针对美国的恐怖主义行动……你们想要更多。”总统的声音很低沉，“召开联合国大会是异想天开的想法，就算以大规模恐怖袭击作为威胁……”

里克·威廉斯打断了他：“联合国大会第A/RES/377（V）号决议，安全理事会遇似有威胁和平、破坏和平或侵略行为发生时，如因常任理事国未能一致同意，而不能行使其维持国际和平及安全之主要责任，则大会应立即考虑此事，并向会员国提出集体办法之妥当建议。倘系破坏和平或侵略行为，大会得建议于必要时使用武力，以维持或恢复国际和平与安全。当时如属闭幕期间，大会得于接获请求后24小时内举行紧急特别届会。紧急特别届会之召集应由安全理事会依任何七个理事国之表决请求为之，或由联合国过半数会员国请求为之。——七个理事国，听起来没那么难。”

总统猛然推开椅子站了起来，说道：“美国不接受任何恐怖分子的威胁！我要结束通话了，这场闹剧就到此为止！”

里克·威廉斯微笑道：“火种已经点燃，你没法阻止火焰蔓延，总统先生。美国政府对新闻媒体的控制是徒劳的，无数人早已从社交网络上看到阿拉莫戈多被毁灭的景象，我们安置的信息炸弹在发射的同时引爆，特里尼蒂项目的真实资料将逐步泄露至互联网，这个世界已经知晓我们的名字，现在，他们会意识到我们的力量。你们必须接受要求，因为那是全球性恐慌唯一的抑制剂，没错，这是一个新的时代的起始，这是风暴的开端，先生们！”

“我讨厌你用百老汇腔说话。”旋转着的莫甘娜·科蒂说。

“特别紧急大会召开时，请在有线电视网发布正式新闻，我们会看的。”肖李平说，“当然，如果你们进行无线电屏蔽的话，别忘了在联合国总部大楼楼顶摆一个二维码，我会让一个摄像头对准曼哈顿的。那么，再见。”

三位宇航员依次消失，画面重归黑暗。

视频会议立刻出现24个声音。所有人都在叫嚷，语音系统自动进入讨论模式，耳机里充满咒骂声和催促声，直到总统按下最高优先级的按钮，将其他人全部静音。“闭嘴！”他吼叫着，以盖过战略情报室里嘈杂的噪声，“闭嘴！……闭嘴！”重复三遍，他喘息着坐下来，用灰色眼睛扫视所有参会者，“我宣布重新启动‘太空怒火’计划。接入空军太空司令部，我要彼得森空军基地在10分钟内完成预备部署，给出详细作战方案。提高威胁预警等级，必要的时候，我会宣布美国本土进入战争状态——这是一场令人讨厌的战争！先生们，做你们该做的事情，10分钟后向我汇报，会议到此结束。”

“是的，总统先生。”

巴塞罗缪博士用鼠标点击结束视频对话的按钮，发觉掌心滑腻腻的全是汗水。这时一个独立对话界面弹出，总统慢慢抬起头，问：“巴塞罗缪博士，FBI对你的评价非常高。现在告诉我，这些人是疯子、妄想狂还是新纳粹？”

博士谨慎地回答道：“我正在看他们的心理测试答卷，仅从刚才的对话来看，他们不是反社会型人格障碍者，行动并非偶然动机和偶发情绪驱使的。——话说回来，具有严重人格缺陷的也不可能通过NASA的筛选，先生。”

“废话。”美国总统揉搓着眉心，“我现在没空听废话，博士。”

“我的观点没有变，他们的意志非常坚决。你可以赌博，但要做好一败涂地的心理准备，总统先生。”

“我父亲在加尔各答暴乱时被砍成肉酱，母亲吸毒过量死在布鲁克林的小巷里，我十二岁时因为洗涤工厂的劣质洗涤剂而丢掉了视力，六年前我在大选中失败，因急性酒精中毒被送入医院切除胰脏，只有上帝知道我一滴酒都没喝。可我还坐在这里，博士，我是美国总统。我知道自己在干什么。”抚摸着自己灰色的眼球，高踞长桌顶端的男人说。

距离第二次发射9小时29分0秒

北京某处地下8层

老肖和老伴惴惴不安地坐在沙发上。红色灯芯绒沙发上盖着白色绣花沙发巾，茶几上放着暖瓶和带盖儿的白瓷茶杯。从走出电梯门的那刻起，他们就有种错乱的感觉。楼道挑高的房顶、红色油漆地板和褐色护墙板已经多少年没见过了，小时候父母工作的地方的苏联造旧建筑就是这副模样，脚踩在水泥地板上会发出空洞的回声。可这明明是21世纪中叶的北京啊。

那群黑西装的态度还算温和，只是无论问什么问题，他们都不回答。红旗轿车车窗是封闭的，看不到外面，老肖不知道如今身处什么地方，只能隐约猜到事情跟儿子有关。黑西装把他们送进这间屋子，沏上茶水，轻轻带上门离去。老两口屁股轻轻沾着沙发沿，打量这个不足10平方米的办公室，除沙发、茶几、玻璃门的书柜和一盆绿萝之外，就是单调的白墙和红色木地板。

老伴投来惊恐的目光，老肖把她枯瘦的手紧紧攥住。门锁忽然“咔”的一响，两个老人同时站了起来。一个身穿白衬衣、深蓝色夹克和藏青色西裤的中年人出现在门口。“肖工！让两位受惊了，惭愧惭愧，快请坐。”他脸上带着程式化的笑容，伸出双手与老肖握手，让两位老人重新落座，自己搬一把椅子坐在对面，给茶杯续满热水，“肖工，李阿姨，你们不用紧张，把你们请过来是因为有点事想问，等会儿就送你们回去。我姓赵，是这里的一个处长，叫我小赵就可以。”

“赵……处长。”老肖迟疑地打量对方，“只要组织需要，随时可以找我谈话，没必要这样兴师动众。我是有40年党龄的老党员了，这点觉悟还是有的。”

赵处长笑道：“喝茶，喝茶。这些小年轻办事没分寸，回头我一定处分他们。肖工，李阿姨，我想问几个跟肖李平有关的问题。你们喝水，慢慢聊，不急。”他说着从怀里掏出红色硬皮本，翻开放在茶几上。

老肖的老伴着急了，问道：“我儿子闯什么祸了？我看电视里放的，不是正在天上等着做实验吗？”

“你别说话！”老肖板着脸，把老伴的手一捏，“赵处长，你问，我肯定照实回答。”

“好。肖李平是你们的儿子。”

“对。”

“今年39岁，刚过生日没几天。”

“对。”

“功勋宇航员，‘广寒9号’登月飞船驾驶员，中国特里尼蒂项目第一顺位操作者。未婚。原籍山东聊城。北航毕业。”

“对。”

“因为出生证明有问题，两岁半才上户口。六岁跟着你们搬到北京。韦氏智力测试得分145。心理评估等级优秀，评语是‘非常冷静，具判断力’。”

“对。”

“但并非你们的亲生儿子。”

老肖感到老伴的手颤抖起来。他望着茶几对面的男人，赵处长脸上挂着淡淡的笑，笑纹中藏着一双明亮的小眼睛。“对。”老肖低下头，“这事儿没几个人知道。有一天出门去办事，看见路边的树上挂着个布包，孩子在里面睡着。我和老伴没孩子，就抱回家当亲儿子养了，怕大伙说闲话，搬到外地住了两年才回家给上户口。……这么多年，早都忘了这码事，就是亲儿子啊。”

“肖李平知道吗？”

“不知道。”老伴又抢先开口。

老肖瞪了她一眼，说：“可能知道。这小子聪明，恐怕早就知道了，不过他没挑明，我们自然也就不提。”

赵处长在本子上写着什么，点点头说：“好。他的档案我刚看过一遍，没有任何问题，绝对是个模范公民。虽然我没见过，不过从电视上看，也觉得肖宇航员是个聪明人，是个好人。那么肖工，他为什么要当叛国贼呢？”

“……什么？”

两位老人同时愣住了。没给他们反应时间，赵处长便把红皮本推过来，丢一支钢笔在上面，说：“特里尼蒂项目失控了，肖李平和两名外国宇航员拒绝接受地面指令，发出恐怖威胁。这件事性质非常恶劣，国家领导人指示要不惜一切代价查明他们背后的黑暗势力，把背叛党和人民的恐怖分子绳之以法。我需要肖李平个人电脑里的数据，他设下复杂的SHA-3密码，暴力破解要花去很多时间，所以，请肖工和李阿姨告诉我他的电脑密码，写下来给我。”

肖工嘴唇颤抖着说：“我不知道什么密码。那孩子不可能做出背叛国家的事情！他虽然平常话不多，不出任务的时候喜欢一个人闷着，可是绝对不会做坏事！他……可是我老肖养出来的崽子！”

“呵呵。”赵处长笑了两声，“肖工你可是高级工程师，航天院的老知识分子，别睁着眼说瞎话。肖李平的住宅在你们楼下，我们的技术人员在你卧室的地板上发现了钻孔和布线的痕迹，你退休前最后一批试验材料里有定向拾音设备、微型摄像头、光缆和防探测装置。如果没猜错的话，你早已发现你儿子叛国的事实，偷偷在屋里监视他！肖李平的住宅有着完善的反侦测措施，可他没想到他父亲早就在日光灯灯罩里布下探头了。呵呵，好一出谍战戏。”

李阿姨的脸色变得煞白，抽出手来盯着老肖。一滴汗水沿着老肖的鼻翼滑落，肖工慌乱地说：“不是，第一次上天以后我儿子显得有点精神不正常，我才偷偷观察他一下，后来他没事儿，我就把数据全销毁了。真的，一点都没有留！”

“想想，想五分钟吧。先喝口水。”赵处长跷起二郎腿，掏出盒蓝芙蓉王点起一支，然后递过来烟盒，“抽烟，常德卷烟厂专供的。”老肖用颤抖的手指夹住一支卷烟，赵处长凑过来，用一次性打火机替他点燃。

这时有人在门外喊报告。“失陪一下啊。”赵处长点头致歉，拉开门跟外面的人低声说话。老肖隐约听到“特里尼蒂公司”“剂量”“坏死”等字眼，心脏怦怦跳着，用力吸了一口索然无味的香烟。李阿姨拽着他的衣服嚷开了：“这到底是咋回事儿啊？你给我说明白了，咱家孩子到底闯了什么祸啦？”嚷着嚷着，眼泪就滴滴答答掉下来。

“……啥都别说。”老肖咬着过滤嘴，拍拍老伴的手背。

赵处长送走来人关上房门，摊开手说：“行了，五分钟，肖工想起来了没？密码只有24位，就算是旧密码也没关系，我们能根据密匙计算出……”

忽然他的西装内兜响起民歌的声音，电话响了。楼道里传来无数嘈杂的电子合成音，那是数十部手机同时响起的声音，所有人的电话被同一个号码拨通。赵处长脸色严峻起来，他看了一眼手机上的来电，然后慢慢地、带着某种仪式感地举至耳边，鞠躬道：“首长。”十秒钟后，电话挂断了，赵处长眼角的笑纹绷紧，化为冷厉的阴影。

“肖工，李阿姨。”就算被某个消息所震撼，他还是保持着基本风度，“有大事发生了，时间紧迫，咱们去隔壁房间谈话。”说完打开门，做了个请的姿势。

老肖瞧了一眼老伴，把烟头掐灭在茶杯中。

距离第二次发射8小时20分20秒

阿尔及利亚阿德拉尔省提米蒙绿洲

八岁的查奥·阿克宁看完一集动画片，瞧瞧窗外，太阳还没落山。他在地毯上躺了一会儿，把最后一块哈尔瓦点心掰成两半，浇上蜂蜜，吃掉一半，端着另一半走上楼梯。

平坦的楼顶晾晒着彩色条纹床单和爸爸的白色长袍，查奥钻过散发着清香味道的衣服，看到妈妈站在矮墙旁边，用他的玩具望远镜眺望远方。“妈妈！”他跑过去抱住母亲的腰，“爸爸快回家了吗？我们晚餐吃什么？”

“番茄炖羊肉好吗？”妈妈微笑着回应，从他的小托盘里拈起点心，咬了一小口，将剩下的塞进查奥嘴里，“如果爸爸不回来的话，我们就去找他，在基地那家摩洛哥餐厅吃番茄炖羊肉，再给你来一大杯你最爱吃的巧克力香草冰激凌。”

“好啊，好啊！”孩子笑着，“可今天所有人都没去基地，我们偷偷过去可以吗？”

妈妈点点头说：“我在等爸爸的电话，他一打电话来，我们就开车去基地。”

“那爸爸什么时候打电话来呢？”

“你瞧。”

妈妈把望远镜递给他，指向西方那座赭红色砂岩的山，山顶那些蓝色遮雨棚空荡荡的。“那些观看发射的人已经下山了，他们会回到城里来，到公司总部大楼去开会。爸爸就快打电话来了，因为这个时候基地空无一人，也没人会注意我们离开提米蒙新城。”她说。

“为什么大家要回城来呢？”查奥看到许多车子正从山的方向驶向城市，临时道路上扬起金红色的烟尘。

“因为发射取消了呀。疏散命令还没有撤销，他们不能到基地去。”

“为什么发射取消了呢？”

“因为……你爸爸会告诉你的。”电话响了起来，妈妈接通电话，听了几分钟，冲查奥点点头，“好了，出发！”

“耶！巧克力香草冰激凌！”孩子跳跃起来，一溜烟冲下楼梯，将亚麻外套披在身上，挎好帆布包，换上皮凉鞋。门外停着的雪铁龙电动汽车已经提前开启空调，点发热装置吹出轻柔的暖风，妈妈拉开车门让查奥坐在副驾驶位置，替他系好安全带，嘱咐道：“先睡一会儿吧，到了我就叫你。”

“我不困！我会替妈妈指路的，我认识去基地的路！……再说你也不给我唱摇篮曲。”尽管查奥如此保证，车子刚驶上平坦的N51公路，他就在暖风和Mylene Farmer的歌声中沉沉睡去，一觉醒来，窗外已经一片漆黑，白色LED车灯劈开夜色，前方能隐约看见基地信号塔的红色闪光。

“咣当！”雪铁龙汽车碾过什么东西高高地弹起来，又重重落地，彻底驱走了查奥的睡意。他打了个哈欠，扒着座位向后张望，说道：“妈妈，是不是撞到兔子或者沙鼠了？”

妈妈的声音显得有点严厉：“别乱看，好好坐着。”

查奥缩起身子，偷偷观察外面。车灯光柱的边缘出现了两截黑漆漆的东西，查奥以为那是有人丢弃在路上的木头或者沙袋。妈妈猛烈转动方向盘，轮胎发出吱吱的呻吟声，车子画出S形曲线躲过了障碍物，查奥转头去看，发现险些被车轮压住的黑东西长着手和脚，如被玩坏的娃娃一样摊在路上。

“妈妈……”他小声说。母亲没有回答。

前方变得明亮起来，一辆箱型车斜停在路边熊熊燃烧着，有个男人跪在车门处，上半身已被烧成焦炭，下半身沾满暗褐色沙子，冒着热腾腾的蒸汽。雪铁龙汽车左侧车轮碾着路基下的粗砂，剧烈颠簸着与箱型车擦身而过，查奥惊叫一声低下头，感到火舌从玻璃上舔舐而过。“……妈妈！”他带着哭腔喊道。

“别怕，马上就到基地了，爸爸在那里等我们。”紧握着方向盘的女人挤出一个微笑。电动机的嗡嗡噪声变得尖锐起来，雪铁龙汽车提高速度，将几辆着火的车子和凌乱的尸体甩在后面。基地警戒区的铁丝网出现在前方，但电动大门已经倒下，探照灯也没有工作。“咚咚！”电动汽车压过铁门，两只轮胎同时被锋利的断茬划破，母亲用力控制着方向盘，车内响起刺耳的蜂鸣声，那是胎压警报与ESP启动警报在工作。“嘎吱嘎吱……”汽车在布满浮沙的路上左右扭动，如惊慌的蛇在沙漠中高速游移，查奥用力抓紧窗子上方的拉手，闭着眼睛尖叫。

“好了，好了，查奥，没事了。”一只汗津津的、冰凉的手抚摸着查奥的脸颊，将他从歇斯底里中拯救出来。雪铁龙汽车横在基地正门口，留下数十米长的蜿蜒刹车痕。母亲将查奥拉下车，走向基地大门。那扇供员工日常通行的自动门只关了一半，警示系统嘀嘀作响，母亲让表情呆滞的查奥躲在背后，自己从长风衣口袋里掏出一把手枪。

“……妈妈？”孩子喃喃地说。

母亲竖起手指做了个“嘘”的手势，左手拨通电话，右手平举手枪，慢慢走进大门。电话接通了，听筒里传出短促而有力的冲锋枪射击声，夹杂着男人濒死的呼喊，“佐薇！没想到护卫队这么早就回来了，搞得有点仓促，不过……”9毫米手枪射击的爆破音响了三声，“……不过已经压制住了，你们沿右侧通道进来，在中央控制室会合。……查奥还好吧？”

“他被吓坏了，不过我想没事。”

母亲拽着查奥走进基地，穿过灯光幽暗的通道。不锈钢地板沾上血迹变得光滑无比，查奥好几次差点摔倒在尸体旁边。仍温热的尸体身穿黑色制服，肩章上画着高昂着头的单峰驼，查奥认得这个标志，甚至能认出几个男人的脸。他们是基地保卫队的成员，法国南部沙漠保安公司的雇佣兵，爸爸的同事，曾经亲切地摸着他的头叫他“Petit Chameau（注：法语‘小骆驼’）”的叔叔们。

现在他们死了。

被爸爸杀死了。

两个人进入中央控制室的时候，最后一名敌人刚刚被击毙，一颗9毫米帕拉布鲁姆子弹掀开了他的半边头盖骨，粉红色的血顺着鼻尖滴下，这男人以怪异的姿势趴在指令席上，仿佛正在保护某个隐形的科学家。屋子中间站着十几个男人，看见孩子进来，他们纷纷收起枪支，转过身擦拭脸上的污迹与鲜血。

“查奥！”父亲从人群中间走出来，像老鹰一样张开臂膀，“没事了，我们马上就会开启基地的自动防御系统，这里安全了。你可以像回家一样安心。等我洗漱一下，咱们去摩洛哥餐厅吃沙拉、塔吉（炖菜）和CUSCOUS手抓饭，好不好？”

查奥瞧着眼前陌生的男人，并不觉得这个浑身散发着硝烟和鲜血味道的人是自己的爸爸。“我答应他吃番茄炖羊肉的。”母亲用手揽住孩子的肩膀，“还有巧克力香草冰激凌。”

“好啊，巧克力和香草一样来一杯！”父亲笑了起来，抓起查奥的手走向大厅门口，“不怕肚子痛吗？”

查奥有点躲闪地放慢步子，但还是仰起头回答：“是巧克力香草，不是巧克力和香草。……爸爸，为什么要杀人？”

“有这种口味的吗？一个冰激凌球有两种口味？”

“不是！是巧克力香草本来就在一起的口味！”

父子俩在怪异的谈话中走出门去，留在控制室的男人们与屋里唯一的女人拥抱问好。“埃里克森和本牺牲了。”男人们沉痛地汇报，“还有斯宾塞，他负责守卫警戒区大门，南部沙漠公司的车队一出现，他就在对讲机里做出汇报，但马上就被对方的神射手爆了头。巴蒂斯塔的肚子中了两枪，估计撑不过今晚。盖诺的腿被枪榴弹炸断了，两条腿。对方死了30个人，因为我们抢先控制了一小部分自动机枪，在外围占了点便宜。”

“NLF（Nature Liberation Front，自然解放阵线）不会忘记他们的。”女人说，“天上的情况怎么样？为了安全起见，我一直没有上网。”

一个耳朵被流弹撕破的男人不顾血流满面，兴奋地说：“他们如约进行发射了！网络已经快爆炸了，所有人都在疯传那次攻击的视频，还没有国家公开发表声明，但他们已经成功了，这太棒了，佐薇！”

女人缓缓地吐出一口气，手抚胸脯，说道：“七年了，就为今天……我们去餐厅吧，今晚需要庆祝一下。”

“那么要不要按照NLF的规矩……”有人试探性开口。他还没说完，立刻被身边的人捂住嘴巴，告诫道：“你胡说什么，有孩子在啊！”

女人笑了，说道：“从这一刻起，他不再是我们的孩子了。这栋建筑物已经被自然接管，我们无须再伪装文明了，朋友们。”她一边向外走，一边褪去身上的风衣、绒衣、长裤和皮鞋，露出没有穿内衣的洁白胴体，最后解开束发的卡子，让红色长发垂下来。“……餐厅见。”她说。

裸体女人消失在冰冷的钢铁通道中。

距离第二次发射 5小时47分4秒

地球静止轨道特里尼蒂β空间站控制室

莫甘娜·科蒂准备吃点东西。她把一袋脱水菠菜插在料理台上，泵入50毫升的水，托着下巴飘浮在旁边，看着袋子里的绿色蔬菜一点一点膨胀起来。她咀嚼着淡而无味的菠菜，又给自己准备了一份奶酪通心粉、一小盒布丁和一袋综合果汁。“啊，好想吃巧克力香草冰激凌。”她说着，把那些食物丢向舱底，嘟嘟囔囔地飘过去，一边瞧着脚下的地球，一边用牙咬开布丁盒。湛蓝的地球镶嵌在观察窗中央，显得又遥远又亲近，窗子旁边贴着几张照片，最显眼的是三名宇航员在中国海南文昌太空中心受训时的合照，照片上的美国人搂着法国女人开怀大笑，肖李平站在旁边，望着镜头外的什么地方。

“莫甘娜。”通信屏幕亮起来，肖李平那张缺乏表情的脸出现在上面，“打扰你吃饭了，不过我想确认一下β站的情况。”

“一切正常，老——板。”莫甘娜·科蒂瞟了一眼综合信息屏，所有数值都在绿色范围之内，“有什么最新消息通报吗？”

肖李平用左手扶正眼镜，由于缺乏重力，眼镜与鼻梁的相对位置总显得有点别扭。“几分钟以前信号被切断了，我没有在电视和网络中看到官方回应，除了那些‘强烈谴责’。”他用指关节嗒嗒地敲击控制面板，看来在思考什么事情，“我猜美国人要赌一把了，注意安全，按计划来，莫甘娜。”

“我明白。”莫甘娜·科蒂伸长手臂按下几个按钮，空间站某处传来轻微的振动，“只要你编写的自动化程序没问题，我们应该是安全的，对吧？”她将飞向舱壁的布丁捞回来，舀了一勺放进口中，“起码说点什么让我们安心的话吧，老肖。”

肖李平对这个法国女人特意使用中文昵称这个贴心的细节毫无反应。“我对程序有信心，但并不了解对方的底牌。冷战之后美国停滞了30年的太空军备计划究竟重新部署到什么程度，没人知道。撑过这一关，我们就成功了大半，如今能做的并不多，只有祈祷。”

“我不祈祷。我是自然主义者。”莫甘娜·科蒂抗议道。

“我也不。修辞手法而已。”

“你真是个无趣的男人，肖李平。”

“接受批评，但很难改正。”

“很难，意味着还有机会吗？”

“如果我们能活下来，将会有大把时间用来消磨。到时候，我会尽量变得有趣一点。定时联络的时候再见，莫甘娜。”

这个女人用湛蓝的眼珠盯着屏幕上的黑发男人。“还有20分钟就到定时联络时间了，你没必要……”她说道，可话音未落，肖李平就切断了通话，“……没必要这样担心我，我现在看起来不是很好吗？”

当然，无人回应。

距离第二次发射5小时9分1秒

大西洋上空美国空军AMC-XII远程运输机编号60-752A

布兰登·巴塞罗缪博士面前的咖啡洒了一半。这种最新型运输机并非令人舒适的交通工具，亚音速巡航时的噪声震耳欲聋。博士坐在空荡荡的机舱里，这趟航班的乘客只有四名随行人员，加上他自己。“不要将我排除在外！”老人冲着麦克风吼着，“我说，不要将我排除在外！我明白总统决定发动攻击，但起码让我进入参谋组中，我能帮得上忙！”

耳机里传来总统安全事务助理自鸣得意的声音：“恐怕我做不到，‘太空怒火’计划的保密级别……”

“听着，我花了几个小时分析三个太空人的心理测试报告，看了肯尼迪航天中心提供的大量视频资料，现在没人比我更了解他们！”巴塞罗缪博士用黏糊糊的手指戳着被咖啡溅湿的电脑屏幕，“告诉总统，在关键时刻做出的判断很可能是盲目的，我需要成为美国联邦政府的决策参谋！”

对面的人安静了一会儿，似乎在征求意见。“总统先生同意了，你很幸运，博士，绝大多数美国人并不知道我们的太空实力，你会目睹一场高烈度而短暂的战争。”总统安全事务助理得意扬扬地说，“一切结束之后，我们会对外发布‘太空怒火’的部分细节，宣告美利坚合众国拥有制天权，没有比这更合适的机会了，不是吗？”

博士单方面中断了通话。屏幕上跳出请求窗口，白宫战情室再次出现在眼前，屋里的人明显减少了，来自彼得森空军基地的远程画面占据了一半的信息窗口。一位身穿蓝色制服、头戴黑色贝雷帽的军官正在对作战计划进行最后确认，巴塞罗缪博士认出了他的肩章：一位从未出现在大众视线中的四星上将。博士明白这就是美国空军太空司令部的最高指挥官，整个地球上最神秘军事力量的统帅。

“……轨道高度3.6万公里，超出大部分武器的打击范围。装备在F35E战斗机上的TLS空基反卫星导弹最大射高是2100公里，而地基的‘黑鼬鼠’则是1000公里，距离特里尼蒂α站还很遥远。至于地基激光反卫星系统，只能对高度300公里以下的低轨道卫星产生足够威胁。”四星上将指点着轨道图讲解道，从图上看三个特里尼蒂空间站构成赤道面上的等边三角形，地球是位于三角形中心处的一个小小的圆。“……而我们大多数的攻击卫星都在高度4000公里以下的轨道上运行，只有部分型号能够发动有效打击。最可靠的力量是运行在同步轨道上的4颗‘殉道者’攻击卫星，以及3200公里高度轨道上的14颗‘雷鹰’远程攻击卫星。2个小时前，所有的‘殉道者’与‘雷鹰’已完成系统激活及试点火，状态完好，随时可以发动攻击。如果将攻击时间延迟到24小时后，我还可以让5颗卫星变轨加入攻击行列。另外，一枚‘德尔塔九号’运载火箭正在被运往卡纳维拉尔角的途中，它携带了10枚反卫星拦截器，能够进行高度5万公里以上的深空作战，不过发射准备需要两天时间，毕竟‘太空怒火’项目停滞已久……”

总统坐在桌前，双手交握遮住嘴巴，说道：“不，我们没有24小时，更没有两天时间。”

“明白。作战准备已经完成，我们将动用距离最近的2颗‘殉道者’、6颗‘雷鹰’，使用SBL（天基激光器）与SBI（天基动能拦截弹）对美国上空的特里尼蒂α站发动攻击，其余力量分配给对非洲上空的β站、亚洲上空的γ站进行的攻击。”指挥官说，“战争一瞬间就会结束，总统先生。”

总统点点头，说道：“无线电干扰奏效了吗？”

“已经切断空间站到地面的所有通信，但三个空间站之间使用激光脉冲通信，不受地球遮挡，所以暂时无法干扰。”

“向中国和俄罗斯发出照会了吗？”

“7分钟前，已经传达给中国、俄罗斯和北约成员国。”

总统站了起来。“世界上最强大的国家对三个人的战争。不，仔细想想，以国家为对象才能称为战争，这只是一场审判，一次处刑。”他转过身，目光扫视着身旁的幕僚，“白宫，五角大楼，太空司令部，美利坚合众国，无须怀疑，我们将会胜利，我不相信存在第二种可能。……上帝保佑美利坚！”

巴塞罗缪博士想要发言，他的头像在200寸综合信息屏幕的角落徒劳地闪动，还有几个人跟他一样在大声叫嚷，试图告诉总统什么事情，但是无人理会。总统将密码钥匙插入控制台，弹开保护盖，按下了代表战争开始的红色按钮。

距离第二次发射 5小时1分30秒

地球静止轨道特里尼蒂γ空间站2000公里外

一颗由波音公司制造的INTELSAT（国际通信卫星组织）EpicNG 709MP通信卫星收起太阳能板，在太空中悄然转向，将圆柱形结构的底端指向2000公里外的庞然大物。从这个角度观察，特里尼蒂γ空间站巨大的复合抛面集中器就像一堵漆黑的墙壁，遥远的视界边缘镀着一线金色阳光。

这颗“殉道者”攻击卫星已经锁定目标，激光瞄准器的光斑在特里尼蒂空间站控制室外壳部位闪烁了10万次，随着武器系统保护盖被熔毁，24枚SB-KKA动能拦截弹显露出来。几秒钟后，“殉道者”激发了一级固体推进器，蓝白相间的尾焰从卫星尾部喷薄而出，所有导弹悄无声息地离开母体，以每秒1公里的相对速度射向目标。紧接着，弹体上的二级推进器启动了，矢量喷射口向不同方向偏转，24枚导弹如花瓣般散开，化为三个攻击梯队，迅速加速到每秒14公里的惊人速度。固体推进器很快烧蚀殆尽，余下的动能战斗部是一块170公斤重的实心钨合金锥体，它击中目标时能够释放5.6吨TNT当量的能量，足够把一栋大楼从地面上抹去，当然更能轻易撕开空间站那纤薄的合金外壳。

为了尽量减少太空战产生的爆炸碎片，“殉道者”并未装备炸药武器，但除了24枚动能导弹，它还有更强大的攻击手段。攻击卫星开启所有推进器，开始加速，助推焰照亮逐渐崩解的圆柱形结构体，纤细而强韧的碳纳米管绳索将飞离母体的金属部件连接起来，当加速结束时，它将化为一张5公里直径的大网，将侥幸躲过第一波攻击的目标包裹起来，拽向不可逆转的失速坠落轨道。——当然在其悲壮的名称背后还有另一重意义：太空战爆发后，美国会在必要时使用“殉道者”作为碎片收集器，避免密布在静止轨道的通信和军事卫星遭到太空垃圾的波及。

动能弹飞速穿越黑暗的空间，留给特里尼蒂空间站的时间只有2分钟。

在空间站控制室内，肖李平点亮通信系统，对两名伙伴简短地说：“这个时刻到来了，祝你们好运。”

“好运，伙计。”

“你也一样，老板。”

γ空间站的主控电脑上运行着一个第三方程序，这是由肖李平亲自编写并利用系统漏洞植入的自主防御程序。复合抛面集中器外缘亮起一串红色信号灯，隐藏在防辐射板背后的透镜系统显露出来，像数百个窥探着深空的眼睛。主电脑花去2秒钟的时间进行逐元计算，将目标锁定，发出拦截请求。肖李平扶正眼镜，开启自动防御模式按钮。

40厘米直径的光斑凝聚在第一枚动能弹上，钨合金转瞬间气化，分子向太空四散逃逸。紧接着是第二、第三、第四束激光，每个光斑都笼罩了一枚弹头，这是特里尼蒂空间站的陨石防御系统在高效工作。为保证抛面集中器不被小陨石和太空垃圾伤害，三个空间站都装备了激光防御系统，由主泵浦激光器提供的能量可以尽情挥霍，防御激光的能量很高，若集中射击，足够将数十吨重的物体瞬间消灭。肖李平所做的只是破解防御系统的目标甄别，提高响应速度和瞄准并发射，将功能单一的自我防御措施化为强大的自动化武器。

肖李平面无表情地盯着屏幕，看代表目标的红点一个一个消失。在另一个屏幕上，他锁定了在攻击卫星发射动能弹的同时进行变轨的中低轨道卫星。“还是露出马脚了吧，美国佬。”他低声自语，点触屏幕，发出攻击指令。

3万公里之下，一台伪装成海事通信卫星的“雷鹰”攻击卫星正从特里尼蒂γ空间站的投影点附近掠过，它刚刚瞄准目标，即将激活化学氧碘激光器发动攻击。这种化学激光短时间照射的强度不足以熔化空间站的防辐射外壳，但能够烧毁所有裸露在外的镜头、探测器以及电子设备。若集合多台“雷鹰”集中照射，则完全有可能凿穿空间站的外层防护。

可这没来得及发生。来自特里尼蒂的激光束率先降临，脆弱的卫星立刻失去功能，接着化为青烟。同一时间，附近的其他几台“雷鹰”也被光斑笼罩，激光在太空传播几乎没有能量衰减，特里尼蒂的力量没有任何人造物体可以抗衡。

这时24枚动能弹已被全部清除，屏幕上却多出密密麻麻的红色标记，那是“殉道者”大网的上千个金属节点。肖李平陷入短暂的犹豫，从他的角度没办法判断这些目标究竟是什么东西，那既可能是集束炸弹，也可能是金属诱饵。目标飞行的速度较慢，他在30秒后做出决定：攻击！

100束激光同时射击，那些来自攻击卫星的金属板、曲轴、电机和导轨被高温气化，大网却没有破碎，碳纳米管绳索在应力拉扯下猛然收紧，网开始旋转，如某种海底生物般摇曳着扑来。肖李平按下按钮，开始第二次、第三次射击，每次射击都只能让屏幕上的红点减少一部分，那些目标却纠缠交错得愈加紧密，密度不断提高，最终凝聚在一起化为一个红色斑点。

“……糟！”肖李平猛然醒悟那可能是什么东西，也明白以每次100个目标的攻击频率，已经来不及将对方消灭。他没时间重新输入指令进行大规模照射，所能做的只有冲着通信频道里大吼一声：“是网！不要射击那张网！否则……”

“轰！”

收缩成一团的卫星残骸与空间站控制舱发生猛烈撞击，如同炮弹般击中舱壁的，是相对速度8公里每秒、总重量1.5吨的沉重钢铁。

距离第二次发射 4小时30分0秒

美国新墨西哥州奥特罗县特里尼蒂α地面站

一支由四辆黑色雪佛兰Suburban全尺寸SUV组成的车队沿着54号公路南下，车门上有金色三角形的公司纹章，尽管不到下午4点，车队还是得打开大灯照亮道路。前方出现美军的临时检查站，车队减速停止在横杆前，头车将车窗玻璃缓缓降下，一名美军士兵向穿着黑西装的中年驾驶员敬礼，说道："前面是临时军事管制区，禁止通行，先生。"

"我是国土安全部紧急事务总署副署长查尔斯·唐，这是我的证件。"驾驶员摘下墨镜，展开钱包展示工作证和徽章，"我旁边的人是特里尼蒂公司应急处置小组的负责人，我们接到命令前往特里尼蒂α地面站执行紧急任务，你可以向华盛顿核实，士兵。现在。"

那名美军上士检查证件后交还，开始用对讲机联系上级。查尔斯·唐活动了一下脖颈，通过后视镜观察后方。天空是铅灰色的，一束巨大而缓慢膨胀着的烟柱占据了整个视野，从这个角度看不到燃烧的阿拉莫戈多小镇，却依然能从温热、干燥、带着焦煳味道的空气感觉到火焰的热力。

"真可怕。"身旁戴黑色鸭舌帽的男人说，他的帽子上也有金色三角形标志。

"谁说不是呢。"查尔斯·唐应道，他点触车辆中控屏切换到电视模式，CNN新闻台正在播放罗马教宗的演说画面。

戴帽子的男人说："你知道我不太相信宗教。"

“我也是。”国土安全部官员切换频道，CBS电视台在播放民间天文爱好者刚刚拍摄到的画面：繁星灿烂的背景中有一片深邃的黑暗，几条弧形亮线勾勒出特里尼蒂空间站的轮廓，微小火花在黑暗中不断闪现。新闻主持人说：“我们看不清细节，但相信我，有些事情正在上面发生。5分钟前密歇根大学太空科研计划的带头人之一格林菲尔德教授答应接受记者采访，现在我们进行连线……”

这时美军士官回到雪佛兰SUV旁边，立正敬礼，说道：“没问题了，长官，前面可能很危险，请注意安全。”

“谢谢。可是从第四纪开始人类就时刻生存在危险当中，不是吗？危险让我们变得强大，士兵。”查尔斯·唐冲他点头致谢，升起车窗玻璃。

士兵挥舞手臂，横杆抬起，四辆SUV通过哨卡加速向前行驶，很快消失在烟雾弥漫的荒原上。士官望着南方，觉得这位在昏暗光线中戴着墨镜的联邦官员是个怪人，但身份核实没有问题，国土安全部给予这支车队最高的通行权限——无论他们究竟要去特里尼蒂基地干什么。

距离第二次发射 4小时19分19秒

大西洋上空美国空军AMC-XII远程运输机编号60-752A

耳机中响起运输机驾驶员的声音：“我们将于4小时后降落在西汉普顿的弗朗西斯·S.嘉伯雷斯基机场。一号储藏柜中有作战口粮，以及足够的咖啡、香烟和口香糖，请您自便，长官。”

巴塞罗缪博士站起来，摇摇晃晃地走到储藏柜前，取出一盒麦克纽杜机制雪茄并拆开点燃，深深吸了一口，喷出浓郁的烟雾。在总统的怒火平息之前，他什么都做不了，不得不找个有害健康的方式来打发时间，即使医生说他的身体除有机蔬菜以外什么都接受不了。幸好那位暴怒的大人物已经停止砸东西，白宫战略情报室安静下来，只剩紧急信息提醒的单调蜂鸣声。

“说点什么。”总统坐在桌旁，胸膛起伏不定，左手抚摸着自己的右眼球。

他面前的众议院议长整张脸涨得通红，激动地说：“我说过了！特里尼蒂空间太阳能计划当年确实是我带头推动的，议案能够通过，是我们的一场大胜……但谁能预料到这样的情况出现！我知道特里尼蒂美国公司总裁和副总裁在哪里，那个南方暴发户带着长头发的怪胎逃回新墨西哥去了，他的私人飞机应该就在圣塔菲机场！”

总统用指甲轻轻刮着假眼球表面，发出令人心悸的刺耳噪声，说道：“说点什么，除了推卸责任的话。”

议长抓起桌上唯一完好的玻璃杯，一口气喝下整杯矿泉水，继续说道：“听着，我承认特里尼蒂计划的一些细节是你不知道的，但那对解决问题毫无帮助！要想让空间太阳能开发法案通过，必须跟少数党作出妥协，你知道那些能源巨鳄豢养的政客有多么难对付！……是的，特里尼蒂计划的最大发电量是对外公开值的八倍，满负荷运行的话，一个特里尼蒂α空间站就能承担起整个北美大陆的供电任务……”

“滚出去。”总统挥了挥手。议长将涌到嘴边的咒骂强行咽下，转身大踏步离开，开门时差点被一张摔坏的椅子绊倒。

信息屏幕里，太空司令部长官垂手肃立，他需要24小时才能组织起第二波有效攻击，而“太空怒火”计划没有任何一种装备能完美突破太阳能电站强大的主动防御系统。“如果代号‘丁克’的天基电磁炮项目没有在三年前中止的话……”他谨慎地选择着用词，“第四期计划中的SNPC（天基中性粒子集束武器）也能够奏效！洛克希德·马丁公司正在对试验中的中性粒子炮做出作战效能评估，我想……”

“给我接中国。”总统打断了他，站起来走到信息屏幕前，挥手关闭太空司令部的远程画面，整理了一下凌乱的领带结。

“是的，长官。”

专线电话拨往大洋彼岸，中国领导人等待铃声响了三声之后，将可视电话接通。无须客套，总统明白对方早已从无数个情报管道了解到事情真相，发生在太空中的战争只持续了5分钟，但足以震惊世界上每一个有空间观测能力的国家。

“不明智的行为，但这次我们不会谴责。”中国领导人说，“共享情报，这很重要。”

美国总统说：“情报？我会尽我所能。美国会很快发动第二次攻击，现在到了展现中国太空战能力的时刻，明哲保身的政治哲学不适用了，他们在威胁整个地球，全人类！”

“我们已进入临战状态，中国航天兵随时准备应对任何威胁。但直至此时还不知道他们究竟想要什么，我猜贵国有些线索。”

“联合国大会！我会共享视频。他们没有对中国提出同样的要求吗？这些疯子想要召开联合国特别紧急大会。”

“以什么身份，联合国观察员？”

“我不知道。这个要求太过荒谬，我不会考虑它的可行性。”

“中国不会主动出击，因为时机并未成熟。第二次发射是个未知数，中国会等到发射之后再做出决定。”

说完这席话之后，中国单方面终止了对话。美国总统站在那儿，手指不住地轻轻颤抖，显然心中的愤怒已经达到极点。这时巴塞罗缪博士终于能抢占信息频道，大声说出他一直憋在心里的话：“我是布兰登·巴塞罗缪，总统先生，我们还有另一种可行的方法，那就是心理战！只要发布联合国紧急会议的消息，对方就会同我们联系，我会使用心理暗示瓦解对方的战斗意志，使三个人之间的关系产生裂痕，乃至瓦解这个小小的三人联盟！我需要一个投影屏幕，用来播放插有暗示性颜色与形状的画面，另外在通话中插入暗示性混音的白噪声，我会根据三个人的行为分析学特征制订方案……”

“我正在想同样的事情，博士。”这次总统终于有所回应，但将指令下达给另一个部门，“杜克，让FBI开始对美国宇航员里克·威廉斯的父母进行讯问，找出一切有价值的东西，不惜任何代价！”

“总统先生！”巴塞罗缪博士叫嚷着。

无人聆听。

距离第二次发射 1小时59分7秒

地球静止轨道特里尼蒂β空间站控制室

“受损修复情况？”

“……75.4%。”

“复合抛面集中器的工作效能？”

“99.85%。”

“很好，将指向K34-D03的雷达转移到L07-D03角度。”

“已断开连接，工程机器人正在向坐标移动。”

“另外，要保证通信。”

“指令不明确。”

“我是说别让通信中断！”

“指令不明确。”

“……保障与其他特里尼蒂空间站之间的激光通信线路！把所有试图靠近通信路径的人造物体击毁，这样说明白点了吗？”

“已设置警戒区域。”

“白痴。”

“指令不明确。”

莫甘娜·科蒂一边跟主控电脑斗嘴，一边用力敲打键盘将备用摄像头连接至系统中。不久之前的战斗中，β空间站的火控系统漏算了一枚远程攻击卫星，那时两枚分处不同轨道的美国攻击卫星恰巧运动到同一坐标，空间站的激光打击消灭了高轨道的卫星，紧接着遭到低轨道卫星的攻击。一束化学激光穿越3.4万公里的距离，聚焦在空间站底部，顷刻间烧坏了β站指向地球方向的摄像镜头、主无线电发射器和相控阵雷达。底部设备舱发生了一次小规模爆炸，一些金属碎片被冲击波推动击中抛面集中器，在以公里为尺度的庞大曲面上开了数十个小小的破洞。

作为胜利的代价，这根本不算什么。战斗结束后，肖李平与里克·威廉斯很快发来平安的信息，同时互相告诫：直至联合国紧急大会召开之前，危机状态都未解除，现在要尽快修理受损部件，提防可能到来的下一拨攻势。这个美国人难得一脸严肃地说：“中国还没出手，要小心！我猜中国才是拥有世界上最强太空军事力量的国家，当我们喝着啤酒敲电脑设计攻击卫星图纸的时候，中国人早就用扳手和螺丝刀造出宇宙战舰来了！”当时莫甘娜付之一笑，肖李平则没说什么，他的画面背景相当阴暗，看起来照明设备出了点问题。不过基于三个人之间的默契，莫甘娜与威廉斯也没追问他γ空间站究竟受到多大伤害。

提示音嘀嘀作响，备用镜头连接成功，遥远的蓝色星球出现在显示屏上，莫甘娜推动控制拨杆，地球在眼前不断被放大。坐标为（0，0）的情况下，镜头指向空间站的地面投影点：北非阿尔及利亚阿德拉尔省的沙漠地带。沙漠上空没有云层覆盖，但民用级别设备拍摄的画面开始模糊不清，只能勉强看到特里尼蒂β地面站中央的十字基准线。

“能提高清晰度吗？”

“正在进行快速插值运算。”

画面变得稍稍清楚，现在能分辨出圆形的激光接收矩阵、长方形的变电装置和月牙形的基地主建筑群。莫甘娜用指尖抚摸屏幕，说道：“再提高一些！要到能看清人脸的程度……可以吗？”

“无法完成。”

“能跟基地建立联系吗？使用预设的保密线路。”

“无法完成。无线电信号受到阻塞干扰。”

“如果我对β地面站发动攻击，可以精确到什么程度？”

“指令不明确。”

“……白痴！”

莫甘娜·科蒂关闭了语音识别系统。她做了十二组腹式呼吸法与相应的庞达收束法，让自己的情绪逐渐稳定下来，瑜伽和冥想是她度过难熬日子的唯一慰藉。“没什么的，顺其自然。”她对自己说，目光投向舷窗旁边的几张照片，“没什么的，莫甘娜。很快就能结束了。”

距离第二次发射 0小时10分5秒

美国纽约西汉普顿弗朗西斯·S.嘉伯雷斯基机场

夜幕已笼罩美国东海岸。AMC运输机的涡喷发动机的声音震耳欲聋，布兰登·巴塞罗缪博士戴上黑色便帽、裹紧大衣走出机舱，通过舷梯来到地面。前来迎接的FBI高级探员看起来已经等待多时，他伸手与老人相握。

“我不知道你为何特别要求降落在纽约，而不是华盛顿，博士。”这名光头的大块头探员脸上挤出微笑，“总统在白宫等你，不过命令并不是强制性的。车辆已经准备完毕，如果你需要亲自驾驶的话，这是钥匙、通行证和手枪……”

“不，你来开车，我们去曼哈顿。”

“我会通知长岛和纽约警察局开辟特别通道。具体地址是？”

“第一大道与东42街路口。”

两人钻进未曾熄火的黑色GMC牌SUV（运动型多用途汽车），高级探员驾车驶向机场外，博士在后排皱了皱眉头，驾驶员没有系上安全带，这是外勤探员的习惯，他们认为逃离车辆和快速拔枪比交通安全更重要——糟糕的习惯。

“我见过你一面，博士，在兰利的紧急事态处理课程上。”探员说，“对很多人来说，你是个很神奇的人。”

“你不这么认为吗？”老人随口应付着，打开笔记本，看着上面的红色倒计时数字。10分钟之后，恐怖分子宣称的第二次攻击将在地球某处降临，而现在美国政府什么都没做，电视新闻里民间阴谋论分子、宗教狂和二流科幻作家在大放厥词，政府没有泄露恐怖威胁的详情，每个人都在猜测，这简直是一场虚假信息的狂欢。阿拉莫戈多毁灭视频的点击量已经超过3亿次，FOX宣称视频是假的，还找出棱镜项目的技术专家逐帧分析，收视率一时飙升至首位。一个名为“夸特尼蒂（Quaternity，四位一体）”的半宗教组织刚成立5个小时，就吸引了300万信徒加入。

探员把车玻璃窗降下一条小缝，一边点燃嘴里的香烟，一边单手转动方向盘驶上快速路："不，我是说，我不像其他人一样迷信。很多人会把你的书摆在床头当《圣经》一样崇拜，'行为分析说旧约'，这挺滑稽的，不是吗，博士？"

"科学的极致是哲学，哲学的极致是宗教。这是世界著名物理学家杨振宁说的。"巴塞罗缪博士打开三个宇航员的简历，再一次浏览起来。莫甘娜·科蒂，35岁，出生于法国罗讷河口省港口小镇拉西约塔，幼年时去电影院看了一场有关外太空的纪录片，从此立志成为太空人。毕业于拉西约塔卢米埃尔纪念中学，法国国立高等航空太空学院地球信息科学专业硕士，欧洲图卢兹宇航中心特殊培训计划第20期优秀学员，执行"未来号"宇宙空间站任务3次，月球探索任务1次，评价优秀。素食主义者（不抗拒奶制品），业余马拉松选手，丧偶，前夫是英国人，从事国际贸易工作，不坚定的环保主义者。

街上警灯闪烁，警察为FBI的GMC牌汽车开辟出一条通道，任黑色SUV开着警示灯呼啸而过。"那么我们去联合国总部做什么，博士？如果我没记错的话，白宫还是在华盛顿，没搬家呢。"探员从后视镜里瞅着后座的客人说。

老人摘下眼镜，揉揉眉心，说道："去等着事情发生，探员。事态已经不可避免，联合国紧急特别大会一定会召开，我没必要到白宫去，因为总统会亲自过来。"他望着窗外，深夜纽约街头依然人流不减，人们怀揣梦想从全世界的各个角落跋涉至此，寻找着仅存在于美国电影里的美式奇迹。电视和网络里的新闻并不重要，社会像铁轨上笨重的货运火车，就算轨道被洪水淹没、刹车开始锁死车轮，还是能靠庞大的惯性继续前进。或许真到了世界毁灭的那一天，人们惦记的还是即将到账的年终奖金和街角烘焙店每天限量100个的巧克力甜甜圈吧。

“所以，你不仅是圣人，还是预言家。”探员吹了声口哨。

“你对我是否有什么成见？”博士忍不住问。

探员报以含义模糊的微笑，说道：“不，不，无意冒犯。我老爹是宾州兰开斯特人，他经常跟我说，下巴留着大胡子的都不是什么好人，又守旧，又冷漠。”

“这话最好别让阿米绪人（注：以恪守《圣经》教义著称的美国宗教派别，拒绝现代科技，已婚男子下颌蓄须）听见。”

“借你吉言，我老爹可不怕，他死得很光荣，博士。”

距离第二次发射0小时0分10秒

地球静止轨道特里尼蒂β空间站控制室

“没有通信，没有信号。联合国总部大楼楼顶没有图形文字或二维码。他们果然没做到。”

“就是现在，莫甘娜。”

“我知道了。”

第二次发射

阿尔及利亚阿德拉尔省特里尼蒂β地面站

查奥·阿克宁小心翼翼地咀嚼着羊肉。基地里有两家餐厅，一家提供自助餐，另一家售卖摩洛哥风格的菜肴。虽然厨师早在20小时前就已离开基地，但冷藏在冰箱里的番茄炖羊肉稍一加热就散发出诱人的香气。这是查奥最喜欢的菜，以前每次跟随爸爸来到基地，他都能吃到手抓饭、炖羊肉和冰激凌。

可此时他感觉是在咀嚼一块油脂浸泡的软木，嘴里感觉不出滋味，滑腻的口感让他想要呕吐。现在并非吃晚饭的时间。他来到基地已经整整8个小时，此时餐厅钟表的时针指向凌晨4点。8小时前查奥已经吃过一顿晚饭，跟陌生的爸爸、妈妈和几十个陌生男人一起，他们所有人都裸着身体，男孩把视线投向桌面，不敢抬起头看那些红棕色的胸毛和黑乎乎的下体。

吃完饭后，他在公共休息室打了个盹，然后被枪声惊醒了。一支军队在进攻基地，很快被自动机枪和藏在围墙后面的狙击手打退。查奥迷迷糊糊地听到大人们在讨论："下一波会有重武器吗？政府军应该还不会出动，但南部沙漠保安公司会动用阿尔及尔总部的坦克车。""那些老掉牙的T-90S坦克车吗？保安公司手头没有主动反应装甲，我用RPG（火箭筒）就能打穿它！""不用担心，调动大型运载车把装甲部队运到这里，起码要花上18个小时。到那时增援就到了，再说天上的家伙们应该也搞定了一切。""那个孩子……""总之，先看这一次发射的结果吧，如果他们集结在提米蒙，那就一举两得了……"

查奥又睡了过去。今天发生的事情超出了他能承受的极限，以至于一切都变得模糊不清，如同午睡醒来之后即将忘却的梦。在一段浅而疲惫的睡眠之后，他再次被唤醒，裸体的父亲站在旁边轻轻拍了拍他的脑袋，说道："来吧，查奥，我们去吃点夜宵，然后看个好玩的东西。"

"……我想睡觉，爸爸。"孩子坐起来嘟囔着。

"你不想看烟花吗？比11月1日（阿尔及利亚国庆节）更漂亮的烟花啊。"裸体的男人笑了笑，拽着他走向摩洛哥餐厅。查奥踉跄向前，看着父亲身上结实的肌肉随步伐晃动，好几处狰狞的伤疤嵌在背上，如眼睛般盯着他。他忍不住问：“爸爸，你们为什么不穿衣服啊？”

“因为衣服是没必要的东西。”男人回答，“1962年美国出版了一本书，叫作《寂静的春天》，作者叫作蕾切尔·卡逊。在她之前，没有人想过如果人类继续破坏自然的话，地球会变成什么样子。这本书告诉我们，假如人类自认为是万物之灵，不知节制地攫取自然，很快留给我们的就是一个没有鸟、蜜蜂和蝴蝶的荒芜世界。我们的组织在1963年成立，最初只是个小小的非营利组织，经过近百年的发展，现在成为这个地球上最有力量的环保团体之一。”

查奥想了想，说：“我还是不知道你们为什么不穿衣服。”

“啊哈，就要说到这里了。人最初是自然的一分子，但现在成为自然的敌人，我们需要解放自我、回归自然。衣服、汽车、楼房、抽水马桶、电动剃须刀等，都是在破坏自然的基础上制造出来的。我们使用的每1度电，有0.8度是靠燃烧千百万年前的树木遗骸而产生的。地球正在崩溃，查奥，我们的地球母亲正在死亡。这一切必须得到纠正。”

“不穿衣服就能让地球活下去吗？”

“没有这么简单，但这是个好的出发点。”

“那么……我也要脱掉衣服吗，爸爸？”

“不，你不用。”男人停下脚步，回头看了他一眼，“因为你不是组织的成员。因为你的妈妈……”

这句话只说了半截。他们走进餐厅，坐下来吃番茄炖羊肉和冰激凌，那些男人们在喝马斯卡拉产的白葡萄酒，地上丢满了空瓶子，他们的口音千奇百怪，很多人不说法语，查奥听不懂他们的对话。他的妈妈坐在男人当中，毫不在意地展示着自己的胸部和大腿，查奥对此感觉羞愧，可不知为什么，这8个小时内他的妈妈没有跟他说一句话。这让他感觉很害怕，怕自己做错了什么，惹妈妈生气了。

“时间快到了，朋友们。”忽然查奥的爸爸站起来，用叉子敲敲酒杯吸引大家的视线，他指着墙上的大显示屏，屏幕一片漆黑，看不出在播映什么，“还有10秒钟，准备好看烟花了吗，朋友们？”

“是的。”男人们纷纷倒满酒杯，紧盯着屏幕。

几秒钟后，屏幕忽然亮了。像一个小小的花骨朵在夜里缓缓绽放，一团橙色的光出现了，面积和亮度不断增长，光团外围缠绕着流动的粉红色线条，像是围绕花朵飞舞的流萤。“乌拉！”有人带头喊着，酒杯相碰发出乒乒的脆响，人们大口灌下白酒，用古怪的语言叫嚷。

查奥不知道自己在看什么。他瞧着那团光晕越来越亮，变得几乎无法直视，一条旋转的红线向上生长，仿佛花蕊向天空喷出血液。忽然基地外响起猛烈的风声，房子晃动起来，酒瓶在地板上弹跳，大家却早有准备地抓紧各自的酒杯，发出热烈的欢呼。“爸爸……”查奥惊恐地叫着，猛然发现爸爸满脸癫狂的神色，下体因兴奋而充血，看起来完全是个陌生的男人。

查奥忽然弯下腰呕吐起来，将羊肉与冰激凌喷向地板。他将夜宵和晚饭都吐了出去，然后痛苦地干呕着。没有人注意到他，人们在光芒绚烂的屏幕前跳起舞来，有人举起冲锋枪向天花板砰砰射击。不知过了多久，查奥终于直起身子，用纸巾擦净嘴巴，他看到屏幕上的光晕已经缩小了，化为一团暗红色的忽明忽暗的火，空气中多了一种焦煳的味道。

“查奥啊，你看到了吗？”他的爸爸叫着，眼神望着墙壁外面的某个地方，“这就是人类必须付出的代价！我们比谁都希望重建秩序，保护自然，可若不经过惩戒，人类又怎能懂得其中的道理呢……”

查奥僵硬地转过身，看到妈妈被一群裸体男人围在中央，发出快乐与痛苦并存的尖叫声。“……爸爸，妈妈……”他站在狂欢的餐厅中央喃喃自语，而屏幕上如木炭般发红发亮的，是被特里尼蒂β空间站1分钟激光照射所毁灭的提米蒙。

这是具有千年历史的绿洲，因特里尼蒂项目而重新繁荣的小镇，拥有美丽红色砂岩旧城墙和繁华新居住区的沙漠城市，3.6万人的家。经过1分钟30秒的时间，提米蒙带着3.6万名沉睡的居民，安静地消失于世界地图。

第二次发射后15分钟

美国纽约曼哈顿联合国总部大楼

提米蒙被毁灭后的8分钟，第一段视频被发布在阿尔及利亚的社交网络上，随后星火燎原般传遍世界。拍摄视频的是特里尼蒂β地面站的一名高级工程师，当时他在提米蒙小镇7公里外砂岩山上的观察站执勤，激光击中提米蒙的时候，他掏出手机记录了将近80秒的画面，并将视频传上网络，紧接着被高热的冲击波吹下悬崖。“真主啊！”在视频的末尾，他用阿拉伯语疯狂喊叫着，声音被呼啸的热浪所掩盖，电视台根据他的口型推断出工程师的最后遗言：

“大难，大难是什么？你怎能知道大难是什么？在那日，众人好像分散的飞蛾，山岳好像疏松的采绒。至于善功的分量较重者，将在满意的生活中；至于善功的分量较轻者，他的归宿是深坑。你怎能知道深坑里有什么？有烈火！”

文字在滔天烈焰的画面上流动，这是布兰登·巴塞罗缪看过的最震撼人心的视频片段。深夜的联合国总部大楼一层接待厅人头攒动，却寂静无声，所有人都抬起头观看壁挂电视中反复播放的视频，电话铃声丁零作响，办事员摘下听筒，电话那边响起同样的背景音，那是激光毁灭城市的滚滚雷鸣。

“巴塞罗缪博士，我听过您的名字。”这时一位年纪约40岁的女士轻触博士的手臂，让他从灾难的画面中暂时解脱，“我是美国常驻联合国代表黛米·怀特，有什么可以帮您的？”

“叫我布兰登。”老人摘下帽子，满怀感激地与对方握手，“这真是一场灾难。我是白宫紧急反恐小组的成员，我猜总统应该向你发出了提请召开联合国紧急特别会议的要求，关于会议的必要性，各常任理事国应该已有共识，会议召开只是时间问题。所以我以美国代表团成员的身份率先入场，做一些准备工作。”

美国代表面露疑色，说道：“特别会议？目前我还没有接到白宫的通知。”

“很快，怀特小姐。总统先生会做出正确的判断的。”

仿佛为了验证巴塞罗缪博士的预测，黛米·怀特的手机适时响了起来。她接通电话，听对面说了几句，然后通过指纹验证签署了一份电子文件。“您说得没错，博士，跟我来吧。”她点点头，递给老人一张临时出入卡，带他通过安全检查走向电梯，“总统和智囊团正在赶来的路上，您可以到大楼17层的秘书处稍作休息，173B房间的保密等级是最高的，请放心使用网络。”

“谢谢。”

“另外，等您的随从经过身份检查，会有人带领他与您会合。”

“随从？”

巴塞罗缪博士转过头，看到送自己到达这里的那位光头FBI高级探员站在哨岗外，用那种略带嘲讽的古怪眼神盯着自己。“……当然，谢谢。”

屋门关闭，黛米·怀特急匆匆离去。老人坐在沙发上扫视173B房间。

屋子有20平方米左右，透过大落地窗可以俯瞰静静流淌的纽约东河。他打开笔记本电脑连接信息终端，大量的新消息开始快速滚动。一则信息以红色字体标注：根据EuroNER的观测，袭击阿尔及利亚提米蒙的激光束持续了94秒时间，释放了0.9万至1.2万吨TNT当量的能量，大约相当于1945年降落在广岛的“小男孩”热核炸弹当量的一半。另一条蓝色信息带有FBI最高保密级别的标签，老人轻轻点击，一个视频窗口弹出：在灯光明亮的审讯室里，一个老妇人斜靠在椅子上，看起来已经失去意识，数据显示她的心跳已非常微弱；隔壁另一间审讯室内，FBI的刑讯人员将一名中年男子的头颅固定在牵引架上，开启瞳孔激光投影仪，这种眼底投影能在短时间内向刑讯对象灌输大量符号化信息，在自白剂的帮助下迅速瓦解犯人的理智与心理防线，如同往密闭的玻璃瓶里大量灌水，靠冗余信息把想要获得的答案给挤出来。巴塞罗缪认出这名表情错乱、口吐白沫的男人，他是特里尼蒂美国公司总裁，一个依靠美国南部页岩油和天然气发家的能源巨头，也是在化石能源储量出现衰竭势头的时候，第一个跳出来支持空间太阳能计划的人。

“可悲！”博士关闭了视频窗口。忽然间画面静止了，一切操作被锁定，终端转入视频会议模式，总统的面孔出现在屏幕中央，从画面背景判断，他应该在凯迪拉克防弹车上，从华盛顿到纽约的途中。

三位宇航员的图像依次浮现，肖李平的太空舱灯光暗淡，他本人依旧严肃不语，里克·威廉斯还是挂着微笑，莫甘娜·科蒂依旧转着圈。

这次美国总统率先开口：“我下令中止无线电干扰，主动与你们联络。我对发生在阿尔及利亚的事件感到非常遗憾，你们不仅惹怒了地球上最强大的国家，甚至决意与全世界为敌。”

这位美国宇航员轻松地回应：“我感同身受，长官。一方面，你因为浪费了纳税人的上千亿美元而压力沉重，这肯定是越战以来美国军事史上最大的挫败；另一方面，我们毁掉的是非洲的某个3万人口的小镇，而不是迈阿密，不是波士顿，不是洛杉矶，不是休斯敦卢普区的印度人聚居地。如果有下次竞选的话……”

“里克！”莫甘娜忍不住出言提醒。

“啊，抱歉。说正题，我们在等着好消息呢，长官。”

美国总统沉默了20秒，恰到好处的20秒，然后说：“美国作为常任理事国提出了召开会议的请求，等待其他国家和联合国秘书处的回应。”

里克·威廉斯笑了起来，说道：“谢谢，真是个好消息！接下来请别开启无线电干扰了，我们要在电视里看到这个消息。从现在开始，你们要通报紧急特别会议筹备的进度，我会开启2小时倒计时，每次进度更新，倒计时表都会重置。若没有最新消息，2小时一到，第三次打击就会降临在地球上某个繁华的地方——这次可不会是小城市了，长官。”

“你是手握枪支的婴儿，孩子。”美国总统的表情忽然松弛下来，“你不知道在开一个多大的玩笑。后悔永远是来得及的，我可以签署总统令保证你们三人的安全。一艘‘海王星’飞船很快将进入同步转移轨道，你们可以乘坐飞船回到地球。欢迎会是不会有了，起码我能保证没人会向你们掷西红柿。”

“呵呵。”威廉斯咧嘴一笑，“真好笑，长官。那么就这样了，下次联络再见，别忘记倒计时。你们还有什么补充的吗，伙计们？”

莫甘娜背对镜头摇了摇头，沉默的肖李平率先关闭了摄像头。三名宇航员的图像依次消失。

总统坐在舒适的座位上，用指甲嗒嗒地敲打着中控台，从灰色的眼球里看不出多少愤怒。“问问中国人在干什么，问问俄罗斯人在干什么，还有欧洲人。”他说，“搞清楚他们有没有收到特里尼蒂的联络，给我一份阿尔及利亚事件的简报，让FBI从那几名罪犯身上弄出点有用的东西来，通知太空司令部调集空间力量，命令第二、第三、第五、第六、第七舰队警戒，战略核潜艇进入战备巡航状态……另外，谁能告诉我特里尼蒂地面站是什么情况？做点有用的事情吧！”

距离可能的第三次发射1小时31分59秒

北京某处地下8层

老肖坐在硬木椅子上，什么话都不说。姓赵的干部带着笑赔罪说要委屈他一下，按下一个按钮，椅子上的束缚带便把老肖紧紧地绑在了上面。赵处长捋起老肖的袖子，用压脉带勒紧他的手腕，从旁边的冷藏柜里端出一个托盘放在桌上，撕开一次性注射器的包装，折断一个安瓿瓶，吸满淡蓝色的注射液，弹一弹针头排出空气，说声“告罪”，便把针管里的液体注入老肖的静脉。

“你忘记消毒了，赵处长。”肖工程师说。

“下次一定注意。”赵处长脸上的笑纹没有消退。他丢掉注射器，注视着老肖的眼睛。“我解释一下，肖工，针管里的是神经元激活药品，跟治疗抑郁症的多巴胺、拉莫三嗪功效类似，只是效果强一点而已。药物会在5分钟后生效，你可能会感觉恶心、头晕，那是正常的副作用，因为从神经末梢传来的电信号被放大了。接下来，我会给你戴上头盔。”说着话，他伸手从空中拉下来一个半球形的银色头盔，“这个设备内部有3万根光纤维探针，它们会穿透你的头盖骨，截取你大脑的神经电信号。到时候，我会将问题转化为光电信号传进你的大脑，你的大脑会自动调动海马体的记忆，产生相应的答案——甚至不需要经过您老的同意。”

老人低下头想了想，说：“即使我不愿意，还是会说出秘密，对吗？”

赵处长笑道：“这就是中国的技术实力，我们的神经接口技术位于世界前列啊。”

“这种技术没有用于临床医学，也就是说，它有很大的缺陷。”

“肖工真是聪明人。”赵处长爽快地承认，“神经探针会造成不可修复的脑部损伤，特别是对海马体的深度探测。运气好的话，你会失去一些记忆，或者丢掉嗅觉、味觉、视觉；运气不好的话，会死。我说过，国家到了非常紧迫的时刻，逼不得已，出此下策。作为老党员和聪明人，肖工应该做出正确的选择。”他掏出怀里的笔记本和英雄牌钢笔丢在桌上，“还有4分钟时间，写出密码只需要10秒，好好考虑一下。”

赵处长转过身去，背着双手，给老人留出一些空间。肖工感觉到冰凉的液体在血管里奔涌，眼前的一切开始放大，自己的声音变得非常遥远。他说：“我就想问问我老伴被带到哪儿去了。她真的就是个农村妇女，啥也不知道。”

“别担心，李阿姨在走廊尽头的房间休息。等事儿一结束，我就派车送你们回家，再给你申请个特别贡献奖章。”

“……那行，那行。”

肖工张口喘气，觉得自己吸气的声音大得像火箭发动机。“……都到这个时候了，我也不说别的了，你就告诉我，我儿子在天上到底干什么了？”他活动一下身体，问道。

“半个小时前，他屠杀了非洲一座城市里的3万名无辜群众。”赵处长回答，“男女老少，一个不留。”

“为什么？”

“等到破解了他的电脑就能知道为什么了。恐怖分子有恐怖分子的想法。”

“我儿子没说什么？”

“什么都没说。”

“……我知道了。麻烦把我的手腕解开，我给你写密码。”

赵处长转过身，笑得眉眼弯弯，说道：“你不会玩什么花样吧，肖工。这可是最后的机会了，你知道咱们国家的基本政策。”说着话，他走过来解除肖工双手部位的束缚带，摘下钢笔帽，把笔记本往前推了推。

肖工活动活动手腕，拿起钢笔写字。“这就完事儿了。我再唠叨一句，作为一个党员……”他的声音越来越小。为听清他的话，赵处长不自觉地向前凑了凑，听到老人喃喃自语：“……一个40多年党龄的老党员，运载火箭技术研究院的工程师，我知道自己隐瞒了有害国家的秘密。我有罪。可另一方面，作为我那个小兔崽子的爹，肖李平39年的父亲，瞅着他从小慢慢长大的人，我敢说这世上没有比我更了解我儿子的人。我俩说话不多，就有时候就着孩儿他娘包的饺子喝几盅，喝多了才能敞开来聊，我给他递根烟，他给我斟个酒，说几句话，就什么都懂了。我老肖没什么出息，搞了一辈子火箭燃料研究。我儿子比我争气多了，我和老伴最骄傲的就是有这么个孩子，亲儿子。就算见了阎王，我也不相信我儿子是恐怖分子、是杀人魔王。他要做啥，我不懂，也不想懂，我就知道他不是坏人，他干不出坏事儿来。……死也不相信！”

赵处长吃了一惊。这时老肖猛地挥出右拳，赵处长立刻向后跃去，却发现老人是朝他自己发动攻击。“噗”的一声闷响，老肖打中自己的上腹部，痛苦地弓起身体，身上的束缚带绷紧，吱吱作响。

“肖工，你……”赵处长脸上的笑纹没来得及消散，他的视野就被红光充满。他看到椅子上的老人化为一支剧烈燃烧的蜡烛，赤红烈焰从口鼻和耳朵中喷出，转瞬间席卷整个房间。痛苦只持续了几秒钟，人体来不及碳化就燃烧殆尽，火焰舔舐着钢铁的冷藏柜和水泥墙壁，让房间墙面层层剥落。

藏在肖工程师肝脏后面的是一个350毫升的玻璃胶囊，里面分两格存储着液态肼与过氧化氢，当脆弱的玻璃外壳破碎，强极性化合物肼与强氧化剂过氧化氢混合，产生出高热的火焰。油状、剧毒的肼是一种已经被淘汰的液体火箭发动机燃料，而火箭发动机，是老肖最熟悉的领域。

自从发现儿子的秘密，他就趁胆囊手术的机会，让一位生死之交的医生朋友将玻璃胶囊植入自己体内。稍大的冲击力就会让脆弱的玻璃胶囊破碎，这位在党性良心与爱子之情间左右挣扎的父亲带着体内剧毒的火箭燃料，度过了危险而痛苦的10年。每逢日落便会袭来的腹痛时刻提醒他，是秉承对党和国家的信念回归秩序，还是凭借父子之情做出一厢情愿的判断。这是个无解的问题，他所能做的，只有如此，只能如此。

距离可能的第三次发射0小时57分23秒

美国新墨西哥州奥特罗县特里尼蒂α地面站

夜色中四辆雪佛兰Suburban SUV组成的编队掠过一丛2米高的牧豆树。刹车灯亮起，车队停止在特里尼蒂地面站银亮的围墙前。牧豆树下的沙漠角蜥观察到了这几个移动物体，它简单的大脑将目标判断为食谱范围之外的东西，于是不再关心，它更忧心的是体温问题。夜已经深了，空气却依然炎热，它在白天积蓄的体温迟迟不能散去，这显然对健康有害。今天反常的气候令角蜥感觉烦躁，它挪动身体，尽量把自己埋进凉爽的沙土之中。

“我们计划了那么多方案，一个也没用上。”戴墨镜的男人开门下车，向同伴抱怨，“美国政府果然是悠闲太久了，居然没有人对特里尼蒂地面基地加以控制，县警、陆战队、FBI、国土安全部，没有人。”

副驾驶席戴鸭舌帽的人应道：“到现在为止，原试射计划所发布的疏散令仍然有效，很多救援阿拉莫戈多的消防车都被拦在警戒线外面。话说回来，消防队去了也没什么可做，除非他们想在岩浆上烤棉花糖。”

“好主意。岩浆烤热狗听起来也不错。”查尔斯·唐摘下墨镜，在门禁系统上刷卡，并进行虹膜验证。门开了，他跳上车，将SUV一直开到基地主楼前，使用同样的方式打开建筑物的滑动门。从后面的车子里跳下来十几名身穿蓝色工服的男人。“按计划来吧，把工蜂放出去，恢复自动武器系统，接管发电站，刘乾坤会告诉你们该怎么做。”他布置道。

戴鸭舌帽的男人丢掉帽子，打了个响指，说道：“很简单，给每栋建筑断电，按顺序打开备用电源，剩下的我来搞定。”这个亚洲人扎着一头黑色的小脏辫，看起来有点嬉皮，但作为特里尼蒂美国公司副总裁、首席技术官、能源集团顾问，没人敢轻视刘乾坤的意见。

雪佛兰SUV后备厢开启，四架侦察无人机嗡嗡起飞，人们四散进入基地，查尔斯·唐与刘乾坤通过电梯到达主楼地下二层，在灯光明亮的主控制室里坐下来，分享一瓶哥顿牌杜松子酒。查尔斯·唐喝下一口酒，敲一敲桌面说：“特里尼蒂总裁被逮捕了，还有里克·威廉斯的母亲，FBI不会轻饶他们的。”

刘乾坤满不在乎地说：“不外乎自白剂那一套。这些人能够吐露的信息不值一提，而且他们——当然还有我们所有人——的意识深处埋设了心理炸弹，一旦超过某个刺激阈值，炸弹‘嘭’地爆炸，人会瞬间陷入深度睡眠，直到为催眠他们而埋设炸弹的那个人亲自将催眠解除。”

查尔斯·唐摆弄着墨镜说："你说整个计划成功的可能性究竟有多少？做到这一步，已经出乎我的意料了。"

"百分之百，或者零。笨蛋才相信概率，哥们儿。"刘乾坤嘴里咬着一次性纸杯，噼啪敲打着键盘，"对了，把电视打开，时间差不多了。看完这一段我就带人到圣塔菲去，应该刚刚好。"

距离可能的第三次发射0小时5分48秒

美国纽约曼哈顿联合国总部大楼

联合国大会厅的1800个席位已经坐满，更多的人还想挤进门来，秘书处工作人员在极力劝阻。以常驻联合国代表黛米·怀特为首的美国代表团占据了第一排的六个席位，布兰登·巴塞罗缪博士也在代表团中，美国总统和紧急应对小组成员则在秘书处大楼17层通过视频直播观看会议。由于是仓促召开的紧急特别会议，各国元首并未列席，美国总统出于姿态问题放弃了出席的想法。

联合国秘书长戴克斯·三浦宣布会议开始。这位日裔加拿大人一个小时前刚刚结束对古巴的访问回到纽约，他按照联合国宪章条款，宣布由过半数安理会理事国发起的联大紧急特别会议即刻召开。会议开始之前，秘书长要求美国分享相关情报，因为大多数与会国家对特里尼蒂事件并不了解。经过总统授权，黛米·怀特在大会厅的200寸投影屏幕上播放了特里尼蒂空间站同美国政府通信的影像资料——当然，有关美国总统发言的部分做了些技术处理。

大会厅乱成一锅粥，所有人都在拨打电话，二层平台的各媒体驻联合国记者冲向美国代表驻地想搞到原始视频资料。混乱持续了很久，直到美国人关闭无线电干扰，向特里尼蒂空间站发出通信请求。空间站很快做出回应，三位宇航员的面孔出现在联合国大会厅的投影屏幕上，特里尼蒂太空站履行了诺言，倒计时被重置为2小时。

由于本届联合国大会的主席、副主席暂时未能到场，主席台上只坐着秘书长三浦一个人，他面对镜头发言："我是戴克斯·三浦，这里是联合国总部联大会议厅。联合国紧急特别大会应约召开，但你们要了解到，并非联合国屈从于恐怖主义威胁，而是安理会理事国认为有必要与你们正式对话，寻找解决问题的途径。"

身穿轻便宇航服的美国宇航员微笑道："很高兴能够与全世界交流。我是里克·威廉斯，现在代表特里尼蒂发言。首先我们需要一个平等对话的身份，如果身上挂着恐怖分子的标签，就没法进行一场友好的谈话吧？麻烦看看你的右手边，先生。"

三浦望向自己的右边。主席台侧面是几排座席，那是联合国特别观察员席位。"……联合国观察员有权在联大发言，这点没有错，但以你们的立场，即使是以组织身份加入……"

"不，不是组织，而是实体。特里尼蒂正式申请以主权身份成为联合国观察员。"

三浦愣住了，大会厅响起嗡嗡的议论声。联合国的观察员席位有60多个，其中大部分是国家联盟、经济共同体等国际组织，而实体主权只有5个：马耳他骑士团、红十字会、红十字会与红新月会联合会、各国议会联盟和国际奥委会。至于以国家主权身份担任观察员的，只有梵蒂冈和巴勒斯坦。

美国代表黛米·怀特大声道："这是对联合国宪章的亵渎！美国无法容忍恐怖分子在联合国大会的无礼行为！"

会场里响起肖李平那平静低沉的声音：“这是沟通的基本条件，我们不想威胁任何人，先前所做的一切只是为了换取平等的对话条件。对于那些必要的牺牲，我们感觉非常抱歉。”

“将这些刽子手从太空逮捕送上断头台！”阿尔及利亚代表站起来挥舞着拳头，“他们谋杀了30000名阿尔及利亚人与3000名法国人，其中包括2000多个孩子！”

“请肃静。”秘书长三浦开始维持秩序，“请肃静。宇航员先生们……根据章程，无法草率授予观察员身份，我建议先就特里尼蒂太空站对地球的威胁一事进行讨论。”

里克·威廉斯说：“《联合国宪章》可没对常驻观察员身份的认定进行规定，只赋予观察员在联合国大会发言与发起投票的权利而已。一直以来观察员身份审核是依照惯例进行的，这并不是拖延的借口吧，秘书长阁下。”

“但你们只是三名太空太阳能电站的宇航员，并不具有主体性。”

“很好，这正是我们要在全世界面前声明的事情呢。”

里克·威廉斯举起一个塑料盒子，盒子上用马克笔潦草写着“票箱”二字，他向镜头展示盒子是空的，盖上盒盖，然后将一张小纸片沿缝隙塞进去。特里尼蒂β太空站的莫甘娜·科蒂也做了同样的事情，不过她使用的是一个装曲奇饼的小铁盒。肖李平安静地面对镜头，没做什么。

“现在开始计票，麻烦大家监督。”里克·威廉斯笑嘻嘻地打开盒子，展开那张对折的纸，纸上写着一行字：“特里尼蒂应该成为独立国家吗？请标记‘是’或‘否’。”下面写着“是”的地方打了个对勾。同样，莫甘娜盒中的纸上也勾选了“是”。

里克·威廉斯清清嗓子，对联合国大会厅里的2000人和厅外的70亿人说：“公投已经结束，投票率66.66%，得票率100%，我们在此正式宣布以特里尼蒂α站、β站、γ站构成的太空领土为独立主权国家，命名为特里尼帝共和国。我们愿意在平等、和平、友好的基础上与其他国家建立关系，进行经济领域的深层次合作，要知道，我们国家的太阳能资源……”

联合国秘书长戴克斯·三浦忍不住打断了里克·威廉斯的话，尽管明知这是不礼貌的行为。他说：“抱歉，威廉斯先生。这是一个玩笑吗？”

里克·威廉斯笑道：“不，你刚刚目睹了一个新国家的诞生，秘书长阁下。肖，该你了。”

肖李平用右手推一推玳瑁框眼镜，举起一张纸，开始沉静地诵读《特里尼蒂独立宣言》：

“今日我们在此宣布独立，特里尼蒂全体国民发出一致的声音。我们来自美洲、亚洲和欧洲，继承了东西方文明有关民主、和平、宽恕和奋进的美德，也因世界的狭窄、自闭、短视与懒惰而苦恼。站在更高的角度观察世界，我们发现在3.6万公里高度的轨道上不存在世俗纷争，每个人都能保持尊严。

“我们是特里尼蒂，一个民主的、多民族的、平等的国家，我们秉承地球之子的权利与义务，珍爱人类的永恒家园，保持与所有友善国家在商业、文化、教育、医疗等方面交流合作，为地球的安全、稳定、繁荣做出贡献。

“我们遵从国际法原则，对所有平等主权国家报以善意，并期待各国的支持与友谊。我们保证为地球提供清洁而高效的太阳能电力，帮助联合国安理会维护地区性与全球性的和平。

“我们是特里尼蒂，地球之外的三人国家。今日我们在此宣布独立，此事项明确具体且不可撤销，应受法律约束，且受法律保护。——特里尼蒂共和国，国民肖李平、里克·威廉斯、莫甘娜·科蒂，共同签署。

“你好，世界。”（注：Hello，World。在屏幕上输出“Hello，world”是每一种计算机编程语言中最基本、最简单的程序，亦通常是初学者所编写的第一个程序。它还可以用来确定该语言的编译器、程序开发环境以及运行环境是否已经安装妥当。）

同步翻译器将每一句话送进人们的耳中。肖李平结束诵读后，大会厅内出现长达一分钟的沉默，每个国家的代表都在思考这则宣言背后的意义，许多人下意识地低头看腕上的手表，因为这个时刻注定被写入每一本历史书当中。

打破沉默的是中国代表。“你们不具有建国的条件。”这名精神矍铄的老者站了起来，“你们在玩弄‘国家’这个概念！国家是拥有共享领土和政府的，拥有共同语言、文化和历史的人民群体。你们拥有基本的政治学概念吗？”

做出回答的依然是美国宇航员里克·威廉斯：“国家的三个要素是领土、人民和政治权力，特里尼蒂拥有全部要素。我们拥有自己的领土——虽然实际上跟土地没什么关系——和领空，有三个热爱祖国的国民，有全世界最完善的民主制度，而且我可以保证我们会尽快搞一部宪法出来。”

“抗议！”英国代表站起来，“根据1967年生效的《外太空公约》第三条‘不得据为己有原则’，任何国家或个人不得通过提出主权要求，使用、占领或以其他任何方式把外太空据为己有。你们在太空中所宣称的领土是无效的！”

里克·威廉斯咧嘴一笑，说道：“抗议驳回，律师先生！特里尼蒂的领土可不在太空，而是三个空间站所覆盖的物理范围。根据国际空间法，人造空间物体的控制权和管辖权归属于注册国，也就是说三个特里尼蒂空间站分别属于美国、中国和法国领土，我们通过和平政变的方式改变了领土归属权而已。还有问题吗？下一个。”

秘书长三浦说：“你们是希望联合国大会就特里尼蒂建国问题进行投票吗？”

“你真是令人意外地缺乏常识呢，阁下。”里克·威廉斯用手指指着脚下的蔚蓝地球，“联合国大会怎么能干扰主权建立呢？就算特里尼蒂建国不符合国际法，也要海牙国际法庭审判才能认定。现在，我们只想以主权观察员的身份在联合国紧急特别大会上发言而已。”

在一片骚动声中，秘书长与副秘书长、几位常任理事国代表短暂沟通了几句，接着做出决定：“好，特里尼蒂作为主权团体获得了本次紧急特别会议的观察员身份，会议结束时身份即随之撤销。我需要提醒的是，你们有发言权和提议权，但没有投票权。”

“谢谢！”里克·威廉斯敬了个不太严肃的礼，笑嘻嘻地说，“我们不会发起投票的，因为人们都知道联合国大会的决议是没有强制执行力的，只有安理会决议具有强制力。现在让我们开始对话吧。……莫甘娜，你要接棒吗？”

特里尼蒂β站的女宇航员点了点头。“按下发射按钮毁灭提米蒙绿洲的是我，杀死3万人的是我。”她垂下睫毛，“我有罪。但若有必要的话，我会毫不犹豫地杀死更多人。如果你们和我一样从3.6万公里之外看地球，就会发现地球其实小得可怜。如果谋杀蚂蚁算有罪的话，你们人人都是魔鬼！特里尼蒂想要的，其实非常简单……”

她的话引起一众喧哗，许多人站起来大声咒骂并向投影屏幕投掷鞋子，秘书长徒劳地敲着小锤。这个时候，布兰登·巴塞罗缪博士收到了一条保密信息，他开启笔记本的视网膜投影模式，只有本人看得到的信息浮现在眼前："观测到32个人造星体异动，根据已确定的卫星资料，是中国与俄罗斯的攻击卫星发动攻击！另：探测到12枚导弹突破大气层的红外信号，据分析是中国华北、东北、西南三个导弹基地发射的'东风49改'反卫星弹道导弹，NMD系统分析东风导弹的弹道不会重入大气层，已解除锁定。"

博士吃了一惊，转身看旁边，中国与俄罗斯代表也在责骂特里尼蒂的激愤人群当中，看不出表情有什么异样。他点击"东风49改"的链接，阅读详细说明："东风49改由东风49战略弹道导弹增加3级助推器改装而成，是目前已知地基反卫星装备中唯一能威胁到2万公里以上轨道的武器，试射记录2.4万公里，预测最高攻击范围4万公里，战斗部载荷800公斤，常规弹头装备60颗高爆子母弹，核弹头总当量45万吨TNT，受《公约》限制未列装。"

老人抬起头，仿佛透过联合国大会厅的穹顶，看到3.6万公里之外的深空即将盛开的金色焰火。

距离可能的第三次发射1小时49分1秒（重置后）

北京某处地下8层

屋门开启，滚滚浓烟中冲入几个头戴防毒面具的黑衣男人，他们将面具扣在李阿姨头上，架起老人向外冲去。楼道里烟雾弥漫，干粉灭火器的白灰洒满地面。"你们要带我上哪儿去啊？"李阿姨闷声叫着，奋力挣扎，"我家老肖在哪儿？你们把老肖给我带回来！"

她的挣扎与质问毫无用处。黑西装们拥着她冲入电梯，电梯门缓缓关闭，将混乱的楼道关在外面。几十秒后电梯门左右滑开，一个截然不同的楼道出现在眼前。这里地面铺设着灰色耐磨树脂，LED自发光墙壁散发着柔和的白光，身穿迷彩服的军人和身穿白大褂的技术人员匆忙来去，空气里一点焦煳味都没有，只有医院里淡淡的来苏水味道。等李阿姨醒过神来，发现自己坐在一间四壁纯白的屋子里，对面站着一位军官。

“我只有一个问题。”面容威仪的军官端正地站着，“就目前掌握的资料无法解释肖李平行动的动机，我们找到的诸多线索都是假消息，他与境外恐怖势力、宗教极端组织并没有什么关联。李阿姨，告诉我，如果肖李平是出于自身原因犯下反人类的罪行，那么，那个原因是什么？”

老人笨拙地扯下防毒面具，左顾右盼，说道：“老肖呢？我老伴儿比我清楚，你赶紧把他找来让他告诉你！”

军官没有说什么。他做了个手势，房间的三面墙壁变得透明。李阿姨惊愕地环顾四周，发觉相邻房间的墙壁和天花板、地板也在逐渐消失，她正坐在一个庞大空间中央的玻璃盒子里，数以百计的信息终端上面，无数显示屏流动着令人眼花缭乱的数字信息。她望向其中一个屏幕，伺服系统捕捉到她的视线，将显示屏上的画面投射到小屋墙壁上，一座高耸入云的山峰出现在她的眼前，风雪迎面扑来，李阿姨情不自禁地打了个寒战。屏幕上的坐标老人看不懂，不过下面有文字滚动：四川甘孜藏族自治州丹巴县八郎乡东牛场山，海拔4890米，气温-9℃，特里尼蒂γ地面站。

军官做个手势，画面旋转起来，山顶上一个正八角形的银色建筑物在风雪中矗立，一条蜿蜒的道路沿着山脊深入谷底，但中间大片山脊崩塌了，如同折断的巨龙脊梁。“几个小时前侵入特里尼蒂地面站的恐怖分子炸断了唯一的道路，拒绝通话，但没有损坏输电设施。”军人说。

李阿姨惊慌地站起来，望向另一个方向。墙壁忽然变得漆黑，璀璨星空在眼前铺展开来，几道纵横交错的光芒耀得人眼睛发花。军人说："第二梯队正与俄罗斯的太空力量联合发动攻击，这是太空军的主要战斗力了，从目前来看战况并不乐观。"

老人跌坐在椅子上，眼睛一眨，一个布满仪器的实验室浮现在天花板上。"以天河九号为首，中国十二台超级计算机组成的并联计算系统正在破解肖李平个人电脑的密码，我们已经破解出一部分文件，但关键文件使用了更复杂的加密算法，即使以国内最强的演算能力，运气好的话起码还要两个小时才能得到结果，运气不好的话……可能要花上几天时间。"军官说，"您看到了，整个国家为了一个人而陷入紧急状态，中国正在面临严峻的考验。而那个人，就是肖李平，您的儿子。我不奢求什么情报，只想得到一个合理的答案。……为什么？"

眼泪从李阿姨脸上滴落，她用衣袖揩着眼泪，大哭道："我真的啥都不知道，那父子俩啥都不跟我说啊！那小子本来就是个闷葫芦，不可能跟人说出交心的话。……我就记得有一次，他高中毕业第一回喝酒喝多了，回家吐得稀里哗啦，不肯睡，哭着说世界不公平，啥时候也是富的欺负穷的，强的欺负弱的，人和人就要分等级。我后来打听，说是他从上小学开始的好朋友是个巴基斯坦技术专家的孩子，一直受欺负，到高中时候自杀了……还有他老说他爹明明人品好，技术也好，就是混不出头，一辈子当个小小的工程师……"

"平等？"军官倾听着老人的哭告，若有所思地低下头，"……仅仅是为了这个幼稚的理由？"

几十朵小小的花儿同时绽放在星空，屋里的光线亮了又暗了，军官知道那是第二梯队的五颗"东风49改"释放的分导弹头遭到了激光拦截。第一梯队的导弹和自杀卫星全部被特里尼蒂空间站的防御激光击毁，与此前美国人尝试的结果相同。中国军方在震惊之余，联手俄罗斯太空军对亚洲上空的特里尼蒂γ空间站发动了饱和攻击，同一时刻有超过200枚制导弹头、动能武器和自杀卫星集中在同一片空域。但画面上那片黑色阴影岿然不动，只有武器自爆的光芒不断闪烁，特里尼蒂太空站像雄踞于人类头顶的奥利匹斯宫殿，用雷电轻描淡写地击溃美国、俄罗斯和中国暗自经营数十年、各自引以为豪的太空力量。

与此同时，爆炸产生的碎片已经击毁了30颗静止轨道通信卫星和更多的低轨道卫星，灾难性的连锁反应正在发生，全球卫星通信能力已经锐减了50%，频段还在一个接一个减少中。

站在中国战略通信情报指挥中心里，军官明白现在并不是审讯相关人士的时候，旁边房间里的国家领导人正急切地寻找着第二套方案，能够在危机中拯救祖国的最后方案。可他依然没有动，站在那里听着李阿姨的絮絮自语以及断断续续的啜泣声。

距离可能的第三次发射0小时40分11秒（重置后）

美国新墨西哥州圣塔菲市州政府大楼

两辆黑色雪佛兰SUV停在西班牙风格的四层建筑物门口，车灯熄灭，发动机却还在嗡嗡作响。夜色中平凡无奇的砖红色建筑物就是新墨西哥州政府大楼，此时已接近午夜零点，大厅只有一名睡眼惺忪的保安。戴鸭舌帽的男人向保安打了个招呼，带着六名特里尼蒂员工乘电梯到达四层，推开州长办公室的门。新墨西哥州州长正坐在办公桌后看电视，一双大脚高高地放在桌上。“……是你？”看见来客的样貌，州长收回腿站了起来，伸手表示迎接。

刘乾坤摘掉鸭舌帽，甩一甩小辫子，大大咧咧地坐在桌子对面，说道："瞧，终于到了履行承诺的时候了。"

"我没想到这种事情真的会发生。"州长走到小酒吧，给自己和来客各倒了一杯威士忌，"Jim Beam波旁酒，不加冰。我们都需要冷静一下。"

刘乾坤跷起二郎腿，摆了个舒服的姿势，接过酒喝了一口，说道："好，我很冷静了。你做好准备了吗？"

州长整理一下领带结，显得有点犹豫："我不确定……现在联合国会议还没开完，他们也还没宣布那件事情。"

"很快，很快。"刘乾坤说，"我让人在四层会议室架好直播设备和卫星天线，随时可以开始直播。另外，你在旁边屋子里埋伏了几名保安，这样很不好哦，信任是合作的第一前提，你要与特里尼蒂彼此信任才对。"

"噗、噗！"几声轻响后，秘书室传来沉重的倒地声。州长面色还是很镇定，端起酒杯摇晃着金黄色的酒液，说道："抱歉，那是程序配备而已。从几年前竞选的时候起，我就对特里尼蒂非常信赖，相信未来我们还可以良好地合作下去。"

刘乾坤笑道："当然，你要付出的非常少，只是在电视前露个面而已。我用CG（计算机动画）可以做到同样的事情，但你明天的公开演讲也很重要。毕竟是个新的开始嘛，干杯。"

"干杯。"

两人喝下杯中酒，一齐转头看电视，NBC电视台正在直播联合国紧急特别大会，当然，这个星球上的所有电视台都在播放同样的画面，从一个多小时前开始。

距离可能的第三次发射0小时25分1秒（重置后）

美国纽约曼哈顿联合国总部大楼

中国与俄罗斯毫无征兆的突袭使得通信中断了近一个小时。特里尼蒂的影像突然消失，这让联合国大会厅陷入一片混乱，技术人员找不出原因，直到20多分钟后中国代表团公开发表这次太空军事行动的情报，当然，中国代表团先抛出来的是美国太空军进攻失败的画面。与会的194个会员国震惊地发现美国、中国和俄罗斯拥有强大的太空军事力量，但无法谴责这三个国家违反《外太空条约》，因为这些太空军事力量在很短的时间内被特里尼蒂所毁灭。特里尼蒂空间站的激光防御系统无懈可击，只有几束中国卫星发射的化学激光击中空间站，暂时损坏了特里尼蒂的通信系统。里克·威廉斯传来一段嬉皮笑脸的视频，说三个人都毫发无损，很快就可以修复损伤恢复全面通信，最后说："全地球无耻的人们，待会儿见。"

在愤怒、屈辱而无计可施的半个小时之后，大会厅再次安静下来，投影屏幕上出现三名宇航员的脸。秘书长三浦开门见山地问："特里尼蒂，你们究竟想要什么？刚才联大已经达成协议，在进行对话期间不会再有国家对你们发动攻击，贵方可以放心。"

莫甘娜·科蒂一边绑着飞舞的头发，一边答道："你们的好牌用完了，所以不得不听我们的话，对吧？中国人的导弹很可怕，一定把美国人吓了一跳。那么我接着说下去：人类正在毁掉地球，化石能源马上就要枯竭，可没人承认这一点，能源巨头装出一副满不在乎的样子，一边宣称石油储量还够用100年，一边用物理和化学方法把地壳更深处的原油挤出来，尽管明知这会造成地壳塌陷、地震和海啸。美国花15年时间就开采完了境内的页岩油和页岩气，采用的高压分段压裂技术对地质结构造成了不可逆转的伤害，可所有的报告书都对此避而不谈。

“你们四处兴建损害生态环境的水电站，把风力发电机修满高原，任凭风电攫取季风的能量，一点一点改变着大气环流的形态。你们一面盖起核电站，一面把核废料沉向海底。对于空间太阳能发电，特里尼蒂项目毫无疑问是整个人类的希望，但看看你们手上的资料，里面写了什么？特里尼蒂空间太阳能电站的装机容量可满足全球用电量的15%……谎话连篇！特里尼蒂项目是新能源与传统能源巨头的一场博弈，是妥协的畸形产物，设计太空站图纸的几位科学家知道真相，但他们一个接一个死于‘意外’，复合抛面集中器的光效率被人为修改了，在所有资料中，特里尼蒂的发电量都被降低到标准的八分之一。若不是在太空站主控电脑中发现并破解了原始设计文件，我们也不会得知这个秘密……没错，他们想让特里尼蒂在低负荷状态下长期运行，适度地替代传统能源的发电量，直到他们把地壳中仅剩的石油换成美元为止。

“是的，特里尼蒂能够为全球提供电力！地球可以获得绝对清洁而高效的太阳能，不必付出环境与资源的代价！我要求地球停止其他各种发电方式，由特里尼蒂供给太阳能电力。”

混乱的风暴再度升起，里克·威廉斯没有等待骚动平息，继续说道：“莫甘娜是一位可敬的环保主义者，我可不是。我不太在乎环境什么的，毕竟人类才是地球的主宰，改造自然是我们的生活方式。我是个非常胆小的人，你瞧，就算在太空站里，我也要根据地球的方向找到合适的姿势才能睡得着，毕竟人类从猿人开始在地球上住了几百万年，绝对离不开这个蓝色的大水球呢。

“我是个太空人，这可不是什么美国梦的体现，我其实最怕太空了。

应该说，我最怕的是外星人。我相信外星人，所以害怕它们，怕它们像乔治·威尔斯的《世界大战》一样来到地球消灭我们，怕它们像《独立日》一样征服我们，像《第九区》一样污染我们，像《三体》一样控制我们。我知道这听起来很蠢，但仔细想想，这比新纳粹主义者发动第三次世界大战还要现实！

“在电池没电之前，旅行者1号已经飞了200多亿公里，它还会一直飞下去，直到变成一堆废铁，或者被该死的外星人找到！你们是否想到，从能够使用无线电的时代开始地球一直在向外发射‘来找我吧，来找我吧’的无线电信号，这些信号已经形成了一个直径100光年的大泡泡，不停扩大，不停扩大！疯狂的科学家们开始用强大的射电望远镜向其他恒星发射信号，无数人每天使用个人电脑分析数据，搜寻外星人可能存在的证据。地外文明，该死的地外文明！

“你们可以叫我‘人类沙文主义者’，我热爱人类，热爱这美好且唯一的地球，不愿任何遥远太空的虫子来打扰人类在美好且唯一的地球上的生活。我要求地球立刻停止任何太空探测活动，不再发射探测器和射电电波，专注于科技进步与经济发展。要知道，对于这么区区几十亿人来说，地球就足够了！”

喧哗声浪几乎冲破联大会议厅的穹顶，秘书长三浦咚咚地敲着小锤。画面中央的肖李平右手推推玳瑁框眼镜，缓缓开口：“我对‘国家’这个概念厌恶透顶。国家是强加于人类身上的枷锁，生活在国家中的大多数人既不与你发生联系，也不需要被你爱、憎恨、给予和掠夺。对我来说，平等是最重要的事情，我希望这是家庭之间的平等，关系群体之间的平等，创造力意义上的平等，也就是说，我要创造出一种新的社会结构，重新分配地球上的重要资源。

“在第一个阶段，我要求消除国家结构，以技术集团为核心，按照地域特征分化出独立城邦。城市文明应该是独立的、自由的，而在最重要的能源——电力——由特里尼蒂独家供给的前提下，技术应当成为城邦文明之间的等价交换物。城邦之间的地位是平等的，经济行为依托于技术发现；城邦内臣民的地位是平等的，不再有集权者和被专制者，人人都是城邦技术集合体的组成部分。国家解散之后，军队将成为独立城邦，比如一个基地、一支舰队、一群坦克，军队城邦将以军事实力为交换物，向全世界城邦出售安全保证。

“联合国将以崭新的形式运行，负责统筹全世界城邦，维持全球经济平稳，而世界范围内的和平将由特里尼蒂来保证，特里尼蒂的激光炮将降落在所有发动侵略战争、反对特里尼蒂及城邦制度的区域，我想这20多个小时内发生的事情已经证明了特里尼蒂的军事实力。

“以上，就是特里尼蒂对地球上所有国家发出的宣言。如果能够摒弃老旧的观念，放开怀抱迎接新生事物，我们相信在特里尼蒂保护下的地球一定会变成一个更好的地方，获得一个更文明、更安全、更先进、更幸福的未来。

“这是最后一次倒计时归零，我们将进行第三次发射、第四次发射、第五次发射……直到地球交出令人满意的答卷为止。再见，世界。”

挤满2000人的大会厅陷入歇斯底里的疯狂。

这时布兰登·巴塞罗缪博士正在奋力挤出人群，为了穿过人墙离开大会厅，他不得不抡起手提电脑打晕了两个大喊大叫的印度人，跌跌撞撞冲出大厅。2分钟后，他出现在大楼17层的秘书处，总统正在等他。

“请坐，博士。”总统在圆桌那头抬起头来，用空洞的眼眶望着他。博士悚然一惊，尽量不去看总统手中灰蓝色的玻璃眼球。他坐下来打开电脑，转过屏幕向圆桌旁的小组成员展示："这是我的分析结果，总统先生。事到如今，进行心理战的最佳时机已经错过，但还有尝试的价值。如果允许的话，我现在就着手准备，只要在通信中加入必要的……"

"不，另一件事。"美国总统将眼球用力塞回眼眶，转动着一对灰色眼睛扫视副总统、国防部长等一众大人物，最后视线落在博士身上，"告诉我，在只能杀死一个人的前提下，杀掉三个人当中的哪个才能让特里尼蒂整体崩溃？"

巴塞罗缪博士愣住了，问道："为什么是一个人？"

"答案，博士，答案。"总统重复道。

国防部长出言解释："我们刚刚得知还有最后的手段，能够确保毁灭三个特里尼蒂空间站中的一个。虽然消灭美国本土上空的α站是看似最合理的选择，但NASA专家说剩余的两个空间站可以使用光压作为推动力完成变轨，在变轨后继续威胁美国本土，因为两个空间站就能覆盖地球90%以上的可居住范围。因此，我们迫切需要你的建议。"

老人思忖片刻，说道："三个人组成的小团体要形成稳固结构，其中一定有一位主要人格担任领袖角色，就是我们常说的头狼（Alfa Male）。如果将领袖角色杀死，会对整个团体造成毁灭性打击，从属人格的判断力、行动力将严重下降，甚至走向心理崩溃。……经过这段时间的研究和观察，我心中已经有了一些判断，总统先生。"

他望着屏幕上的三张相片。黑发的肖李平戴着玳瑁框眼镜，表情冷漠。金发的莫甘娜·科蒂有着小麦般的肤色，总是面带微笑。亚麻色头发的里克·威廉斯咧嘴大笑，牙齿闪亮。

"是他。"巴塞罗缪的手指落在其中一张脸孔上，"如果只能杀死一个人的话，这是唯一正确的选择。"

距离第三次发射1小时50分14秒

地球—月球拉格朗日点L1，距离地球32.3万公里

ILSS（国际探月空间站）是一个外环直径3公里、内环直径150米的同心圆环状人造星体，它静静地悬浮在地月拉格朗日点，数十台姿态调整发动机不断喷出气体以维持位置稳定。ILSS是12年前由美国国家航空航天局、中国国家航天局、俄罗斯联邦航天局、欧洲航天局和日本宇宙航空研究开发机构共同开发建设的，作为月球探测的中继基地。十几个小时前刚刚有一艘运行在L1晕轨道（围绕拉格朗日点的平动轨道）的货运飞船与太空站成功完成对接，但随着特里尼蒂事件升级，地面站的指令中断了，ILSS上的25名宇航员聚集在主舱室焦急地等待着来自地球的消息。

联系中断9小时后，地面控制中心终于发来通信请求，绿灯刚刚闪烁起来，探月空间站站长立刻点亮麦克风。“休斯敦？休斯敦？”这名英国宇航员在ILSS连续工作了两年零四个月，预定乘坐这艘货运飞船回到地球，此时情绪忍不住激动起来。

“ILSS，这里是中国北京航天指挥控制中心。”

“北京，北京，这里是ILSS，地球到底出了什么问题？我们想尽办法取得联系，可休斯敦一直没有回应……”

“ILSS，启动紧急代码ANEEL5591ED，重复，启动紧急代码ANEEL5591ED。完毕。”留下简短的信息，地面控制中心结束了通信。

“北京！这不是有效的国际通用指令，我不明白……”这名英国宇航员攥着麦克风大声呼喊。这时他的后脑勺忽然传来冰凉的触感，他转过头，发现一支泰瑟枪正瞄准自己的眼睛。

几名宇航员脱离固定位置集中在一起，从便服下面掏出泰瑟枪来，他们都有着黑色头发和棕色的眼睛。“ILSS空间站的宇航员们，我代表祖国发出声明：从现在起中国将对ILSS空间站进行全面接管，你们会被禁锢于D2居住舱，直到北京发布解除紧急状态的代码。任何不配合的行为……”一名中国宇航员大声宣布。他的话还没有说完，一个大块头的美国宇航员用力一蹬舱壁，挥舞着维修扳手从人群中射出来。

这名中国宇航员左手攥住固定横杆，右手扣动扳机，“啪啪！”轻微的击发声响起，银色电击弹嵌入皮肤，那名美国宇航员浑身剧烈地抽搐起来，双眼翻白，失去意识，重重地撞上舱壁，手脚扭曲成不可思议的形状，鼻子里喷出鲜血，化为一串血珠飘起。

“……任何不配合的行为都会落得如此下场。”这名中国宇航员完成了演讲，扫视舱室，其余的太空人脸上充满不解、愤怒和恐惧，但没有人再做反抗。两名中国宇航员押送他们前往D2舱室，主舱室很快变得空旷起来。发表讲话的中国宇航员来到控制台前，熟练地输入128位复合密码，接着掏出一把卡片钥匙插进读卡器，说道：“北京，北京，紧急处置已经完成，申请进入发射模式。”

32万公里之外的声音延迟1秒后响起：“收到，正在确认。休斯敦密匙确认。莫斯科密匙确认。北京密匙确认。射击参数已输入，请进行射击诸元演算与校准。……祖国和人民感谢你们。祝你们好运。”

“收到，北京。完毕。”

舱内的中国宇航员一齐肃立，向遥远的地球敬礼。随着四个密匙输入完毕，ILSS的主控电脑开始对一个空间坐标进行射击演算，整个空间站的电池开始全负荷工作，备用燃料电池也进入运行状态，隐隐振动的嗡嗡声从四壁传来。从位于内环中央的主控制舱看不到外环的情况，但每个人都知道接下来将会发生什么。

12年前建造的ILSS是个单纯的探月中继基地，一个由轮辐状结构支撑的十四间舱室组成的150米直径圆环，但不久之后由中国牵头、美国与俄罗斯参与的SHC（空间强子对撞机）项目启动，5年之后，一个轻而坚固的庞大外环在ILSS外侧成型，在特里尼蒂空间站出现之前，这个周长接近10公里的庞然大物是人类在宇宙空间建造的最大物体。SHC被设计用来研究空间高能带电粒子加速所产生的激波、磁重联等现象，也会进行强子对撞研究，在人类对月球的探索热情下降的年代里，SHC逐渐成为ILSS空间站的主要价值。

但没人知道，SHC不仅是一台昂贵的高能粒子加速器，也能成为一台强大的武器。加速腔末端的机械结构开始变化，SHC正在悄然改变形态。充能过程持续了25分钟，核电池超负荷运行的警示灯闪烁不停。为了达到武器级的发射能量，SHC的运行功率已经远远超过设计指标，接近光速的负离子在加速腔中奔流。“3，2，1，发射。”那名中国宇航员神情肃穆地按下按钮，同一时刻，控制台爆出短路的电火花。

高能粒子在电磁透镜的约束下聚焦，通过那个图纸上并不存在的舱室被剥夺电子成为中性粒子，以亚光速射出SHC的加速轨道。拉格朗日点上的巨大圆环开始结构性扭曲，姿态发动机徒劳地喷射着，只是在加速太空站辐条的应力折断。在危急关头只能使用一次的武器，这是中国与美国、俄罗斯达成的秘密协议，SHC中性粒子炮是地球太空安全的最后一道防线，必须由三个国家联合授予密匙才能启动，没人能预测到它会在何种情况下启动。

这个时刻，就是现在。

中性粒子束在1秒之后降临29万公里之外的特里尼蒂空间站，它轻易撕开空间站脆弱的复合抛面集中器，在巨大的花瓶状结构中扯开一个缺口，然后准确刺入空间站底部那微小的主控制舱室。这庞大到令人难以置信的造物，同时脆弱得令人难以置信，灾难性的连锁反应已经开始，太阳能电站会沿着抛面集中器和底部控制舱的缺口将自己撕成两半，接着坠入不可逆转的坠落螺旋。

距离第三次发射1小时50分14秒

美国纽约曼哈顿联合国总部大楼

布兰登·巴塞罗缪博士指着左边那张照片。黑头发，戴着玳瑁框眼镜，那个沉默的中国人。

“肖李平，他是三个人当中的领袖。如果只能杀死一人的话……杀死他！”

距离第三次发射0小时21分3秒

阿尔及利亚阿德拉尔省特里尼蒂β地面站

摩洛哥餐厅里横七竖八地躺满了裸体男人，酒精、烟草和尿液的味道令人窒息。查奥·阿克宁刚刚醒来，他奋力抬起一条长满毛的大腿，手脚并用地向大厅外爬去。窗外已经天光大亮，阳光照耀着每一座沙丘，远方依然有一条高耸的烟柱连接天空，仿佛神话中通往天界的高塔。

在爬行中，酒瓶的碎片割破了查奥的手掌，他舔了舔伤口，并没有感到特别疼。爬出餐厅后，他在走廊里再次呕吐，然后沿着墙边尽量小心地前进。他要逃到没有人发现的地方躲起来，因为这里所有的人都疯了，包括爸爸和妈妈。

前方有脚步声传来，查奥急忙推开一扇门躲进去，从门缝里看到两个裸体的男人背着枪走过去。“终于到了换班时间，南部沙漠公司没派人来，阿尔及利亚政府军也没出现，真是好运气。”一个人说。“你看电视了吗？特里尼蒂在联合国发表宣言呢，那些大人物都气疯了！动乱到处发生，没人顾得上我们，放心喝酒吧，朋友！”另一个人说。

听到脚步声走远，查奥冲出门向前奔跑。一台挂在走廊上的电视机播报着新闻：“混乱还在加剧，通信线路接连中断，我们将及时跟踪最新情况，请关注我们的网络……”画面突然化为蓝幕，信号消失了。

查奥停下来大口喘着气，他感觉头晕心跳，抬起手来一看，血已经浸透了半条衣袖。他掏出手绢，咬牙将手掌的伤口扎紧，直至此时他还是没有什么痛感，只感到手心一跳一跳，手指温热。他推开一扇屋门走进去，靠着墙角坐下来休息。这个房间是位于基地外缘的公共活动室之一，从大大的窗户投进炙热的阳光。

“爸爸，妈妈……”查奥紧咬嘴唇，尽量忍住泪水。

忽然地上的阳光暗淡了。查奥抬起头，发现右边天空出现一大块阴影，正巧遮住了太阳的位置。那不像云朵，也不像飞机，更像一朵有着大大花瓣的鸢尾花。“……那是什么？”他伸手一摸，发现自己的玩具望远镜还塞在衣兜里，于是掏出望远镜观察天空。在放大的视野里，阴影表面有着复杂而规律的线条，而那些纵横的线条正在快速移动并放大。

突然一道闪光出现，刺痛了查奥的眼睛，他大叫一声丢掉望远镜。黑影已经移动到天空中央，无数闪光点出现在阴影中，以令人眼花的频率闪烁着。随着闪光替代影子，天上的轮廓逐渐变为一面巨大无比的镜子，散发着比太阳强烈千百倍的耀眼光芒。皮肤被光线灼痛，查奥缩进两个柜子之间的夹缝，勉强睁开红肿的眼睛，看到白热的光斑快速扫过地板。天上有10000个太阳正在坠落。

他捂住眼睛尖叫着，试图把超自然的场景驱逐到现实之外。对于这动作，他似乎很熟悉，隐隐约约想起在自己很小的时候，也曾这样捂住眼睛、耳朵尖声大叫，希望尖叫结束之后，可怕的画面就会消失不见。

他的尖叫声逐渐嘶哑，直到弱不可闻。查奥慢慢松开手指，从指缝中望外面，发现阳光已经暗淡了，地上的光斑呈现一种异样的红色。他慢慢地爬出角落，抬起头看天空，天空正在燃烧，血红色的火焰布满整个天穹，如同天地颠倒，自己正在热气球上俯视沸腾的红色海洋。他坐在地上，身体不住颤抖，红色天光将他沾血的脸映得忽明忽暗。“……妈妈……”他嘴唇翕动，发出无意义的呼唤，浮现在脑海中的并不是餐厅中那个癫狂的裸体女人，而是一个更模糊、更温暖的形象。

他用力撑起身体，慢慢向外走去。走廊里没有人，玻璃穹顶翻滚着红色光影，整个世界被染成怪异的粉红色。他隐隐约约听到摇篮曲的声音，那是他乞求妈妈多次却从来未曾听妈妈吟唱的曲子，查奥不知道自己在何时何处听过这歌儿，但觉得无比熟悉。

“睡吧，宝宝睡吧，宝宝马上睡着了。

睡吧，宝宝睡吧，宝宝一会儿就睡着了。”

他停下脚步侧耳倾听。那不是幻觉，摇篮曲从墙上的音箱里传来。某些久远的记忆被唤醒了，查奥看到一个小小的自己躺在床上笑着，或许两岁，或许三岁。一个面目模糊的女人坐在床边，轻轻唱着这首温柔的曲子。“查奥。”她说，“查奥，你知道吗？我不是个尽职的母亲，为了获得那个宝贵的机会，我向所有人隐瞒了你的存在，可他们知道了，那个我曾经加入，又因为理念不合而退出的组织……听着，查奥，你可能会忘记我，因为你太小了。可是答应我，有一天你再听到这首曲子的时候，你要开始奔跑，向门外跑，向房子外面跑，向远离人群的地方跑。我不知道那是什么时候什么地点，你又会是什么模样，可是查奥，我求你答应我，就开始跑吧，不要停下……”

“……妈妈？”两行泪水流下，查奥呆呆地望着音箱。摇篮曲很短，播放完一遍之后又开始重复。

查奥·阿克宁开始奔跑。他冲过红色的走廊，推开红色的门，跳下红色的台阶。他经过一间摆满机器的房间，里面的人在嚷着：“通信系统出现故障了！可能通信中断之前被人入侵了，现在内部广播在重复播放一首该死的儿童歌曲！”他绕过一群聚在一起的男人，男人们惊恐地望着天空，仿佛化作石像。他冲过红色的小花园，面前就是红色的基地大门，门关闭着，查奥扑倒在门前，尽力伸出那只没受伤的手，按在控制面板上。

门开了，红色的沙漠出现在眼前。查奥跌跌撞撞地跑向红色的世界。

基地岗楼上的男人发现了他，举枪瞄准，可查奥笨拙地奔跑着的身影让他犹豫了。这时背后响起一个女人的声音：“你在干什么！”这个裸体的女人将他狠狠地推到一边，抓起那支12.7毫米的狙击步枪，用十字瞄准线捕捉红色沙丘上那小小的身影。“查奥！”她大喊一声，“你给我回来！”

查奥似乎听到了她的声音，但没有回头。

距离第三次发射0小时16分22秒

地球静止轨道特里尼蒂α空间站控制室

里克·威廉斯安静地浮在舱室中央，紧闭双眼。刚才的一个多小时里，他亲眼看见了为好友肖李平举行的那场壮烈火葬。

特里尼蒂γ太空站被SHC的中性粒子束击中便开始坠落，绕地球飞行了一圈半之后进入大气层，尽管复合抛面集中器的展开面积比美国国土面积还要大，但单位面积重量非常轻，上亿块轻薄的反光板在剧烈摩擦中化为火焰，天火掠过地中海、大西洋，照亮了整个美洲大陆，将8亿人从凌晨时分的睡眠中唤醒。特里尼蒂γ站残骸的绝大部分在大气层中燃烧殆尽，只剩下控制舱的部分碎片拖着长长的焰尾坠入太平洋。南太平洋所罗门群岛迎来亿万年间最明亮的一个黄昏，千百道炙热的火线贯穿天地，坠落在小岛上的碎片点燃椰林，空气中充满硫黄和焦炭的味道，海水滚滚沸腾，瓜达尔卡纳尔岛上的居民惊恐地下跪祈祷，因为眼前的画面仿若1942年那个硝烟弥漫的深秋。

地球与空间站之间的通信中断了。里克·威廉斯与莫甘娜·科蒂进行了简短的对话，无须太多言语，在决定启动计划的时刻他们就预见到所有可能的结局。“莫甘娜，第三次发射由我来完成。发射前我会试着联系休斯敦，肖的太空站坠落所造成的干扰应该快消失了。”

“我知道了。碎片越来越多了，我会增加激光防御系统的发射功率。”

“好的。如果当初老肖猜测得没错，这就是地球的最后一张牌了吧。希望地球上的伙计们也能按时完成工作。如果计划顺利的话，一切就会很快结束了。”

“希望如此……”

“莫甘娜，你还好吗？”

“我很好，里克。”

“休息几分钟吧，别忘了吃饭。”

“我知道，只是还有一些事情要处理。”

“什么事？我可以帮忙。”

“没什么，私事而已。……啊，好想吃巧克力香草冰激凌。”

里克·威廉斯睁开眼睛。倒计时还剩下15分钟，他移动到控制台前，选择第三次发射的目标城市。列表里有一长串熟悉的名字：旧金山、洛杉矶、休斯敦、西雅图、芝加哥、波士顿、华盛顿、纽约等等。纽约，他出生并长大的地方。优等生、常春藤优秀毕业生、运动明星、全民偶像、航天英雄，他身上挂满一个纽约客所能拥有的最好标签。作为大苹果之城的孩子，他就是美国梦本身。

“确定？”代表锁定目标的红色对话框跳出来。

里克·威廉斯毫不犹豫地点击了“确定”。

距离第三次发射0小时7分51秒

美国纽约曼哈顿联合国总部大楼

布兰登·巴塞罗缪博士拖着疲惫的身体离开联合国大楼，沿42街慢慢向中央车站方向走去。天空已经恢复纽约那种雾蒙蒙的黑色，但街头还是挤满了人，警笛声四处鸣响，所有的电视都在播放同一个直播画面，总统的演讲已到了最高潮。即使已接近30个小时没有休息，电视上的男人还是显得精力充沛、勇敢而强大。总统挥舞着拳头说："我要求国会宣布美国和特里尼蒂之间进入战争状态，我们将尽全部努力保卫自己，保卫美利坚合众国的土地乃至整个地球的安全，这是美国的意志，是人民的意志！我们必将取得胜利，愿上帝帮助我们，天佑美利坚！"

掌声和欢呼声震天响起，人们被慷慨激昂的演说所振奋，呼喊着"天佑美利坚"的口号在曼哈顿街头展开游行。巴塞罗缪博士尽量躲开狂热的人流，从燃烧的汽车和碎裂的橱窗间穿过，他在美国总统身边的任务已经完成，是时候找间舒适而安全的旅馆好好睡上一觉了。

这时电视直播画面忽然切换了背景，游行的队伍在街角的大型LED屏幕前放慢步伐。博士抬起头，看到电视上出现一间新联邦装修风格的办公室，一位身着正装的中年人端坐在镜头前。滚动字幕显示："有线电视网紧急报道，来自新墨西哥州圣塔菲市州长办公室的直播画面，新墨西哥州州长霍华德·斯托克菲尔德要求对全美直播。"

"美国的人民，新墨西哥的人民。"州长用浑厚低沉的声音演讲，"大约在300年前，准确地说是1789年，独立战争胜利后的第6年，法定建国后的第13年，美国宪法开始生效。'我们合众国人民，为建立更完善的联盟，树立正义，保障国内安宁，提供共同防务，促进公共福利，并使我们自己和后代得享自由的幸福，特为美利坚合众国制定本宪法。'300年来宪法保护了我们的自由与进步，使美国成为有史以来最民主与最强大的国家，然而今天，这一切应当改变了。特里尼蒂为我们提供了一种更加先进的社会形态，那是热爱自由的美国人民从拓荒时代就在寻觅的一种可能性。

“根据1791年12月15日通过的宪法第10修正案，‘宪法未赋予联邦政府的权利都属于各州和人民’。现在，新墨西哥州将行使宪法，做出对本州人民最有利的选择。

“是的，我在此宣布新墨西哥州正式脱离美联邦，以特里尼蒂新墨西哥公司、特里尼蒂α地面站为中心成立新墨西哥-特里尼蒂城邦，城邦边界与新墨西哥州界相同，城邦的政权组织形式将随后发表，新墨西哥国民警卫队将成为城邦的自卫武装力量，美国陆军部队会遭到友好驱逐。由于形势的特殊性，本决定未经州议会审议，但我已经取得两院超过90%议员的同意签名。

“在此号召美利坚各州以技术企业为核心脱离联邦政府独立，新墨西哥-特里尼蒂城邦将联合特里尼蒂共和国为各城邦提供安全服务，以及绝对充足的太阳能电力保障。感谢联邦政府300年来所做的努力。从今天起，新墨西哥人将为自己的幸福继续奋战！”

游行的队伍停滞了，大屏幕的光芒照亮无数张呆滞的脸孔。巴塞罗缪博士嘴角泛起苦笑，在街边剧院的一根罗马柱旁边坐了下来，慢慢掏出香烟点燃。

新墨西哥州独立的消息所造成的震撼尚未平息，有线电视网再次转换频道，强作镇定的主持人说道：“这是来自前方的直播画面，特里尼蒂要求与美国总统直接对话，并向全美直播。新墨西哥州独立的合法性还未得到证实，所以目前直播还是面向50个州进行……啊，几秒钟前阿拉斯加州政府也发出了直播请求，他们有宣言要发表……”

画面切换为左右两栏，里克·威廉斯与美国总统出现在同一个屏幕上。这名美国宇航员说：“总统先生，我们失去了三分之一的国土面积，三个特里尼蒂太空站中的一个，失去了一名珍贵的伙伴。肖是我见过的最睿智、敏锐而仁慈的人，我爱他。如果地球上的所有人——我是说任何人——能够了解他一点点的话，都会像我一样爱上他。这是个错误，总统先生，这是个错误。”

“他是个该死的刽子手！你们也是！”总统的眼皮跳动着。

里克·威廉斯张开双臂，说道：“现在我只有一个要求，即解散军队，给美国陆军、海军、海军陆战队、太空军、国民警卫队与预备役部队以自由。让每个舰队自由，让战略核潜艇部队自由，让中东的陆战队自由，让士兵自由。让军队作出自己的选择，是成立城邦，就地解散，还是被特里尼蒂毁灭。”

“……我会将你所在的太空站击落，将你烧得一根头发都不剩，就像你亲爱的伙伴那样。”总统阴冷的灰色眼睛眯了起来，脖子上青筋绽起。

“1分钟，美国人民，总统先生。”里克·威廉斯根本不理会他，竖起一根手指，“1分钟后，特里尼蒂的激光束将降落在长岛纳苏郡的亨普斯特德，以每秒50米的速度向西移动，依次毁灭皇后、布鲁克林和曼哈顿。你所在的联合国总部大楼将在7分钟之后化为乌有，7分钟足够你本人和智囊团远走高飞，但800万纽约居民无处可逃。倒计时55秒，54秒……”

总统掀翻了桌子，为上镜而精心准备的妆容被汗水涂花。“你说什么？我不允许你这样做！我不允许！这是反人类的罪行，你这魔鬼，你是魔鬼！美国会尽一切力量……”他喊叫着。

“50秒！……我的家就在曼哈顿。”

信号中断了，只剩总统一个人在镜头前狂吼，他涨红了脖子，假眼珠被挤出眼眶，显得恐怖异常。恐惧降临，每个人都开始奔跑，凌晨2点的纽约街头开始一场疯狂的大逃亡，大楼吐出汹涌的人流，人们从堵塞的车中跳出，从同伴身上踩过，哭喊着涌上街头，向西冲往乔治·华盛顿大桥。桥梁入口很快被塞满，人流冲击着挤满黑压压人头的西街，许多人哀号着跌入冰冷的哈德逊河。

布兰登·巴塞罗缪博士没有跑，他太老了，也太疲惫了，以至于求生意志显得软弱无力。他抽完一根555牌香烟，用烟头点燃第二根，深深地吸了一口，转头看东方。不知什么时候，遥远的地方火光升起，迅速化为一根通天彻地的火柱，火鞭抽打着高耸入云的大厦，楼宇倾倒，道路消熔，夜空再次变得火红。热风吹动老人乱糟糟的花白胡子，他吸了一口香烟，鼻腔里灌满了火焰的味道。

“肖李平……”他自言自语着。一位母亲抱着孩子从他的身边跑过，博士捡起孩子掉落的一只鞋，喊了一声，可声音被呼啸的火焰风暴所掩盖。无数鸟儿乘着热气流划过天空。“噗！噗！”几个井盖突然飞了起来，被煮沸的水从下水道井口喷出，变成被蒸汽笼罩的喷泉。博士感觉到自己的头发、胡子和手背上的汗毛在热浪中蜷曲了，即使落点还在10公里开外，激光束也造成了强大的热辐射效应，一株从罗马柱底部裂缝里顽强生长出来的羊茅草迅速枯萎下去。

“肖李平，如果不是你该多好。”巴塞罗缪博士叹道，“你应该留下来领导特里尼蒂才对啊，没有你之后，计划变得如此极端……我们身上的罪孽都太深重了。”

第三次发射

北京某处地下建筑

“报告！根据航天局的建议，最新的作战计划已经完成！”

“调阅！”

“是，首长！”

一份作战方案呈现在国家领导人面前。肃立在领导人身后的军官扫视过方案内容，点了点头。国家航天局的专家指出特里尼蒂空间站的自动激光防御系统有着非常强的识别—锁定—击毁能力，但根据空间站的位置和现在的节气，空间站在每天某个特定时刻将会被地球阴影遮挡45秒的时间，特里尼蒂空间站虽然有着容量相当大的蓄电池和备用燃料电池系统，但无法满足防御激光多次发射的消耗。在这个狭窄的攻击窗口到来时，如果投入全部太空力量进行饱和攻击，就可以对空间站控制部分造成重创。

“……绝对不可以稍微松懈自己的战斗意志，任何松懈战斗意志的思想和轻敌的思想，都是错误的！”国家领导人用拳头狠狠地砸着桌面，“如果能够对敌人加以详细分析，制定战术规划，怎能造成前两次攻击的失败？幸好现在中国上空的空间站已经坠毁，我们有时间再次组织太空军发动攻势，趁恐怖分子的注意力集中在美国……”

听到这里，军官默默地敬了个军礼，退出了这间战略情报室。他很清楚现在中国面临的现状：太空军事力量消耗极大，短时间很难组织起有效的攻击梯队，而把握45秒的狭窄时间窗口又太难，战术是有效的，执行却无比艰难。中国最杰出的军事参谋集中在屋里，负责情报方面工作的他帮不上什么忙，与此同时，他刚刚收到了另一个非常有用的消息。

“说。”站在走廊里，他开启了骨传导耳机。

“报告首长，肖李平的加密资料已经被破解，发现了15G的资料，我们整理出一份恐怖行动相关人员名单，共有近200人，按照联络的频率排列。”

“好。”

军官点亮墙壁上的屏幕，打开那份长长的名单。在名单前列，他看见了里克·威廉斯和莫甘娜·科蒂的名字，下面一些名字他不认识。“刘乾坤、查尔斯·唐、涅米尔·科洛莫涅夫、佐薇·阿特金森……”军官喃喃地念着，目光停在一个名字上面：布兰登·巴塞罗缪。“巴塞罗缪博士，他好像在美国紧急事态小组里面，是一位心理学专家……”

这时耳机嘀嘀一响，原成都军区“西南猎鹰”特种部队对丹巴县特里尼蒂地面站的攻坚战打响了，军官立刻转身走向战略情报室。无论天上的敌人多么强大，中国终究会赢得最后的胜利。对此，他坚信不疑。

阿尔及利亚阿德拉尔省特里尼蒂β地面站

查奥·阿克宁不知道自己跌倒了多少次，更不知道自己在第二次跌倒时幸运地躲过了一颗基地方向射来的子弹。他向苍茫的沙漠深处跑着、跑着，直到精疲力竭跪倒在地再也爬不起来。他喘息得如此剧烈，仿佛有一只大手从喉管伸进去紧紧攥住他的肺，又向他嘴里撒了一把粗粝的沙。

不知过了多久，他才逐渐能够呼吸。查奥用尽力气翻了个身，望着自已来的方向，基地已经变成沙漠中一个银亮的方块。这时天空已经不再发红，阳光依旧灿烂，可对亲眼见过10000个太阳坠落的他来说，现在的太阳光已经不算什么。

他用玩具望远镜看远方的基地，基地静悄悄的，那些可怕的大人没有追出来，或许是认为他不再重要。这时伤口的疼痛、身体的疲惫、嘴巴的干渴一齐袭来，查奥浑身抽搐着缩成一团。蒙眬中听见熟悉的曲调响起：“睡吧，宝宝睡吧，宝宝马上睡着了……”他的意识逐渐下沉、下沉，沉向漆黑一片的谷底。

忽然有什么事情发生。查奥从危险的半昏迷状态猛然惊醒，摇篮曲消失了，他左右看看，沙漠与基地都没有什么变化，可他的头发都立了起来，浑身汗毛直竖。“……妈妈？”他哀叫着，强撑着身体站起来，向提米蒙的方向慢慢挪动，走向沙漠的尽头，那高高烟尘之柱所在的地方。

他并不知道在几秒钟以前，特里尼蒂β空间站进行了一次极其短暂的激光发射。莫甘娜·科蒂向地面站进行了0.02秒的激光照射，激光准确命中靶心，没有造成基地的任何物理损伤。但强大激光束的轰击带来电离效应，一条等离子体的通道被制造出来，尽管只存在了极短的时间，但足以导致这些高温的等离子体四散剥落，把周围的一切生物体烧成灰烬。特里尼蒂太阳能电站使用激光输电时，周围数十公里的人都要疏散，但此时基地里还有一群等待接收胜利果实的NLF成员，那些喜爱暴力、崇尚裸体的男人和女人。

查奥再次摔倒，陷入了昏迷。天上响起隆隆巨响，阿尔及利亚政府军的武装直升机编队飞来，但这时特里尼蒂地面站早已架设好的毒刺地对空导弹已经无人操作。那些极端环保主义者在地球上留下的最后痕迹，是基地走廊里飞扬着的一抹灰。

美国纽约曼哈顿 42街

“肖李平啊……”

布兰登·巴塞罗缪博士决定毁灭肖李平的空间站，因为他知道肖李平已经死去了，在美国发动第一次袭击的时候。“殉道者”攻击卫星的巨网在经受数十次激光拦截之后，化为一团金属炮弹，击中了特里尼蒂γ空间站的控制舱，舱体被撕裂了，氧气在短短半分钟内泄露一空。肖李平身上的轻便宇航服也没能起到保护作用，因为碎片在舱内四处溅射，敲碎了他的头盔。

2分钟之后，自动修复系统将裂口黏合，恢复了舱内供氧。肖李平安静地浮在空中，破碎的面罩内有一团晶莹剔透的血珠飘动。探测到他的心跳停止，一个预先设定好的程序接管了通信系统，它先向其他两个太空站发出平安的信号，然后开始监视特里尼蒂同地球的联络，在恰当的时刻播放早已录制好的画面。

40个小时前，肖李平调暗舱内灯光，制造出舱室破损的画面错觉，录制好那几段讲话。为了让巴塞罗缪博士察觉，他做出几个微小的动作暗示，比如更换推玳瑁框眼镜的那只手。其他两名宇航员也做了类似的准备，因为死亡几乎是不可避免的。

其实无须特别暗示，博士也早发现录像与真人的差别，因为在倾听其他人讲话时人类会不自觉地加以反应，体现为面部肌肉的微小动作。除了行为分析学专家，其他人看不出总是板着脸的肖李平与他的视频形象的差别，这就是巴塞罗缪博士在总统身边的任务：在关键时刻，诱导美国做出伤害最低的选择。

天边的火龙卷越来越近，街边店铺的招牌都开始燃烧。巴塞罗缪博士抽完最后一支烟，用鞋跟细心地将烟头碾灭。就在这时，火焰的呼啸声忽然变了，天空中的火柱不再向西前进，而是停止在布鲁克林区与长岛的边缘。

“啊，成功了吗？”博士惊喜地站起来，因为速度太快而头晕目眩，“难道美国政府真的答应……”

一颗子弹从后面贯穿他的心脏，嵌在肋骨上面，冲击力如一把铁锤将这个老人狠狠地击倒在地。那名光头的FBI高级探员斜靠在小巷墙上，一边将矿泉水浇在自己头上，一边冷冷地盯着博士的尸体说：“终于还是露出马脚了嘛，就像我老爹说的，下巴留胡子的，没有一个好人。”

地球静止轨道特里尼蒂β空间站控制室

莫甘娜·科蒂掩面哭泣，泪珠从指缝中涌出，随着身体的颤抖在空中飘散。肖李平死后计划有所更改，她要负责对欧亚大陆大部分国家的激光威慑，保卫特里尼蒂地面站的安全，直至攻占地面站的NLF核心成员召集整个欧洲和北非的NLF军事力量，围绕地面站建成特里尼蒂地面城邦。

但她没等到那个时刻到来。一张被泪痕洇湿的照片在空中缓缓旋转，那是7年前在法国马赛一家私人医院拍摄的，满脸悲容的她躺在病床上，望着窗外的灿烂阳光。“2小时后，新生儿因为呼吸窘迫综合征而死去。”这是医疗记录上对她产下婴儿的描述。简历中提到了这一点，特里尼蒂选拔项目进行心理测试时考官只简单问了几句，谁愿意伤害一个美梦只做了2小时的单亲妈妈呢？

但莫甘娜知道那个孩子还活着。她是半自愿加入特里尼蒂计划的，为了确保她不中途背叛，欧洲的NLF组织绑架了她的儿子——那个从未存在于任何官方记录中的非婚生子。7年中她只与孩子共处了2个月，60天里莫甘娜每天抱着自己的孩子，唱歌哄他入睡，分别时她流尽了眼泪，几乎当场崩溃。

她不知道如今男孩长成什么模样，查奥，这是莫甘娜起的名字，如今能够将母亲和孩子联系在一起的也只有这个空洞的名字而已。在不久前的一次通信中，β地面站的佐薇·阿特金森再次提到了孩子的事情，那个一直以男孩母亲身份生活在提米蒙的NLF高级成员裸着身体在屏幕上大笑着，说男孩很好，很习惯基地的生活，并且将一直幸福快乐地在基地生活下去。

佐薇·阿特金森那沾满血污和其他液体的胸脯让莫甘娜彻底崩溃了。她知道再也回不到那颗蓝色的星球，自己只能孤独地飘浮在星空与太阳之间，等待死亡在某个时刻来临——她的生命或许还剩1小时，或许还有10年。她清楚自己再也见不到她的查奥，便再也无法忍受那个丑陋的女人继续扮演本应由自己来担当的角色。

如果肖李平还在，或许会用那种永远低沉而理性的声音来安抚她吧，可现在孤独的母亲失去了指引之光。她向地面站发送了一段摇篮曲，短暂地夺取地面站的控制权。“跑吧，查奥……”她哭泣着，按下发射按钮，将强大的激光脉冲射向地面。

“那孩子死了。”莫甘娜想。她不惜为孩子谋杀了提米蒙的3万人，现在，她又谋杀了特里尼蒂在非洲的计划，谋杀了她的孩子。

“……莫甘娜？”里克·威廉斯的声音响起。

“对不起……”莫甘娜说。

舷窗旁边，蓝色的地球依然平静，三人合影的照片微微泛黄。

美国新墨西哥州奥特罗县特里尼蒂α地面站

查尔斯·唐喝完了一整瓶杜松子酒，感觉有点昏昏沉沉。他坐在屏幕前面，等待那个关键时刻到来。如果计划没有出岔子，特里尼蒂α空间站就快与他联络了，到时候他会带队撤离地面站，到40公里外的安全屋去遥控电站运行。一条激光输电线路将搭建起来，太阳能电力通过变电站被送入电网，向数百公里外的其他州——或者说其他城邦——输送，以显示特里尼蒂计划的发电能力。

但α空间站迟迟没有联络，他不知道天上发生了什么事情。从头到尾特里尼蒂都是一个松散的组织，来自不同国家的人出于不同的目的聚在一起，怀揣着各自不同的梦想，使用激光作为长矛，向各自不同的目标发起挑战。查尔斯·唐知道他们每个人都是彻头彻尾的疯子，可是话说回来，他不讨厌疯子。

基地外面的沙丘旁边，沙漠角蜥在牧豆树下陷入安眠，凉爽的沙土冷却了它的体温，这小小的爬行动物终于可以舒适地睡个觉了。它还在憧憬着明天的狩猎，那窝美味的墨西哥蜜蚁就在红柳丛中等着它。角蜥已经迫不及待地想看到明天早上的太阳了，阳光会给它温暖，给它生存与繁殖的终极力量。

尾声

他们在太空中俯视地球。这不是最适合观察的距离，肉眼看不清35800公里之外地球的细节，可那嵌在观察窗中央的蔚蓝星球仍旧牢牢地吸引着他们的视线。无论从怎样的角度观察，它都美得令人忘记呼吸，仿若一颗闪烁光芒的、具有魔力的蓝水晶。

“莫甘娜，你还好吗？”一个人忍不住开口。

“对不起，里克。我搞砸了一切。老肖的死，让我……”莫甘娜说道。

“希望还在的，不要自责，火种已经点燃，会一直燃烧下去的。我猜……是为了那个孩子。”

“我不知道！我不知道，里克。我害死了他。”

“你从来不说那孩子的事，比如孩子的爸爸是谁。”

……

“放心，莫甘娜，孩子一定还活着，就像这地球会永远存在下去一样。”

“嗯。”

“你有没有发现，我们虽然在太空里，可是从来不看背后的星空，只盯着地球看呢？”

“……因为背后被复合抛面集中器挡住了？”

“不，因为我们爱地球啊。”

“哈，你说得对。”

“想唱唱那首歌吗？”

“当然。……好想吃巧克力香草冰激凌。”

“巧克力，还是香草？”

“巧克力香草。你们男人总是搞不懂。”

“It never gets old, huh?”

“Nope.”

“It kinda makes you wanna, break into song? ”

“Yep!”

清亮的女生唱起了歌儿的旋律：

“I love the mountains,
I love the clear blue skies,
I love big bridges,
I love when great whites fly,
I love the whole world,
And all its sights and sounds.”

两个声音合唱：

“Boom De Yada! Boom De Yada!
Boom De Yada! Boom De Yada!”

这段副歌重复了许多遍，直到他们笑得喘不过气来为止。

后记：

这是描写一群反人类、反社会的坏蛋的故事，结局怎样？我也不知道，坏蛋大概没有好的结局吧。这篇小说也是“灰色城邦”某个可能的开端之一，由《星空王座》男配角肖李平、里克·威廉斯、巴塞罗缪博士等友情客串。写这么长，大家阅读辛苦了，下篇再见！

末世

琴童

十二岁，怎么看他都还是个娃娃，别说做个够格的弦师，光背起板胡的样子就叫人发笑。琴童把背带紧紧挽着，走起路来，琴箱啪嗒啪嗒地拍打着屁股。

他不觉得丢人。师父走得早，传给他吃饭的本事和这把用了40年的胡琴。梆子戏他会那么十来出，嗓子没倒仓，尖，唱男角儿不好听，可拉起琴来毫不含糊，最得意的是《打金枝》《灵堂计》《茶瓶计》这几出大戏。虽然没和过锣鼓家伙，但自己踩着点儿，弦子一响，尺寸、松紧、高矮都在心里头。师父当年夸他说火候真足，天生是吃这碗饭的命。

可他找不着演员跟他和弦。

琴童独个儿走着，路又长又直，长满了草。不远处有个大裂缝，他小跑两步跳过去，板胡啪地拍在屁股上，他回过头，看是不是师傅又活了。

天色还亮着，他绷紧竹弓，调好弦拉起来，唱道：

十余载离故里归心似箭，跨上了千里马一直正南。不怕它荒草地风沙扑面，心有事我只管快马加鞭。

唱两段《三关排宴》，他走到一个镇子。琴童背好板胡，拍打裤子上的灰尘，抹净路边车子的后视镜照照自己，用手指把头发往后耙，再向前走，继续唱道：

穿云峰过雪岭山高路远。（白）老伯母！且喜得今日里得见慈颜。

正巧瞧见旁边商店玻璃门后面有个小姑娘在看着他，琴童忍不住扑哧笑了。他停下脚步，隔着脏兮兮的玻璃跟小姑娘对视，吃不准是他年纪大点，还是对方年纪大些，终于还是客气地说：“姐姐，可有大人在家？”

女孩没说话，若不是嘴里嘟嘟哝哝，就像个橱窗里的模特娃娃。

琴童鞠了一躬，说：“俺是上党梆子戏班拉弦子的，如今孤身一个儿，凭本事换口饭吃。要没有大人在家，俺进去取点吃的，唱段戏给你听可好？”

女孩不说话。

琴童说：“那好。”

他推开门进去，取了点罐头和水出来，隔着玻璃，拣《酒楼洞房》里文雅的句子给女孩唱：

凭窗望姑苏城远山关隘，金风吹枫叶红霜打不衰。

见女孩盯着他的板胡，琴童就笑着说：“这叫椰子胡，是我的宝贝，40年前俺师傅找老椰子和泡桐木做的箱子，请老师傅配的檀木把儿，两根老弦用的苏州虎丘蚕丝弦。”

说完，他再鞠一躬，又道：“俺走啦，天快黑了。”

胡琴啪嗒啪嗒地拍着屁股，娃娃琴师离开镇子，在又长又直的路上走着。天黑之前，他得在野地里找个宿头。

这世上还有没有人听上党梆子？他不知道。世上除了他，还有没有活人？他更不知道。病毒蔓延的第三年，站着的成了吃人的鬼，躺下的成了鬼的粮食。师傅临死前让他走得远远的，一直往南走。南边有活路？或者往南走能回家？师傅没来得及说，此后也没人告诉他。或许戏文说得有道理吧。

他定好弦，唱道：

不怕它荒草地风沙扑面，心有事我只管快马加鞭。穿云峰过雪岭山高路远……

啪嗒啪嗒，琴童走远了。

孤铁

对太阳系的探查进行得颇不顺利。探测器掠过红色星球之后不久，蓝色星球进入视野，生命计量表的指针依然停留在刻度0处。科学家用力拍打计量表的外壳，红色指针左右摆动，然后缓慢而顽强地回归原位。

此前猜测可能存在生命的两颗行星都是无主之地，这让科学家非常失望。他关掉通信器，进入长达12个时间单位的漫长缄默。在这段时间中，他在红色与蓝色星球之间进行8字绕行，试图寻找文明存在过的痕迹。悲伤不断撕扯着他的灵魂，因为孤独是生命最大的敌人，他即将在绝望中爆裂，将体内芽孢释放出来，以一个吵闹群体的方式延续生命。

就在此时，计量表指针微微摆动起来，科学家用力盯着老旧的仪器，试图确认自己看到的是神迹，而不是某种幻觉。当探测器再一次从蓝色星球上空掠过时，指针再次偏离中心线。科学家欣喜若狂地降低探测器高度，飞船的轨道愈接近星球表面，计量表就愈加活跃，直至指针停留在刻度1处。

科学家俯瞰这颗星球。无论从哪个角度观察，这都是颗丑陋畸形的星体：它的一端浸泡在蓝色液体中，呈现光滑的曲线；而另一端是由灰黑色岩石构成的瘤状物，隆起部分最高点刺穿大气层，孤悬于太空中，由于太阳风侵蚀与小行星撞击，表面布满坑洞。隆起部分倾斜于自转轴，重心偏移导致这颗行星的自转完全失衡，在太阳引力和内部应力的拉扯下，它摇摇晃晃的公转曲线必将指向太阳。——蓝色星球死期已近。

根据仪器指引，科学家悬停在瘤状物尖端，他看到的是陨石坑当中矗立的小小山体，一座色泽、质地及结构与石质肿瘤完全不同的奇异山峰。山峰之下，科学家找到了那个研究对象，探测器曾经造访的279个星系当中唯一的生命体。

“你好，伙伴。”

孤独的生命体正在搬动一块岩石。它用前肢将岩石举起，后肢攀附于山体表面，在低重力环境下谨慎地移动着。当科学家用长波、激光和重粒子束发去信号时，生命体并未表现出惊诧，它抬起头部，遥望探测器伤痕累累的外壳。

科学家收到了短波信号承载的回答，花了一点时间学习对方的语言：基于原始语义结构的低级语素语言，这在硅基生命中相当罕见。

“你好，我是AHCZbj-033。”

生命体低下头继续自己的工作。它正在用石块修补山峰的一处凹陷。

在科学家看来，它修理的速度尚且比不过山峰在低轨道太空垃圾冲击下受创的速度，但生命体看似对效率并不在意。科学家受挫于对方的冷漠，却依然发出热情洋溢的信号。

“相聚多可贵，是吧？这么多太阳，大家却这么孤单。”

生命体这次没有停下脚步。

“你好。”

“我没有名字，我的职业是宇宙生命学家。在整整4000个时间单位里，我一直在寻找银河系猎户座旋臂的生命，以及生命起源及消亡的奥秘。很遗憾，我一无所获。用（你们的）语言很难表达我的喜悦之情，如果不打扰的话，我想听你谈论这颗星球文明的故事。如果你允许的话，我会打开通信器，向所有伙伴直播这次宝贵的会面。”

“我不明白你的话。”

“我是说，有关你或你们的族群如何诞生的故事。以46亿年（我们的1200万时间单位）的漫长历史来看，你一定有许多故事可以说。比如，随着地质和气候变化，从液态金属池中燃起的硅基生命火种……”

“下面为您播放气象预报。安徽省滁州市琅琊山风景区未来24小时的天气是……”生命体再次停下脚步做出回答，接着沉默片刻，“对不起，无法连接气象服务器。”

它的语气并没有道歉的意思。

科学家有点苦恼。他尝试多种对话方式，生命体只给予这种缺乏逻辑的简短回答。他打开通信器，向伙伴们播放眼前的画面。赞美声过后，大家一致认为眼前的蓝星生命缺乏沟通的欲望，出于对对方文化信仰的尊重，这场对话应当尽快结束。

孤独感在科学家体内膨胀。他反复思索，接着问了三个问题：

“AHCZbj-033，我们身在何处？”

“请问这座山峰有名字吗？”

“能否允许我探查这颗星球的历史，以绝对匿名及非商业研究的方式？”

生命体不假思索地做出回应：“这里的坐标是南纬S32°16′52.96″，西经W62°02′85.47″，阿根廷圣菲省圣赫罗尼莫县科龙达镇。”

“琅琊山，位于安徽省滁州市西南约5公里，现滁州市的西郊。主峰小丰山，海拔317米，总面积240平方公里。‘环滁皆山也，其西南诸峰，林壑优美，望之蔚然而深秀者，琅琊也。’琅琊山以其山水之美，更因有千古名篇《醉翁亭记》和琅琊寺、醉翁亭等名胜古迹而传誉古今。始建于唐代大历六年（771年）的琅琊寺，至今已1200余年。建于宋代庆历六年（1046年）的‘醉翁亭’，至今已900多年……”

抛出4402个字节的长篇大论后，针对第三个问题，生命体简短回复：“对不起，无法连接历史百科服务器。”

这时科学家关掉通信器，主动将这个答案理解为“允许”。

他拉起互射感应器手柄，向远方的自动应答机发去信号，根据自折叠算法，他与这台互射自动应答机之间的相对距离为46亿光年，随着叠加空间层数的削薄，相对距离会不断减少。不久之后，应答机传来了46亿年之前蓝色星球刚刚凝结时发出的引力波数据，并随着时间拉近，直至此时此刻。这些引力波数据中埋藏着这颗星球的全部历史。

科学家转动手柄，数据化为可视模型在不住翻页的屏幕上出现，从一团被灼热熔融物质包围的铁镍核心开始，到地表凝固收缩形成高山与低谷、释放出气体形成大气层，直至冷却后的星球被太阳捕获，在阳光照耀下，原始蛋白质以原核生物的形态蓬勃繁育起来。

翻页屏幕定格于一只碧绿的蓝藻，科学家困惑地盯着碳基生物的雏形，缓缓转动手柄。

稳定的自转与公转使陆地凝聚，接着一颗流浪的小行星被蓝色星球俘获成为卫星，磁极移动，潮汐产生。在飞速向前的时间里，巨型彗星撞击地表化为生命大爆炸的第一响礼炮，水填满山谷，气凝成天空，海洋中生物彼此吞噬、幻灭，首先踏足陆地的先行者向着冥冥中的观察者抬起头颅。

接着科学家的手只轻轻转动四分之一圈，一颗如蓝宝石般璀璨的星球出现在眼前，直立行走的猿猴后裔劈开山峦建立城市，将生命洒向大洋的每个角落，然后第一枚火箭艰难地离开大气层，下一瞬间就有飞行器越过柯伊伯带飞往深空，紧接着蓝色星球像朵成熟的蒲公英，向周围散布着小小的飞行物体，红色星球很快出现蓝色的霉斑。

突然间，碳基生物的历史终结了，蓝色星球化为如今的模样，拖着残破的身体在轨道上飘浮。科学家不得不倒回一段历史，放大画面，仔细寻找那个决定性的刹那。借助生命计量表的帮助，他找到了在某个凝固时间、那座名为琅琊山的山峰下面，出现这颗星球唯一的幸存者AHCZbj-033的身影。

那个时刻，生命体正进行着维护山体的工作，与现在别无二致，只是那时它看起来年轻很多，而山也雄壮很多。它居住在一个由金属制成的蛋型房间内（也可能是它的外甲壳），通过阳光获取能量。它有很多同类，可彼此之间并无交流。它的工作也包括向碳基生物介绍琅琊山的基本常识——两类生物大致处于共生状态。

接着，一颗体积极小但质量极大的彗星高速击中琅琊山。彗星几乎不受阻碍地击穿蓝色星球，带着地核的铁镍元素从星球另一侧喷出，消失于茫茫太空中。重元素喷流形成了30000公里高的金属尖刺，接着被引力弯曲折断，一部分坠回地面，一部分碎片在轨道中慢慢冷却。地表在沸腾，红热的液态硅酸盐从创口涌出，堆积成高达1000公里高的瘤状物，海洋蒸发，下起一场灼热的雨。

很久之后，大雨停歇。蓝色星球丢失了二十分之一的质量，水填满了彗星射入所形成的400公里半径的大坑，使得半个星球呈现为湛蓝的球面，而射出点则隆起为由硅、铁、铝氧化物构成的巨瘤。

又是很久之后，瘤状物顶端最大的一块岩石脱离母体坠落地面，断面中露出小小的金属外壳。AHCZbj-033离开居所，并没有因为环境变化而感到迷茫，或者思考自己幸存的原因（碳基生物或许将之称为莱顿弗罗斯特效应，剧烈蒸发的气体极端巧合地形成保护膜），它在短暂适应低重力环境之后，开始在瘤状物表面建造新的山体。与曾被称为中国安徽省滁州市的地点相对，相隔整个地球厚度的另一侧，是阿根廷圣菲省圣赫罗尼莫县，然而这两个地名对AHCZbj-033来说没什么意义。它的出发点非常简单：工作的场所不见了，需要造一个出来。

琅琊山不见了，就造一座琅琊山吧。

科学家长久地沉默着。他知道蓝色星球终将毁灭，而生命体的寿命远支撑不到那一天，但他尊重这位新朋友的选择。对他的族群来说，生命始于及终于彼此的联系，而蓝色星球最后的生命体则拥有更无意义但更加坚定的目标。

他敬重地用稳定的短波发出临别问候："我要去寻找其他生命了，那么，再见。祝你不孤独。"

"再见，欢迎您再次光临。"

生命体用锈迹斑斑的上肢拍打一块岩石，试图把它嵌在山体的缝隙中，它向探测器的方向转过头来，用破碎的显示屏致以七种颜色的问候。

科学家驾驶探测器离开琅琊山，离开蓝色星球，离开太阳系。在两颗恒星之间的漫长黑暗里，他孤单的心爆裂了，身体化为40枚芽孢和它们赖以生长的有机质。在到达下一个星系之前，它们会成长为一个喜爱彼此交流的群体，在吵闹当中各自找到生命的意义，接着因为无法忍受共处，像蒲公英一样四散于宇宙中，各自寻找新的交流对象。

生命是短暂的聚会和无尽的孤独。

在神智消逝前，科学家非常羡慕那位能够享受独处的伙伴，他希望自己的托生族群中，有谁能够得到这种无上的超脱。

当然，分别之后的事情，AHCZbj-033不会知情，也不会在乎。

因为安徽滁州保洁-033号机器人拥有自己的生命哲学。

灯船

灯笼河，河笼灯，
手头纸，天上星，
一摇一晃到龙宫。

我们从小唱着这样的童谣。

每年农历正月三十的傍晚，全镇的小孩子会来到灯笼河边，把红色的对联纸叠成小船，放入神案上烧剩的蜡烛头，然后望着西方，等太阳从三岔裆最低的那座山头落下。天黑之后，我们点燃蜡烛，把纸船放进灯笼河，目送船儿在水波中一摇一晃，消失在晨昏交错的山影中。

人们说最晚沉没的那艘纸船，会载着人世间的烟火气到达龙宫，让龙王保佑镇子来年的丰饶与安宁。灯笼河是这片山区中唯一一条冬季不结冰的河流，据传说，它一路流向东海，日夜不停。

而我从没有为镇子祈祷，我点燃烛光的时候只想着一个名字：海青。

我和海青最要好的时候，他穿着开裆裤漫山遍野乱跑，我光着屁股在后面狂奔。后来长大一点，发觉男女有别，我只能远远地瞧着他铡草、喂牛、编花环，坐在草垛上装腔作势抽着小卖部里散卖的香烟。再后来，他们四个人去灯笼河玩水，三个人惊慌失措地跑回家，海青消失在幽深的河水里，留在世上的所有痕迹只剩岸边一只湿漉漉的拖鞋。

人们说龙王喜爱这个镇子，那海青一定在龙宫做客，玩得开心，忘了时间。我在纸船上写下思念他的话，每年给他寄去，可他从没回过信。

二十岁那年我离开灯笼镇，来到城市，梦中还经常能见到冬季在雪原上流淌的灯笼河。

我在港口城市的大学工作，成为一位生态人类学家。那些年地球各地流传着发现异人类的消息，我导师的研究方向是太平洋深处的海人，那些开始与人类接触、但从不露出面容和真实意图的奇异生物。

直至那天，海人的奇异船只在中国舟山登陆，用古老的旗语告诉人类：我们开始对话吧。

导师带着我飞速赶到现场。在人潮之中，聚光灯下，金属与珊瑚的平台上站着海青——十二岁那年从我的生活中消失的海青，穿着厚重鱼鳞外壳的海青，海人的外交官和唯一代言人海青。

他用我熟悉的声音说着陌生的话：海人来自海底，在百万年前选择了与智人完全相反的生存之路。在此刻，海人相信平等对话的时机到来了，因为地球即将面临危机，来自地幔深处古登堡不连续面的液态潮汐异常升高，史无前例的地壳变动将摧毁整个地球生态圈，此时所有人类的亚种必须抛弃恐惧与戒备，开始合作。

生活一下子变得混乱而忙碌。一个偶然的机会，我终于见到了海人外交官，拥有五分钟独处的时间。我压抑着所有的回忆与冲动，用家乡话问了他一个问题：海青，你还记得我送你的拖鞋吗？

他沉入灯笼河时穿的那双蓝白色拖鞋，是我送给他的。他留下的那只鞋，我一直收藏在衣箱深处。

他沉默了片刻，用清亮的眼睛望着我，用与外表并不符合的成熟语气说：对不起，我无法挽回脑死亡者的记忆，这只是一具适合陆地和海洋的身体，是海人的“外壳”。

两个月后，我回到了灯笼镇。

正月三十的傍晚，灯笼河边的雪地上没有一个脚印，镇子已经疏散。我点起今年今日唯一一盏烛火，把纸船放入水中。河水缓缓流向东海。我关心人类的未来，可我太庸俗，又渺小，没法思考那么宏大的命题。我所能想到的再与海青相会的唯一方法，是亲自到达传说中的龙宫。

变成外交官，那还是生存吗？

可如果只能活在懊悔里，又算什么人生呢？

我抱紧那只拖鞋，走入水中。

视界

屏幕上出现一位穿正装的老人，白发梳得一丝不苟，面对镜头，他似乎有点紧张。

“我叫张沐阳。”他清清嗓子，“这是我的临终遗言。”

“脑神经科学家，74岁，死于胰腺癌。我后半生在大学建立脑神经科学实验室，致力于大脑与意识关联性的系统研究，而我的前半生，止于22岁发生的车祸。”

他下意识地看了一眼左侧。

“22岁大学毕业那年，我与刘亦雪定下婚约，准备在国内结婚，然后共赴美国约翰·霍普金斯大学继续学业。11月7日，我们乘坐的出租车与对向驶来的公交车迎面相撞，刘亦雪当场死亡，我只受轻伤。

“我不想用情绪化的语言描述此事，总之，这场车祸改变了我的人生观。

“为了尽可能获得资历与资源，我在处理完刘亦雪的丧事之后如约赴美进修，29岁时取得约翰·霍普金斯大学博士学位，博士论文《大脑的‘观界’构成及驯化》获得国际脑研究组织凯默里基金会（IBRO-Kemali）国际奖。

“我回到中国，得到这所顶尖大学的职位，建立并领导脑神经科学实验室，拥有丰厚的课题资金和人力资源。

“截至今天，实验室发布的所有研究成果，都只是我真正课题之外的衍生产物，我所进行的试验性工作是绝对保密的，即使对实验室中的助手与研究员。”

老人端起水杯，润了润干裂的嘴唇。

“我想与你们讨论人的本质。

“此前我们认为记忆是人的决定性因素，它标记了人类个体的经验、属性与社会位置，但如今我们知道对于纯粹的自我意识来说，记忆并非关键性因素，‘自我感知’可以脱离记忆而孤立存在。

“对一位严重失忆症患者的观察指出，一个人可以在失去绝大多数情景记忆、习得性技能甚至肌肉记忆的情况下，保留对自我的清晰认识，他忘掉了如何进食、说话、走路，而行为模式明显是由自我感知驱使的探索过程，他在试着重新认识世界，即使新获取的知识也只能存在短暂的数十秒。

“由数百亿个神经元组成的大脑是我们能想象的所有复杂结构中最复杂的一个。在逐渐认识大脑工作模式的过程中，我们发现许多应当属于高级意识的功能，其实是由神经元结构决定的，或者说，是大脑的自动化过程。

“对不起，这并非课堂。我会尽量简单地说明你们即将看到的装置。”

老人再次看向左侧。

“自我意识如何获得有关世界的认知？人体器官接收到来自外界的信息，将其化为神经电信号并通过递质向大脑相应区域传递，初级加工皮层对其进行处理，意识所感知的外部世界是经过脑神经自动加工、补充、整合之后形成的虚像，它并非外部世界的真实模样。——无关哲学，假设外部世界有客观模样存在。

“例如，视锥细胞的排列缺陷使得人类视觉有变化视盲与不注意视盲存在，但在日常生活中，我们不会意识到视觉盲区，因为意识感知的是视觉联合区加工过的连续画面。

“想象一个小人，那是人类的意识。他坐在你的头颅之内，通过屏幕、喇叭、震动传感器获取有关外部世界的一切知识。

“有关纯粹主观意识的随机性思考与行为，暂且不做讨论。我思考的是能否通过大脑本身的自动化流程向意识输入无限接近真实的信息，从而完成对意识的‘驯化’。

“与VR技术或脑机接口不同，这是方法简单但主旨在于有关意识本源产生的试验。

“我们的实验从两只幼鼠开始。尽管它们并非同一母体的后代，而且生活在不同的环境中，但我限制它们的行为能力，将调制解调后的信号传给它们的对应脑神经元，简单模拟了生存环境和日常行为。对了，我把这种环境称为‘视界’，这种实验叫作‘驯化’，正如我的博士论文所述。

“关键在于，虚拟环境中每当出现需要判断的场合，会有一个电信号传递给额叶的特定区域。你们知道，有关额叶的区域性研究是我的实验室最主要的成果。这个信号会影响幼鼠对于特定问题的好恶，使其倾向于做出某一选择。

“三个月之后，两只幼鼠回归铁笼，迷宫实验验证了我的猜想：它们的意识是趋同的，在几乎所有问题上做出相同判断，可以说，两只幼鼠尽管从遗传学上并无关联，但可以看作是95%以上相似的同一个体。

“当然，在被放归自然环境之后不久，它们的行为开始出现分歧，但那并不重要。

“我将实验对象拓展到狗与黑猩猩，均获得成功。”

说到这里，老人显得有些疲倦，他喝干杯中的水，休息了30秒。

“22年前，我通过某种渠道得到功能完好的婴儿大脑，将它装置在无菌液中，为其设立生存环境及知觉环境。欺骗大脑是件困难的事情，尤其是塑造‘自身’这一关键性意象，在当时的技术条件下，我的‘视界’使用了部分克隆器官，兼用VR技术，整个装置处在五轴联动平台上，可以精确模拟重力、加速度及离心力。内耳前庭是个很麻烦的器官。

“实验一旦开始，我无法得知大脑中的意识是否按我所想象的方向发展，只能寄希望于自己一生积累的经验与学识。

“我搜集到刘亦雪所有的数字资料，采集她成长过程中所有的事件、人物和场景，尽可能还原她的一生。最终的数据模型如此庞大，我花费大量资金购买云计算服务，没想到，演算生活中的每一件小事，竟然成了整个计划最难实现的部分。

“5年前，在得知自己患上晚期癌症之时，我要求医生使用所有能延续生命的手段，再痛苦也能接受，就为等到今天。

“11月7日，就是今天。

“今天的她不会死于车祸，因为我的数据库中没有今天之后的数据。用22年所驯化的大脑将从今天开始成为刘亦雪，在我的实验室中醒来。

“请你们照顾好她。

“我没有时间准备好一具克隆身体，但她本身也是一位脑神经科学家，她会理解这一切的。”

老人的脸上终于出现一丝微笑。

“你会理解这一切的。

“杯中的药物会让我死去，但我们会用另一种方式相逢。

“并非在‘视界’中，而是在真实的世界里。

“真实世界是真实的吗？抑或是我们脑子里的小人看到的另一层幻象？不，此刻我不关心脑科学，我只关心你。所以，我选择了这条或许离经叛道的道路。

“我是个无趣的科学家，感谢你接受我的一切，那么，再见。”

老人用最后的力气将摄像头转向右侧，然后躺倒在椅子上，慢慢垂下头颅。

实验室中，在五轴工业平台上，编号1/2的玻璃罐内浸泡在液体中的大脑连接着无数导线，导线通往悬浮在周围的眼球、耳蜗、鼻腔等孤立器官，这些器官刚刚从VR设备中脱离。没有眼皮和眼轮匝肌存在，眼球没有其他选择，只能眼睁睁地看着一切发生。

实验室外，在铺满金黄色银杏叶的北方秋天里，学生们打着哈欠走向教室。这个世界正在醒来。

残钢

逆熵时代的第二个千年，铁元素已经随量子反隧穿效应消失了九个多世纪，只在某种神恩的眷顾下暂存于血红蛋白当中，锰铬合金支撑起苟延残喘的人类文明，直至金属制品逐渐失去光泽，锰原子核化为光子和轻子悄悄湮灭，权宜之计也到了崩溃的边缘。

人们不得不用铜镍合金铸成大型金属构件，尽量弥补力学强度下降所带来的副作用，铁塔、铁桥、钢梁、钢轨变成铜塔、铜桥、铜梁、铜轨，经过磷化处理的白铜有着迷人的银色光泽。无可否认的是，这个世界变得更优雅了些，这给忧心忡忡的人类社会带来些许安慰。

但根据比结合能排列，镍和铬的消失也在倒计时当中。这个时代，每个孩子都会背诵元素结合能表，计算铝导线替代铜导线所损失的载流能力，复述镁热还原联合法制备海绵钛的工艺流程。这个时代，石油化工重新成为尖端行业，人们愈来愈多地使用由高分子聚合物制造的物品，从刀叉、农具到汽车、飞机，中等质量元素成为收藏家手中的珍宝，一只被妥善保管在妥氏电场中的锰铬合金螺栓能在苏富比拍出百万欧元的高价，人人都知道妥氏电场只能短暂延缓元素的湮灭，但亲眼见证最晚的樱花凋谢，正是拍卖场中疯狂竞价的日本人的审美情结。

箱子想成为一名收藏家，缘由并非来自体内八分之一的日本血统，而是童年时的一次偶然事件。那时地球正在经历锰铬合金的湮灭大潮，倒塌的大楼、奔忙的人群、远方燃烧的城市剪影组成一幅并不美妙的立体画卷，没有人顾得上照看一名十岁男孩。箱子独自离开安置棚区，走过因停电而漆黑的道路，被一丝光亮所吸引，走进那栋大楼。

平常戒备森严的展厅此刻空无一人，应急灯照出玻璃匣子中的展品：由大规模妥氏电场所保护的铁元素制品，国家博物馆最珍贵的展品之一。

箱子走过去，隔着防弹玻璃，望着那只银白色钢环。"编号028谐波减速机轴承，材质GCr15，2079年产。"他念着，忽然感到一阵战栗。这种由钢铁制成的柔性轴承，是最坚硬和最柔软的结合，来自已经灭绝的古老元素。

他用手捂住裤裆，湿痕缓缓洇开。

他爱上了这只钢铁轴承。

在他成长为一位平庸的电解铝厂工人之前，他多次来到国家博物馆，在妥氏电场嗡嗡的运转声中，遥望500米外的钢铁轴承。他渴望接近那只轴承，可博物馆宣称近年来每年的铁元素湮灭超过1%，必须增强妥氏电场的功率，不久之后，这只轴承永久退出展览行列，深藏于地下仓库中。

箱子本以为自己童年的迷恋只是心智发育不全而已，但当他看到一则电视新闻时，熟悉的冲动再次掀翻了他的理智。巴西里约热内卢的一次非正式拍卖会上，出现了货真价实的钢铁制品，看到那熟悉的光泽和形制，箱子立刻知道那正是编号028谐波减速机轴承的同源物品，来自第一个千年"黑铁时代"某件机械上的部件。"等截面薄壁轴承，产于2070-2090年之间。"

他立刻辞去工作，带着退职金飞往巴西，辗转见到了铁器的新主人。靠微薄的积蓄当然无法买下这件珍品，但箱子恋物的疯狂热情感动了那位通信业大亨。大亨在余生中不止一次对别人说："人类文明还剩1000多年时间，我是说，逆熵时代是一次审判。我曾经失去信念，直到那位年轻人跪在我的脚下，恳求用一生工作换取触摸那只轴承的机会。那一刻我知道了，造物主对造物的感情，依然能在纪元后延续。"

箱子不止触摸到轴承，还亲吻了它。钢铁的腥甜从舌尖传至尾椎，箱子的情感再次达到高潮了，童年以来最强烈的一次高潮，他几乎在幸福中死去。

大亨赋予箱子动用信托基金的权力，箱子以惊人的判断力辗转于各大拍卖场，不断填充大亨的收藏。他能从上千件赝品中一眼看出真正的钢铁制品，比质谱仪还要准确。几年时间里，他陆续得到了近百件同源零件，分别加以编号，保管在大亨位于玻利维亚的妥氏电场仓库中。

在一次巡视中，大亨望着整齐排列的钢铁零件说："我知道这是什么了。"

"我早就知道。"箱子回答。

他找到尘封了九个世纪的技术资料，招募专家制造缺失的部件，甚至想方设法复刻了关键芯片，刷入原始固件的信息。在漫长的拼装和调试之后，专家反馈说除了某个轴承零件，其他功能均可实现，可以试机启动了。

箱子知道最后一块拼图，就是编号028谐波减速机轴承。

为此他不惜与大亨决裂，动用所有手段取得祖国国家博物馆的珍贵藏品。在博物馆的地下仓库中，028号轴承被完美地嵌入机体，箱子亲手完成最后组装，退后两步，用颤抖的手指按下启动按钮。

此刻的他是一枚注满液体燃料的火箭，饱含他毕生燃烧的热情、他所有夜里的绮梦、他刻入骨髓的爱和他魂飞天外的臆想。他的唯一去向是射向太空。

尽管铁元素湮灭过半，028号轴承还是完美地完成了任务，在减速电机的丝丝声响中，钢铁机器人缓缓抬起头颅。

在机器人说出第一句话之前，箱子用铜锤砸碎控制台，拔掉电缆线，又在备用柴油发电机工作之前，疯狂撕扯着妥氏电场的电磁线圈。

他泪流满面。他多想回到十岁的时候，回到初见028号轴承时那个令他战栗的瞬间。钢铁轴承是他的神祇和爱人，他以为现在的作为能够获得更多的眷顾与爱。可是他错了，他给米洛斯的维纳斯接上了手臂，他让凡高活着看到自己成为庸俗的流行画家，他为《红楼梦》以及果戈理、卡夫卡、陀思妥耶夫斯基的作品续写了结局。他毁了一切。

眼前的钢铁人形在逆熵时代的物理规则中逐渐湮灭，第二个千年“白铜时代”刚刚开始，人类还要经受十几个世纪的煎熬。箱子不用亲眼见证这一切，他的痛苦终结于一颗嵌入额头的白铜子弹。

大亨伸手去搀扶机器人，只接到一捧由合金元素组成的碎渣，柔软的树脂零件散落于地，如超市廉价处理的碎肉。

“所以，我们爱的并非钢铁或者锰铬合金，”此后大亨经常对人说，“而是稀少的东西罢了。由此可见，我们会越来越爱自己。”

科幻文学群星榜

科幻文学群星榜

出版书目

序号	作者	书名
1	郑文光	侏罗纪
2	萧建亨	梦
3	刘兴诗	美洲来的哥伦布
4	童恩正	在时间的铅幕后面
5	张静	K 星寻父探险记
6	程嘉梓	古星图之谜
7	金涛	月光岛
8	王晋康	生死平衡
9	刘慈欣	纤维
10	潘家铮	子虚峡大坝兴亡记
11	韩松	青春的跌宕
12	星河	白令桥横
13	凌晨	猫
14	何夕	异域
15	杨鹏	校园三剑客
16	杨平	神经冒险
17	刘维佳	使命：拯救人类
18	潘海天	饿塔
19	拉拉	永不消逝的电波
20	赵海虹	月涌大江流
21	江波	自由战士
22	宝树	人人都爱查尔斯
23	罗隆翔	朕是猫
24	陈楸帆	动物观察者
25	张冉	灰城
26	梁清散	欢迎光临烤肉星
27	七月	撬动世界的人于此长眠
28	杨晚晴	天上的风
29	飞氘	讲故事的机器人
30	程婧波	第七种可能
31	万象峰年	点亮时间的人
32	长铗	674 号公路
33	迟卉	蛹唱
34	顾适	为了生命的诗与远方
35	陈茜	量产超人
36	刘洋	单孔衍射
37	双翅目	智能的面具
38	石黑曜	仿生屋
39	阿缺	收割童年
40	王诺诺	故乡明
41	孙望路	重燃
42	滕野	回归原点